时代荣光

闽南红色风华录

王永盛 著

海峡出版发行集团 | 鹭江出版社

2021年 · 厦门

闽南地处东西方文明交融的前沿。近百年来，众多闽南人下南洋、过台湾，艰苦奋斗、敢拼爱赢。创业成功后，许多人反哺祖国、捐资兴教、救亡图存、积极抗日、参与革命，为国家建设和社会发展贡献心力。在他们的影响下，众多闽南青年走上革命道路，将家国情怀与大爱精神抒写在祖国的大地上。

回望百年历程，众多爱国侨胞、台胞和革命志士，为新中国的诞生付出了金钱、智慧，乃至生命。他们的事迹串联成一幅幅精彩的画面，构成了中国东南的红色画卷。

目 录

第一章 出洋

时节已过秋分，厦门依旧烈日炎炎。

海岸上挤挤挨挨的，码头像摆满菜摊的集市一样停靠着大大小小的船只，舢板、绳锚、桅杆、货物、人群、牲畜，一股脑儿地汇聚到这个不大的出海口。船上，岸边，鼎沸的嘈杂声中偶尔夹杂着几句高声叫骂，那是洋话。虽然船客们听不懂，但是那气急败坏的声调很容易从周围的闽南口音中跳将出来，就像一把年久失修的二胡，突然被哪个人从尘埃里翻出来拉响。

一艘锈迹斑斑的三层货轮停靠在岸边，与周遭的小渔船相形，显得很是高大雄伟。船身上锈迹斑驳的“美丰号”三个字，笔体粗壮遒劲，像饱经风霜的老者面容，透露出些许不怒自威的气场来。

随着一声粗重的汽笛响起，船身吃力地晃动了一下，接着，便开始如深陷泥沼的老牛一般，费力地向前挪动。

“美丰号”终于起航了。嘈杂的人群渐渐安静下来。

灰暗拥挤的下等舱内，横七竖八地坐卧着上百个人。脚臭、汗臭……

各种难以言说的体味混杂着霉味、鱼干的腥臭，以及偶尔从民工嘴里吧嗒出来的烟袋油味，弥漫在这狭小的空间里，笼罩着每一张愁苦的脸庞。

角落里，一个长衫少年背靠破旧的墙板，拘谨地坐着，瘦削刚毅的脸上，一双明亮的眼睛里写满与他年龄不符的忧郁。他挺直脊背，双手放在曲起的膝盖上，反复摩挲着一个火柴盒大小的红色布包。这是母亲在妈祖庙磕头上香虔诚地为他求来的护身符，如今，布包满载着母亲所有的惦念和期望随他远渡重洋。此番离开故土，不知何年才能再与母亲相见。想到他那知书达理、瘦小孱弱的母亲，少年眼里的忧郁又多了一分，思绪游离，飘到了那片辽阔的海面上，那片伴随他 17 年的熟悉的海域。海边，有他的族人，有他从小玩到大的小伙伴，有他的母亲和刚满一岁的弟弟，还有他刚刚辞世的私塾先生……

旁边一直哭闹着喊饿的孩子这会儿没了声响，静静依偎在女人的怀里睡着了。午后闷热的船舱里，大部分人都随着船身的起伏晃动昏昏欲睡。

突然，一阵剧烈的咳嗽声响起。是一个四五十岁的男人，长辫松散蓬乱，身着辨不清颜色的短褂，卷着裤腿，打着赤脚。他咳得声嘶力竭，身体随着咳嗽痛苦地蜷成一团。

一些人从瞌睡里睁开眼睛朝这边看了看，又满脸嫌弃地挪了挪身子，别过脸去，继续打起盹儿来。

看男人咳得上气不接下气，少年将手中的红色布包小心地放进长衫贴身的口袋里，蹲下身去扶他坐起、半靠在他身后的麻袋上，并用一只手不断地轻拍他的后背，试图缓解他的痛苦。

男人涨红着脸说不出话来，连连点头表示谢意，用手指着身边的一个破碗，声音微弱地迸出一个字："水……"

少年明晓，赶紧拿起破碗，提着长衫衣角，小心地穿过密集的人群，为他舀来一碗水，喂他喝下。

男人终于平静下来，虚弱地靠在麻袋上。

“谢谢。”男人眼里充满感激，粗重地喘着气，“你叫什么名字？”

“我叫陈嘉庚。”少年答道。

男人上下打量了一番陈嘉庚：一袭青色长衫衬得瘦削的身材结实精干，额头饱满光洁，鼻梁高挺，眼神清澈炯然，紧抿的嘴唇薄而刚毅。

“嗯，嗯。”男人边打量边微微颔首表示赞许，“相貌清奇，悲天悯人，假以时日，必成大器！”

陈嘉庚听得此言，面露赧然，慌忙双手抱拳作了个揖，连声道：“先生过奖了！敢问先生如何称呼？”

“在我老家的渔村里，大家都叫我三叔。”男人疲惫的语气里多了几分对陈嘉庚的亲近和好感，说，“看你一身书卷气，就跟他们一样叫我三叔吧。”

在此后一个多月的海上航行时光里，从祖国东南端的海岸线起航，直到大洋彼岸的新加坡港口，陈嘉庚和三叔同寝共食，成了忘年之交。

三叔不咳嗽的时候，或同陈嘉庚挤在船舱一隅，或由陈嘉庚搀扶着踱到甲板上吹海风，看天上高高飞翔的海鸟。随着苍茫海域的逐渐扩大，飞翔的海鸟由白鹭慢慢变为海鸥，这就意味着家乡已经离他们越来越远了。

随着海上漂流时光的日渐拉长，两人之间逐渐加深了解。

三叔知道了陈嘉庚是17年来第一次走出家乡那个宁静美好的闽南小渔村。它有一个非常好听的名字，叫集美，隶属同安县。闽南人多吃苦耐劳，勇而好义。陈嘉庚秉承闽南人的传统，为人善良忠义，刚直果毅。陈嘉庚出生于清同治十三年，正是日本大举侵犯台湾的那一年。那一年，孙中山先生满8岁，师从私塾先生学习八股文。当然，那时候的陈嘉庚根本不可能知道，日后他的命运会与这位享誉海内外的伟大人物交集，更不可能知道，结识孙中山成就了他爱国信仰的转折。

从陈嘉庚每日不多的话语里，三叔深深感受到这个少年与同龄人不同的沉稳与胸怀。在他口中，在晨曦中出海撒网捕鱼的渔民，田埂间戴着斗笠辛

劳插秧的乡亲，船坞旁织网洗衣的妇女，还有海滩上打着赤脚一边嬉戏打闹一边捉螃蟹的孩童，以及蓄着长须、手持戒尺的私塾先生，每一个他在过去17年里遇到的相熟的人，都被陈嘉庚赋予了深沉的情意。这些贫苦却坚强的人，在他心里留下不能磨灭的印迹，铸成他此后大半生无比厚重的眷恋和牵挂。

“此去南洋，所为何事？”习习海风中，三叔缓缓问道。

“家父早年远渡新加坡经商，此行便是去投奔家父，帮忙打理生意。”陈嘉庚恭敬作答，语气淡淡，没有半点高兴，甚至流露出一丝黯然。

陈嘉庚对父亲的感情一直很复杂：谈不上陌生，毕竟他是自己的亲生父亲；但也谈不上亲近，因为在过去的17年里，自己总共才见过他两次，一次是在还不记事的懵懂童年，另一次便是三年前。

那天他从私塾放学回家，进了院门便放下书包去拿扁担，打算挑水，却见母亲从屋里疾步而出，脸颊涨红，上面还挂着未来得及擦干的泪珠。

母亲喊住转身欲走的陈嘉庚：“儿啊，快放下，进屋来！你爹爹回来了！”

陈嘉庚一时发懵：“爹爹？”

“是呀是呀，爹爹从南洋回来了，你快点儿进屋见过。”母亲脸上挂着泪，眼里却是掩不住的盈盈笑意。

这是陈嘉庚自记事起，与父亲陈杞柏唯一一次真正意义上的见面。父子俩没有说太多的话，陈嘉庚恭敬行礼问安。陈杞柏略显严肃地问了他的学业，并顺带考他背诵一章《古文经义》，而后满意之情溢于言表，语重心长地对他说：“我们陈家虽从你曾祖父开始便多有下南洋经商之辈，但是你要记住，万般皆下品，唯有读书高。将来你也要子承父业去经商，但切不可忘记祖训：用心读书才能成器！”

陈嘉庚嘴上答应着，躬身退去挑水。

陈杞柏在家一月有余，不断有族人来访，他也间或上门拜访长辈亲友，日子如常过去。只是他走后不久，母亲就怀上了弟弟，次年生下，取名敬贤。到陈嘉庚远下南洋的时候，敬贤才刚刚蹒跚学步。

半年前，私塾先生陈令闻突然患病辞世，陈嘉庚和村里其他学生无学可上，辍学在家帮衬母亲，也会每日教妹妹识字。盛夏的一天，父亲的一封家书从新加坡漂洋过海辗转到了集美小渔村的母亲手上。

母亲识字不多，只能等陈嘉庚外出回来读给她听。陈嘉庚读着读着，声音越来越小，后来干脆不出声了。母亲着急，追问他信上写了什么。原来，陈杞柏在信末写道："吾儿嘉庚已十之有七，恰逢族叔卧病，米行人手短缺，该速来我处帮忙打理，早日接手为盼。"

皱巴巴的草纸上，蝇头小楷密密麻麻，在母亲簌簌而落的泪水里更是模糊一片。

"娘，我不去！我要在家里陪着您，帮您照顾妹妹和弟弟！"陈嘉庚最见不得母亲掉眼泪。母亲一哭，他的心就会像被什么揪扯一般地疼。

"这孩子，休要胡说！"母亲一边擦去不断涌出的眼泪，一边深深叹了口气，"儿啊，娘也舍不得你离开。可是，你看看，在这小渔村里，每日担水、挑柴，能有什么出息？你爹爹上次回来就跟我商量了，等你再长大些就去他那里帮忙。只是，我没想到这一天来得这么快。"

陈嘉庚从小饱读圣贤书，自知父命不可违。但是，看着母亲头上渐生的白发和常年在海水中浸泡而变得粗糙的双手，想着她常常因为风湿病发作而腿痛得整夜不能入睡，他就心酸。

他若走，母亲、妹妹和幼小的弟弟便更无依靠。虽然有父亲按时接济，可他那身躯羸弱却无比贤良的母亲，历来生活从简、乐善好施，除了抚养自己亲生的三个儿女，硬是凭一己之力又收养了十几个孤儿。在陈嘉庚 9 岁那年，福建大旱，瘟疫肆虐，乡里人死亡无数。光是陈家过百族人，就有一半人在此浩劫中死去。陈嘉庚还曾看见瘦小的母亲拿出 400 银圆的全部家当，平息了一场眼看就要禾锄见血的乡民械斗。而他们一家四口的生活，也只不过是每日的红薯稀饭配些许咸鱼干……

母亲的深明大义在幼年陈嘉庚的心里打上了向善的深深烙印，悄然埋下了一颗牵挂百姓疾苦、天下苍生的种子。

以后，没有青壮劳动力的家，日子又不知会平添多少艰难。想到此，陈嘉庚一时静默，半晌不语。

母亲见他不出声，安慰道："你莫要担心我们，娘这身子骨还好着哩，妹妹也大了，能搭把手，帮我把敬贤拉扯大。现在日子不太平，官府连年增税，洋人也三天两头来抓劳工，你若在家，娘还不放心哩。等你去南洋挣了大钱，有出息了，娘也能跟着你享享清福！"

"娘，您放心，我一定要让你们过上好日子！"陈嘉庚自小话就不多，但凡张口，必是决断铿锵。

母亲虽然深明大义，却还是因过度忧伤而病倒了。在陈嘉庚的悉心照料下，过了个把月她才稍稍好转，便开始为他赶制行装。煤油灯下，她一针一线细密地缝进对儿子所有的牵挂。如同针脚一样细密的还有那说不完的细碎叮嘱：

"到了厦门，先去码头找你二伯父，他在那里有个水产铺面。船票他已经帮你买好了。

"登船时，千万看好行李，见了洋人要躲远点儿，别让他们把你错捉了去当劳工。

"海上风大，早晚要加衣裳，千万别着凉了。

"护身符一定要随身带好，妈祖会保佑你一路平安的。

"到了那边，要比学徒还刻苦。听说新加坡都是说洋文的，你也要快快学会才好帮忙料理生意。

"平日里没事要多待在米行，对姨娘要恭敬，对姨娘所生的其他兄弟姐妹要和气，切不可在言语上冲撞，让爹爹为难。"

……

一句一句的，不间歇，所有心思都在陈嘉庚身上，却没有半分为她近 20 年的辛苦和寂寞，以及之后还要继续面对的无尽的辛苦和寂寞考虑。

“嗯。”每一次，陈嘉庚都是闷着声应承下来。

大约十天前，一艘舢板将陈嘉庚带离那个海滨渔村，来到了一海之隔的厦门港。他开始走向了新的人生征途。那时舢板上的陈嘉庚，与此刻货轮上的陈嘉庚，处境没什么不同，身处茫茫大海，向前看不到去路，向后也望不见归途。而这艘停靠在码头时看似雄伟的老迈货轮，一旦驶进水天一色的茫茫海域，也不过如蝇虫蝼蚁般随风雨飘摇，像极了晚清政府统治下日渐凋敝的国土，在诸多列强的虎视眈眈下，内忧外患。

连日来的海上漂泊虽然辛苦，但有三叔做伴，陈嘉庚并不觉得十分寂寞。

三叔原本是一个乡医，还懂些易经八卦，会点看相识人之术。可仅凭这点本事，想在民不聊生的穷乡僻壤混口饭何其艰难！十几年前，他好不容易跟一个外乡逃难来的带孩子的女子成了家。谁承想，旱灾过后又发洪灾，那个被他们权当作“家”的破渔船在风雨中支离破碎。三叔从山里采草药回来，海岸上一片狼藉，哪还有他们母子的半点影子！伤心欲绝的三叔在海边呼喊了七天七夜，直到嗓音嘶哑，一头栽倒在地。此后，他便患上了这顽固的咳疾，竟连自己也未能治愈。三叔还有个弟弟，不识字，被洋人抓了去，几年间音讯皆无。后来听侥幸逃回来的同乡说，弟弟被抓上了洋人的商船。他就想到南洋碰碰运气，听老人讲，清政府曾有“片板不得下海”的禁海律令，但还是有很多闽南人到南洋讨生活，即便找不着弟弟，也总比饿死在这块伤心之地好一些。

三叔的过往经历，陈嘉庚用了半个多月的时间才断断续续拼凑起来。三叔的咳疾似一日比一日严重。每次他都咳得额头青筋暴起，引来船舱内更多人的嫌恶。唯有陈嘉庚伴其左右，为了尽量不打扰别人和就近照料他，还跟他一起换到舱门边。

间或，三叔也会传授给陈嘉庚一些药理常识，将自己多年识药、配药的心得倾囊相教。末了，他总不免凄凉地叹口气，道一句："懂得药理又有何用？这偌大国土之疮，又岂是几味草药就可医治的啊！"

就在货船行驶了整整 50 天 7000 海里，人们刚刚能在甲板看到遥远地平线上影影绰绰的城市轮廓时，三叔却再也看不到清晨血红的朝阳。他在睡梦中死去。几个洋人带了两个中国船工来，离得远远地指挥船工将三叔那像被抽干了水分的轻飘飘的尸体丢进了茫茫大海。他们那嫌弃的表情，就像刚刚丢掉的是一块脏破的抹布。

最终，三叔还是没能治愈自己的咳疾，也没能完成这段他希望获得新生的旅程。

陈嘉庚心里涌动着悲愤。这就是身为平民轻贱如草芥的一生，没有光明，没有希望，即便客死他乡，也得不到一座荒芜的坟冢。他无声地转过身去，泪眼望向船舱里一路辗转同行的同胞们。他们与他来自同一个国度，同一片土地，但是他们脸上的麻木让陈嘉庚感到深深的失望。谁又能知晓，他们的希望在哪里？！

第二天夜里，陈嘉庚踏上了完全陌生的新加坡的土地。

下了船，站在异国的码头上，陈嘉庚瞬间理解了"繁华"二字的含义。

新加坡港口灯火通明，宽阔的海岸上人来人往：除了下船的旅客，还有身扛麻袋、一路小跑的搬运工人，身着礼服的贵妇人，手持皮鞭不断抽打呵斥民工的洋人。拖着行李来到街道上，陈嘉庚还未来得及辨别方向。一辆横冲过来的高档小汽车鸣着刺耳的喇叭，把陈嘉庚吓了一跳，也引得人群纷纷躲闪避让。

街边停着一溜儿黄包车，车夫们操着各种口音围上来拉生意，七嘴八舌的，陈嘉庚一时不知该怎样应对，只好尴尬地连连说："我且再看看，再看

看。”

陈嘉庚左右突围，艰难拔身。这时，一个静坐在车旁抽烟袋的车夫，闷声问他：“小兄弟，听口音，你是打福建来的？”

乍闻乡音，陈嘉庚顿感亲切，再看这车夫，短褂虽旧却整洁，一条白毛巾搭在肩上，皮肤黝黑，眉粗眼亮，棱角分明，一脸正气，心里顿时多了几分安全感。

“是，我从同安来的。”

车夫听闻，站起身来，收了烟袋别在腰上，刚刚还很冷峻的眼中闪烁出几分热情：“我是泉州人！姓陈。上车吧。去哪里？我送你！”

“原来是本家！那……我去顺安米行，要多少钱？”陈嘉庚迟疑地问。

“闽南一家亲，叫我陈伯，莫提钱！”陈伯很是豪爽，没等陈嘉庚犹豫，不由分说便接过他的行李放上车，待他坐稳，就脚下生风似的拉着车奔跑在马路上。

眼前的景象多么新奇。

这个时间，街道两侧大部分店铺都已打烊，但那些传出西洋音乐的歌舞厅和明晃晃的霓虹灯招牌把夜色衬得喧哗闪亮。偶有汽车驶过，迎面走来一队身穿黑色制服、正在巡夜的印度警察，马丁靴整齐地踏在石板路上，发出令人生畏的声响。

陈伯的布鞋跑在路上可发不出那样的声音，陈嘉庚盯着那个结实的背影，心想。

陈伯背上好似长了眼，知道陈嘉庚在看他一样，开口说：“小兄弟，别看这是新加坡，这里一大半都是我们华人，特别是福建人，大部分都在经商，有了立足之地。你刚过来，快跟我说说家乡的情况。”

陈嘉庚一时不知如何作答，他也是第一次出远门，只好用只言片语跟陈伯讲了讲乡民的生活，包括私塾先生和船上死去的三叔。

半晌，陈伯自语道：“唉，那个家，这辈子怕是回不去了……”

顺安米行地处繁华街市一隅，说话间也就到了。陈伯帮陈嘉庚搬下行李放在门口，扯下毛巾擦擦手，又将毛巾往肩上一搭，说：“小兄弟，以后要是有需要出力气的活计，到码头找我就行。”说罢，他便躬身拉起车跑开了。

陈嘉庚刚从怀里掏出荷包，见状伸手喊道：“哎哎，陈伯，我还没付车钱呢！”

“就先欠着吧！”陈伯摆摆手，黄包车消失在远处的夜色中。

陈嘉庚站在米行门前，打量着这个铺面。这将是他步入经商行业的起点。门面的风格属于中西结合式，青灰色砖墙，两侧各有两间屋，正中门头金黄的中文字“顺安米行”已有些陈旧，一看便知有些年头。这便是父亲当年随大伯、二伯下南洋，奋斗了 20 多年攒下的产业了。

此时，米行门窗紧闭。陈嘉庚抬手轻轻叩门。

“谁啊？”里面传来女人的声音。

“我是陈嘉庚，刚从福建来。”陈嘉庚大声回答。

“原来是少东家！是少东家来了！”一阵细碎的脚步声传来。门开了，是一个穿着碎花布衣的中年妇人。她脸上露出欣喜，一手接过行李，说：“少东家，我是米行的女佣，你叫我阿琪就行。”

阿琪引陈嘉庚绕过正堂来到后院的一处居室，嘴里不迭地碎碎念着：“掐手指算了，这几天少东家该到了。我每天都打扫这屋，中午刚晒过被子。少东家饿了吧？我这就去热了饭食给您端过来。老爷今天刚从外地进货回来，这会儿已经回家睡下了，少东家今晚先在米行歇息，明日再去给老爷请安吧……”

陈嘉庚被阿琪一口一个“少东家”地叫着，好不自在，却也一时不知该如何答复，就由着阿琪一样样忙活起来。等安顿好，困倦袭来，他便沉沉睡去。

第二天一早，天刚放亮，陈嘉庚就听到阿琪在堂屋洒扫的声音，遂起床，

将米行里里外外三进小院的各个角落都走了一遍，也在进进出出间听阿琪将父亲这20多年的南洋经商历程讲了一遍。

陈杞柏是在和陈嘉庚差不多的年纪时，跟随两个哥哥来到新加坡的。那时，英国人用枪炮打开了中国的大门，朝廷腐败，外敌入侵，中国如蚁蛀船，飘摇凋敝。陈家族人被迫出海谋生，陈杞柏也不例外。凭着闽南人特有的吃苦精神，他从米业起家，经多年打拼，经营的米业公司已有一定规模，顺安米行只是其中的一家店铺。他还经营一家硕莪粉磨厂，生产硕莪粉，同时兼营房地产业等。随着商业的发展，陈杞柏在华侨群体中的社会地位日益提高，成为福建帮的领袖，但凡福建人在新加坡有了难处，大家最先求助的人都是陈杞柏。

阿琪正说得起劲，门外直愣愣地冲进来两个20岁上下的小伙子，正是米行的伙计阿福和阿财。阿福生得一脸福相，身板壮实，平日卸货送货出的力气也多。阿财则古灵精怪，快人快语，总是笑嘻嘻，是做销售的一把好手，总能准确揣摩顾客心思，事半功倍地做成买卖。

两人见过陈嘉庚，偷偷相视一笑：这个少东家，看起来就是个面慈心善的主子，年纪又不大，往后肯定会很好相处。

几人正兀自说着话，却听阿琪唤了一声："老爷来啦！"

陈嘉庚转过身来，见陈杞柏走进了米行。相比上次相见，父亲似乎憔悴了些，虽然一身笔挺的西装，脚上的皮鞋锃亮，但眉宇间的疲态依旧掩饰不住。望着这个给了自己生命却只见过两次面的男人，陈嘉庚虽无过多亲近感，却觉得自己与他如此相像，那是身体里汩汩流淌的血脉传承，毋庸赘述，千言万语哽在喉咙，化成了一句恭恭敬敬的"爹"。

陈杞柏内心又何尝不是五味杂陈，眼前这个熟悉又陌生的儿子，已与自己一般身高，眉宇间愈发像年轻时的自己，此番唤他来南洋，但愿他能不负所望。陈杞柏"嗯"了一声，问："嘉庚，你可有信心在这繁华之境为顺安米行争取一片天地？"

陈嘉庚点点头："我愿意一试，希望不会让父亲失望。"

"好。"陈杞柏微露赞许之色，"一家美国工厂有意从顺安采购大米，待会儿厂方代表会过来，我要亲自跟他谈。让阿财先带你熟悉一下店里的大米品类、价格、产地等基础常识，你就先从学徒做起吧。等你熟悉了业务，我再亲自教你生意经。"

陈嘉庚刚刚应下，已经转过身的陈杞柏又回过头，像想起了什么："对了，想要在新加坡立足，一定要尽快学会讲英语。毕竟……"他用手指了指脚下，"这里，属于英国。"

"可是，我该向谁学？"

"放心，我已经从福建商会的学校里帮你请了一位老师。每天米行收工后，他会过来教你。"说完，陈杞柏掏出怀表看了看，向马路对面走去。

阿财带着陈嘉庚从离正门最近的米缸开始教起。

看似一样的白花花的大米在阿财的口中却有不同的出身：这个缸里有着细长身形的米是暹罗（今泰国）运来的，煮出来的饭软软糯糯，最适合老人食用；那个缸里圆滚滚的米是从越南采购的，蒸熟之后粒粒分明，很有嚼劲儿；旁边那缸里头尖身细的米来自缅甸，有些糙，但最适合大众的口味。根据米粒大小和成色，每一种米又分为三六九等，价格自然也不相同，伙计们会根据顾客的不同需求来为他们推荐不同等级的货品。

阿财业务娴熟又有耐心，不时从不同米缸里各抓出一把米在手心，教陈嘉庚辨认两者的细微差别，陈嘉庚则暗自用心，默默地记牢阿财说的每一个细节。说实话，在他的认知里，米就是米，他从来不知其中还有这么多门道，内心也不由得暗暗对父亲生出些许敬佩之意来。

有顾客进门，阿财过去接待。

陈嘉庚正用心学着、记着，忽然看到门外街道上三三两两经过一些十几岁的孩子，穿着同样齐整的衣服：男孩子是蓝白相间的西服长裤，女孩子则是白衫蓝裙。他们都背着双肩包，蹦蹦跳跳地向西面走去。

陈嘉庚忍不住问一旁的阿琪："这些孩子们要去哪里？怎么都穿一样好看的衣服啊？"

阿琪说："他们都是学生啊，他们是去上学。新加坡的学校规定，学生上学要穿学服。"

"学校？学服？这里的学校有几个学生？我看好像很多？"

"究竟有多少个，我也没数过。但这里凡是到了上学年龄的孩子，都要去上学。"阿琪被他这一问，也有点茫然。

陈嘉庚一听这话，瞪大了眼睛："都要去上学？可是在我们那里，家里有余钱的，才上得起学。有些家里就算有余钱，也可能不上学。而贫困的老百姓，家里更是几辈子都没人上过学。"

"是的，少东家。在新加坡，所有孩子到了入学年龄必须到学校读书识字，还要学很多年，学习好的孩子甚至还会出国留学，继续学习外国人的文化呢！"

阿琪的话让陈嘉庚心里五味杂陈。新加坡虽然是个小国家，却有这么多从小就识字的孩子，相比之下，自己的祖国和家乡却如此穷困落后。想到这，陈嘉庚不禁感慨万千。

那边，阿财的生意已经谈成了，阿福麻利地称好了两袋大米。等阿琪收好了钱，阿福扛起米装上了一辆黄包车，跟在顾客身后去送货了。

此后，陈嘉庚每日在顺安米行熟悉业务和学习经营管理。晨曦微露他就起床，打开门板和窗户通风，以免店里的米受潮。然后，他跟阿琪一起打扫店面，跟阿财学销售，人手不够时也跟阿福一起给顾客送货，卸货，盘点，样样亲力亲为。

陈杞柏并不亲自打理米行的生意，而是交给一位族叔经营。所以，每日店铺打烊之后，陈嘉庚要先跟随教师学习一个时辰的英文，再拿过算盘和账簿对账，临睡前，他还要读一会儿英文，巩固当天所学的口语，常常忙到午夜。往往阿琪睡了一觉醒来，还看到他的窗缝里漏出灯光。阿琪打着哈欠来催促他睡觉，但是他总是说：“不行啊，阿琪，我今天还有这么多东西没学透，连阿福和阿财的英语都说得那么好，我必须抓紧学习才能赶得上啊！”阿琪只得转身钻入厨房，为他热一碗红薯稀饭，再添上一杯热茶。

随着对米行生意的了解日愈深入，陈嘉庚愈发觉得自己该学的东西实在太多。单单对货品的日常管理，就耗掉他很大一部分精力。在业务上他正慢慢进入角色。阿财、阿福忙不过来时，他会帮忙打理。但蹩脚的英语让他无法跟外国顾客顺畅沟通，所以他更要发奋练习用英文对话的能力。族叔的身体一直欠佳，所以他要赶紧熟悉账目，成为族叔的得力帮手。

几个月来，陈嘉庚勤奋踏实、任劳任怨，陈杞柏看在眼里，喜在心头。陈杞柏开始带他去跟客商谈生意。陈嘉庚明白父亲的用心，每逢此时，他就默默站在一旁，眼看他们面前的茶杯空了，就赶紧续上热水，耳朵却不放过他们交谈的每一句话。对一些当时不能理解的地方，事后他也会虚心向父亲请教，并提出自己的见解。关于这一点，陈杞柏很是赞赏。如此耳濡目染，他在生意场上进步飞快。

有一次，一个美国客商向父亲提出很苛刻的要求：要买质量上乘的暹罗香米，给出的却是缅甸糙米的价格，并且要得急，很大一批货物要一天之内全部送到 30 里外的工厂。

即便是从商经验丰富老道的陈杞柏也犹豫不决了。毕竟，这批货的数量很大，如果成了，当月的收入即可翻倍。可是如果答应对方的要求，就单单当天送完全部货品这一项，也是一个难以解决的问题。

正在双方僵持不下的时候，陈嘉庚悄悄把父亲叫到一旁，小声商量：“爹，米行里还有一批去年的暹罗香米，我一直小心保管，米质没受影响，香味差了些，也刚好是他们要的数量。要不然跟他们说明情况，把这批陈米出手，即便只是糙米的价格，我们还是会有一点盈利。我们用盈利来付车脚费，虽然赚不了多少钱，但我们可以用这笔收入再进新米。

这样既不会造成积压，又可以让资金流转起来，可好？”

陈杞柏大喜。

“可是，店里只有两个伙计，就算加上你，也不可能一天就把大米全部送到啊！”陈杞柏犯难了。

没想到陈嘉庚却说：“没问题，车夫我来找！”

双方谈好后，陈嘉庚来到港口码头，毫不费力地找到了陈伯。看到陈嘉庚，陈伯还以为他是来还自己车钱的，连说不要。谁知陈嘉庚并没有掏钱给他，而是说：“陈伯，有个出力的活儿，您能帮我把这里熟识的黄包车车夫都叫上，到顺安米行来吗？”

那天新加坡港口的街上空荡荡，一辆黄包车的影子都没有，顺安米行的门口却排起了黄包车长队。阿福、阿财负责将一袋袋大米装到车上，陈嘉庚负责称重，阿琪负责计数。只用了一个上午，美国人要的大米就全都送到了。

结算车费时，每个黄包车车夫汗涔涔的脸上都挂着笑，一个上午的收入，比平时一天的还要多。在给陈伯的酬劳里，陈嘉庚不动声色地多放了 10 元叻币（新加坡银圆）。陈伯发现后，急得连连拒收。陈嘉庚说：“陈伯，这是您应得的。要不是您那么快帮我找到这么多人，我也不可能顺利地送完这批货啊。”

听他这么说，陈伯也不推搡了，高高兴兴地收下钱，用白毛巾抹着汗水，说：“好吧，那我就不客气了。没想到，你小小年纪，却如此会做生意，真是了不起！”

陈嘉庚笑道：“哪里！陈伯，以后您要是有什么为难之处，就来这里找我，千万别见外，我们可是同乡，还是本家噢。”

陈伯也爽快：“一言为定！真有困难，我就来找你！”

说罢，陈伯带着车夫们浩浩荡荡地走了。

陈嘉庚所做的这一切，陈杞柏在一旁默默地看着。他看着眼前这个刚满 17 岁的儿子：后背的长衫已经湿透，紧紧地贴着他瘦削的脊梁；还有些稚嫩的脸上全是汗，目光里却是超出其年龄的沉稳，这是一个生意人最应该具备的基本素质。

比起自己和姨太太生的儿子，陈嘉庚不知道强了多少倍。这话，陈杞柏并没有说出口。

两年后，因族叔回国，陈杞柏放心地将米行交给陈嘉庚料理。有了他的辅佐，陈杞柏又去开拓其他产业，生意蒸蒸日上。米行在陈嘉庚的经营下，生意越做越大，店内装潢更加豪华，员工也增多了。

第二章　嬗变

正当陈嘉庚在新加坡经商的路上越走越顺，能够独当一面的时候，又是一封家书，打乱了他惯有的生活步调。

这封家书来自集美的母亲，是一封催婚的家书。

离集美社不远的板桥乡浒井社有一女张宝果，年方十八。其父是个学问渊博却无意仕途的秀才，在乡里设馆教学，传文播道。虽然身处僻壤，张宝果却从小跟随父亲，耳濡目染，知书达理。两家经媒人提亲、过礼之后，这门亲事就算定了下来。此封催婚家书，就是要陈嘉庚返乡完婚的。

此时的陈嘉庚正全身心地投入到米行的经营上，英语也日趋娴熟，正想着大展拳脚，内心自是万般不愿。但媒妁之言，父母之命，均不可违。

陈杞柏看出了陈嘉庚的不情愿，劝导他道："嘉庚，男大当婚，女大当嫁，经商和成家并不冲突。爹爹知道你有上进心，也看得出来你是一块经商的料子。但自古以来就有成家立业之说，先成家，再立业，方是男儿该有之道。"顿了顿，他继续说，"你是你母亲的长子，早日完婚，也好让她放心。况且，等你回新加坡，也还可以再娶妻的。"

陈嘉庚在内心反问：“像您再娶姨娘一样？”但是，这话他只能在内心闪过罢了，万万不敢说出口。他改口说：“那米行的生意怎么办？”

“你放心回家，这边的生意都已经步入正轨，我多照应一下就是了。”陈杞柏说。

封建传统的一大体现就是一夫多妻制。出洋的华侨两地安家甚至多地娶妻是当时很常见的现象。可不知怎的，陈嘉庚的眼前无端闪现出母亲孙氏瘦小的身影。从纯真少女到中年妇人，短短 20 年，她仿佛就已经走完了长长的一生。绝大多数的岁月，她都在为夫家操劳和独守空房中度过。那个只回去团圆三次的丈夫，每次为她留下一个孩子，这就是母亲全部的满足。她甘于这种生活，也顺从于这样的命运，这是天下无数女人相同的命运。

在福建一带，还有个不成文的规矩：出洋的男人凡在国外又成婚生子的，要把头两个孩子送回老家，一是对家中正妻地位的承认，二是表示自己在家乡留下了“根”。陈杞柏也曾将他和在新加坡后娶的苏氏之子送回老家，那还是在陈嘉庚少不更事的年纪。但后来陈嘉庚听母亲说，父亲禁不住苏氏的哭闹，第二次回国时又将苏氏之子带回新加坡。

不管怎样，陈嘉庚不敢忤逆父母之命，默默打点行装，准备启程回国。

又是一个浩野长风的秋日黄昏，带着海水的气息，陈嘉庚身着西装，风尘仆仆地走在归乡的小路上。此时的他皮肤黝黑，身强体壮，戴着一副金丝眼镜的脸颊早已褪去离家时的稚气。

阔别家乡两年多，乡人弯腰在田里收割，渔民在海边收网，三两孩童赤身蹲在沙滩上，忽地起身向前头手中高举一只张牙舞爪的螃蟹的孩子追逐而去……看着曾经熟悉的一切景象，他内心澎湃，脸上却不动声色。

眼见着陈氏祠堂陈旧斑驳的大门，家里的屋顶正升起袅袅炊烟，陈嘉

庚仿佛已经闻到了红薯稀饭和咸鱼干的香味，不禁加快了步伐，归家的心情竟是如此迫切。但是，经过私塾时，看到木门凋敝、墙头荒草丛生的破败景象，他心里不由得一紧，生出一股酸涩。那是他从 9 岁开始就日日端坐在里面的私塾，耳边似还萦绕着琅琅读书声……旧事仍历历在目，而今却恍若隔世，人去屋空。内心与眼前，同样的凄凉。

刚进院门，陈嘉庚冷不防被一个满脸污泥、追着公鸡满院子疯跑的小孩撞了个满怀。

小孩歪着头问他："你是谁？"眼里透出顽劣，丝毫没有腼腆和畏惧。

陈嘉庚还没回答，母亲从屋里擦着手走出来，嘴里喊着："敬贤，赶紧吃饭啦！"一眼看到陈嘉庚，她惊喜万分："啊，是我儿嘉庚回来啦！"她三两步疾走向前，抓住了他的手。

母子相见，各自心下稍安。照例一盆红薯稀饭，一碟咸鱼干，母亲又捡回几只鸡蛋炒了，再择了一把青菜煮了汤。清汤寡水的晚饭，陈嘉庚却吃得狼吞虎咽。

妹妹去年已经嫁到泉州，家里只有那个才 6 岁的敬贤上蹿下跳，像只小猴子一样，淘气得很。饭后，在一盏煤油灯下，母子俩娓娓叙着几年来的旧事和变化。这样的时光，是如此温馨。

打开行李箱，陈嘉庚翻出一个光滑的绸布袋，从里面掏出一双泛着丝绸光泽的皮鞋，递给母亲："娘，我给您买了一双皮鞋。穿上，看看合不合脚。"

母亲脸上瞬间泛出羞涩的神情来，将双手在围裙上抹了又抹，才小心翼翼地接过来，轻轻摩挲着，嘴里不迭地说着："唉，你这孩子，净乱花钱！娘在这村里，哪有什么场合能穿得了皮鞋啊？"嘴上如此数落着，但她心里还是泛着甜。

半个月后，孙氏穿着这双崭新的皮鞋端坐高堂，迎来了儿子陈嘉庚与儿媳张宝果的跪拜之礼。

婚后的陈嘉庚与张宝果相敬如宾，举案齐眉，日子在平静中悄然而去。

唯一让陈嘉庚头疼的就是弟弟陈敬贤。这个孩子与自己的性格完全不同，每日恨不得上天入地，一没看住就没了人影儿，非要从树上揪出或泥里挖出来不可。也常有邻里乡亲拎着自家娃找上门来，一准儿又是敬贤惹了祸端，平白揍了人家的小子。为此，母亲总要向人赔礼道歉，即便她平日为人良善，在乡里有口皆碑，但也免不了要为孩子闯下的祸低三下四。

母亲的唉声叹气，让陈嘉庚心生气恼却又无计可施，最多他也只能替母亲责备弟弟几句。

平日里，陈嘉庚会去邻村学堂找先生借书温习，重读旧日未懂的《古文经义》与四书五经之后，感觉更进一步理解了其中的精妙。他也会隔三岔五去板桥乡拜访秀才岳父张建壬，两人常常就着两盏清茶聊到日落。张建壬学识渊博，能为陈嘉庚解开书中之惑；而陈嘉庚则跟他讲述南洋所见所感，以及内心隐隐所望。

那日回家，陈嘉庚手里多了些从张建壬家拿回来的书，是郑观应所著的五卷《盛世危言》。郑观应曾在太古轮船公司担任过买办，在海外华侨中颇有影响。书中，郑观应并未引经据典，而是对自身经历的事实平铺直叙，毫不讳言地表达对时局的不满，指出中国社会较之西方社会在各个方面的落后，并提出应该从政治、经济、教育、舆论及司法等诸多方面进行改革的主张。

这本书深深吸引了陈嘉庚，他就像在多日灰暗的憋闷中突然找到了出口，看到前方豆大的光亮。

那晚，陈嘉庚失眠了。他脑海中的想法如潮汐般往复奔流，去了又回。

他想到岳父开办的学堂，只有几个三天打鱼、两天晒网的学生；想到自己的弟弟敬贤，到了该进学堂的年龄却整日游手好闲、惹是生非；想到村里适龄的孩子们全都没学可上，每日成群结队嬉戏玩闹；想到每日经过米行门前精神抖擞的新加坡学生；想到出洋的自己和长辈们，之所以出洋讨生活，还不是因为政府腐败，国弱民贫，教育颓废！新加坡虽是一个只有弹丸之地的小国，且受到英国的殖民统治，可是，在教育、经济等各个方面，的确要比中国强太多啊！

穷则独善其身，达则兼济天下！可是，这个“济”，可以如母亲一般以钱财接济，也可以以教育的方式，授之以渔！

“实业可以救国，教育方可兴国！”这是这一段时间陈嘉庚与张建壬喝茶聊出来的思想。而这个念头一出现在脑海里，陈嘉庚就再也憋不住了。

天色刚刚泛白，陈嘉庚摇醒了妻子张宝果，没头没脑地跟她说了一句：“我想办学堂。”

睡眼惺忪的张宝果还以为他在说梦话，揉了揉眼睛，见陈嘉庚神色凝重，遂起身，问道：“办在哪里？”

“就在村里。”

“钱从何处来？”

“几年经商，存得两千银圆。”

“不修缮老宅了？”

“先办学堂。”

张宝果没作声，披衣下地，拉开梳妆台的抽屉，拿出一只樟木首饰盒——里面是她所有的值钱物件，递给了陈嘉庚。

就这几句话，一个举动，足够表达她对丈夫的支持。陈嘉庚心里一热。

除夕临近，陈家迎来了陈嘉庚的长子陈厥福满月的日子。村里爆竹声声，百余户人家都喜气洋洋、热热闹闹的。这番热闹，并不只是为陈厥福庆祝满月，也不仅仅是为过年，而是，这天的集美社迎来了一件更大的喜事。

在一棵古榕树旁，新建起一处简朴清雅的院落，石墙有半人高，堂屋宽敞，院内水声淙淙，院外田垄成行，秧苗齐整。一块蒙着红绸的匾额悬于正门，陈氏祠堂德高望重的族长在鞭炮声中扯下红绸，露出了四个大字——惕斋学塾。

榕树下聚集了全村老少。在大家的欢呼声和鼓掌声里，也有人在议论：

“这几个字念什么啊？是什么学塾？”

“我昨天问了孙氏，说是叫‘惕斋’。”

“惕斋？搞不懂这是什么名字，真是拗口。”

一旁的张建壬听了，抚须颔首，道：“君子终日乾乾，夕惕若厉，无咎。嗯，好，好！”

也不知他是在解释给乡亲们听，还是在自言自语。

学塾的名字，陈嘉庚很是谨慎，思量几日，才选取《周易·乾卦》里的这句话，以提醒自己，即便初得重用，也要自强不息，发奋有为，还要小心谨慎。

匾额下方的门柱上，有陈嘉庚手书的一副对联：“惕厉其躬，谦冲其度，斋庄有敬，宽裕有容；春发其华，秋结其实，行先乎孝，艺裕乎文。”

陈家宅院里一片忙碌，女人们在厨房和院子间穿梭不停，热气腾腾的菜肴摆满了几十桌，这阵势一改陈家往日的简朴之风。几个手脚麻利的婶婆姨娘在厨房帮忙，有的手里搓着青菜丸子，有的在包扁食，嘴里却未停歇，问孙氏：“嘉庚不回南洋做生意了？要不，怎么花这么多钱建学

堂啊？”

“回啊！不回去经商，哪里还有钱供他的学堂啊？”孙氏把笼屉放进锅里，将一个个扁食摆上去。

“哎，你也不劝劝他，现在这世道，哪有那么多家庭能供孩子读书啊？”

“嗨，他的学堂不要学费。”

“笑话！不要学费？建房子要花钱，请先生要花钱，买书本也要花钱，哪能不要学费？”

学塾门前，族长拄着拐杖，走上前来，抬手示意大家安静，然后清了清嗓子，朗声说道：“我集美社开基逾600年，偏居一隅，世代以捕鱼耕地为生，虽也行四书启蒙，却鲜有中举之弟。尤其近年，塾师病故，私塾荒敝，孩童四散，民风渐凋，每思及此，都觉汗颜。幸是今有我陈氏嘉庚出洋三载，却将劳苦所得悉数倾囊，开办学堂，复我集美文化之光！身为族长，老朽恳请在场各位乡亲，凡在册之名，明日定要送来惕斋从学受教，断不可将汝之后代少年，葬送在汝等手上！”

此番感言过后，陈嘉庚向众人深深鞠了一躬，久久没有直起身。族长眼噙老泪，众人无不动容。

当天，村里 18 个适龄的孩子都进了学塾，弟弟敬贤也成了陈嘉庚资助的第一批学生。

春意已淡，白月半圆。

陈嘉庚辞别母亲和妻儿，再次奔赴新加坡。

刚刚下船走出港口，他就看到陈伯。一别几载，再次相见，两人皆喜出望外。陈嘉庚正要举步上车，却看见报童扬着手里的报纸，大声叫卖：“号外，号外，丧权辱国《马关条约》，割让台湾、赔款日本两亿白银，台湾民众发布檄文，抗议示威，‘愿人人战死而失台，决不愿拱手而让台’，誓与台湾共存亡！号外，号外……”

陈嘉庚连忙拦住报童，买了一份报纸。陈伯在惊怔之余，一拳狠狠砸在路旁的电线杆上，鲜血从粗大的指关节处慢慢渗了出来。陈嘉庚见状，把报纸往腋下一夹，急忙查看他的伤势，一把扯下陈伯肩上的毛巾将他的手包裹住。

陈伯却仿佛不知疼痛，眼里冒着红光，咬牙切齿地说：“去年甲午海战惨败，北洋水师全军覆没，如今又签这等丧权辱国的条约，如此下去，国将不国！还谈什么振兴，谈什么救民！”

听到这番话，正在为陈伯包扎伤口的陈嘉庚突然愣住了，抬头望向陈伯。平日里，陈伯在他眼里就是一个老乡，与集美的乡亲无异。而此时的陈伯却让他很意外：在他眼里，除了愤怒和失望，还有舍我其谁的坚定的光芒。

顺安米行的生意如常，但一踏进正堂，陈嘉庚就觉察出了异样。

阿琪见到少东家，先是惊喜地迎上来，却在同时用手背擦去了腮边的眼泪。阿福和阿财也打了招呼，却少了平日的亲近和活力。另外几个伙计在心不在焉地招呼顾客，还有一个年轻的伙计蹲在后院门边抱头哭泣。就连刚进门的英国客人，陈嘉庚也能敏感地从他们眼里捕捉到一丝过分的客气，或者说，同情。店里店外都笼罩着一层憋闷和悲伤。

阿财见那个年轻的伙计还蹲在后院，便疾步走过去拍了拍他的肩膀，小声安慰道：“阿旺，别哭了，少东家回来了。”

阿旺赶紧站了起来，跟在阿财身后抹去满脸的泪。

阿财向陈嘉庚解释：“少东家，这是阿旺，他不是偷懒，而是……”他咬了咬嘴唇，“他是台湾人。”

陈嘉庚从进门就一直没说话。他看着眼前这张年轻的脸庞，那上面的泪水与屈辱，岂是几句话就能安慰得了。他拍了拍阿旺的肩膀，欲言又止，终究还是什么都没说。

每个人心头的沉闷，仿佛一座座大山，压得人透不过气来。突然一声巨响，众人吓了一跳，定睛一看，原来是陈嘉庚一巴掌将他手里紧紧攥着的那份报纸“啪”的一声拍在柜台上：“‘愿人人战死而失台，决不愿拱手而让台！’何其壮哉！台湾民众比清政府还有骨气！”

店里的顾客见状，都悄无声息地退了出去。

阿旺拾起报纸翻看，指着白纸黑字愤怒地说道：“日本提出的赔款、割地条款是‘五洲所未有之奇闻，三千年所无之变局’啊！简直就是豺狼虎豹。”

阿福愤怒中夹杂着伤感：“台湾土地肥沃，物产饶多，民亦服王化，纯然如本土。如若割让给日本，我恐两方子子孙孙永成仇敌，传至无穷矣！”

阿旺接着道：“清政府不作为，国将不国，我等深感痛心疾首！”

陈嘉庚将报纸揉成一团，奋力扔进纸篓，握紧拳头，忿忿不平地说：“国家有难，匹夫有责！我们要振兴中华，要救国救民！”

阿旺一听这话，停止了啜泣，说道：“孙中山先生也是这么讲的。”

“孙中山？他是谁？”陈嘉庚和阿财同时问道。

“他是革命英雄！他抛弃‘医人生涯’，进行‘医国事业’，上书李鸿章，还在檀香山创立了‘兴中会’，决心振兴中华，‘救斯民于水火，扶大厦之将倾’！在香港和台湾，他的名字家喻户晓。”阿旺一扫之前的伤心沮丧，眼里闪出希望的火花，一股脑儿道出了这一长串的话。

阿旺的话句句都如重锤般擂打陈嘉庚的心。孙中山，孙中山，这个名字似乎在哪里见过，或者，听说过？他在脑海里迅速搜寻，蓦地，他想起来了！在郑观应所著的《盛世危言》中，有一篇《农功》，作者正是孙中山！

原来遥远缥缈的人，突然走近了，清晰了。

“可是，你怎么知道得这么清楚？”他问阿旺。

阿旺还没说话，阿财抢先替他回答："少东家，别看阿旺年纪轻轻，他可是在日本留过学的！英语和日语他都精通得很。本来他父母都在日本做生意，后来他父亲遭了日本人的暗算，赔得血本无归，他才辍学回台湾，又来了新加坡打工。"

原来如此。陈嘉庚看向阿旺这个年轻人，内心生出些许相惜之情来。

时间跨入二十世纪。

十年风云，弹指一挥间。

无论是在国内还是在海外，每一个炎黄子孙都经历了颠覆性的改变。

八国联军发动的侵华战争，给国家和人民带来了空前的灾难，中国从此彻底沦为半殖民地半封建社会，千年大厦摇摇欲坠，随时可能轰然倾塌。

在新加坡，而立之年的陈嘉庚也正经历着他人生里的霜雪雷暴，重重考验压顶而来。

就在陈嘉庚尽心竭力为父亲增值财富、在商界大展拳脚之际，母亲孙氏的突然离世，给了他沉重的一击。

顺安米行的规模比以前扩大了，陈杞柏经营的其他业务也都呈现出欣欣向荣的景象。陈家父子在新加坡华人商圈里的地位日益攀升。陈杞柏还在柔佛新建了一家黄梨罐头厂，买下几百英亩的土地，辟成十几个黄梨种植园，自行栽种黄梨，实现产销一体化。

陈嘉庚得知母亲去世的消息，悲痛万分，当下便要启程回国奔丧守孝。没想到，陈杞柏却表现出罕见的强硬，不许他回国。

"为什么？"陈嘉庚在悲痛之余听到父亲的反对，犹如雪上加霜，悲伤更深一层。

"目前正是用人之际，你若离开，财务谁来管？好不容易发展起来的产业一旦停摆，后果不堪设想，我们不能冒这个险。"陈杞柏振振有词。

陈嘉庚简直不敢相信，这番冷酷无情的话，居然从亲生父亲的口中说出来。虽说从小他就没有享受过父爱，但他仍感激陈杞柏唤他来新加坡，感激他的栽培之恩。“自古商人重利轻别离”，这个评价用在陈杞柏身上，该是恰如其分吧。

经过此事，父子两人的关系蒙上了一层阴影。

百善孝为先。倔强的陈嘉庚不顾父亲反对，毅然踏上归途。他要亲自安葬母亲，那个含辛茹苦抚养他成人的伟大的母亲，送她最后一程。并且，他决定按照儒家的礼俗，为母亲守孝三年。

其间，他在福建各地游走，民不聊生之时，各地经济一片疲软，一时难以恢复，地皮价格便宜得很。在考察经济状况的同时，他也关注周边各县乡儿童的失学情况。谁料，考察完他不禁恻然，痛心疾首。在同安，儿童成群结队，小则打架斗殴，大则偷鸡摸狗，甚至组队赌博，实则悲矣！

但是，陈嘉庚奉父命投资地产，手中并无余钱，只能先把办学报国的心愿藏在心底。他暗下决心，返回南洋，先兴实业，再办学堂。

刚好他得知鼓浪屿一带的环岛路有一海口新填地块，原本为一台湾商人所有，台湾被割让后，台湾商人急着出手。陈嘉庚看准时机，与政府交涉，买下了这块地的所有权。

当时，与集美仅一水之隔的厦门已经成为“五口通商”的城市之一，鼓浪屿一带已有繁荣的景象，很多华侨都来这里投资。陈嘉庚在这里建造了 60 座三层小楼用来出租。并且，他把所有新购得的房屋产权都登记在姨娘儿子的名下。近而立之年的陈嘉庚，有着异于常人的魄力和胸怀。

他已经打定主意，心无旁骛地回新加坡赚钱，赚洋人的钱，再回家乡办学，以此来报效祖国。

1903 年秋天，陈嘉庚再次坐上了出洋的货轮。此番出洋与之前不同，他的梦想更加明确。他要一日日开拓，渐进地实现。

船开出不久，气温骤降。船上多是福建人，出身穷乡僻壤，去南洋是为了谋生。他们多数人衣衫单薄，冻得直打哆嗦。

看到大家被冻成那样，陈嘉庚就找来仓库保管员说："我姓陈，你给每人发一条毯子，费用由我来出。"

那位保管员大概没听清楚，通知变成了"乘客中姓陈的，每人发一条毯子"。船上旅客一听，纷纷说自己姓陈，反正先拿到毛毯御寒再说。

过了一会儿，陈嘉庚到各船舱查看，发现大多数人都有毛毯覆身，唯独角落里一个十来岁的少年仍穿着单衣，冻得牙齿直打战。

陈嘉庚连忙问他为什么没去领毛毯。少年说："船上通知姓陈的才可以去领毛毯，我姓李，不能冒姓去领。"

这种诚实的举动给陈嘉庚留下了深刻的印象。少年如此，国家仍有希望矣！陈嘉庚赶紧喊来保管员，给少年加了一条毛毯。

陈嘉庚问少年："你叫什么名字？"

少年回答："我叫李光前。"

胸怀拳拳报国之心的陈嘉庚再次返回新加坡时，却被眼前的景象惊呆了。

米行库存几无，生意惨淡，店内只留下阿琪和阿福两人操持着，陈杞柏卧病不起。

追问之下才知，父亲濒临破产！

原来，陈嘉庚走后，陈杞柏又从国内召回了之前负责财务的族叔，但没多久族叔就卧病在床，久治不愈，账目无人打理，店里经营管理不善。最重要的原因是，苏氏染上烟瘾，她儿子又嗜赌成性，瞒着父母挥霍钱款，导致米行没有资金周转，又大举借债，直到债主上门陈杞柏才知真相，却为时晚矣。陈杞柏一气之下，将逆子扫地出门，自己却也积

郁成疾，病倒了。

陈嘉庚来不及多想，连夜核算来往账目，把欠款与可变卖的房产相抵之后发现，负债高达 25 万元，远不止父亲所知的数目！

米行没有资金周转，向印度人借巨额高利贷，地产业崩盘，雪上加霜，昔日的商业巨头轰然倒塌。

就在人人避之不及时，陈伯突然来访。同来的还有闽南华侨商会的侨胞林义顺和一个陌生的年轻人。

陈嘉庚手里正拿着新加坡法院刚刚送达的传票，印度债主已经将陈杞柏告上了法庭。

见此情形，陈伯焦急地问："怎么办？"

陈嘉庚面如止水："父债子还，天经地义。我代爹爹出庭应诉！"

林义顺一听，顿时面露赞许之色："好样的！就知道陈兄是一个有担当的人，不会给我们闽南同胞丢脸！"林义顺比陈嘉庚还小 5 岁，但他从小就生长在新加坡，幼年父母双亡，由家境殷实的外祖父母养大，读了十几年书，先是在中文学校，后又入圣约翰英语学校，在中华传统文化的熏陶和西方先进文明的影响下，加之 20 岁就承袭遗产，意气风发，大搞种植，开办农场，小小年纪就干出一番事业。

这次，林义顺明显有备而来："我已经跟闽南商会几个有实力的侨胞说了，我们先凑出一笔钱来，把这利滚利的高利贷还上一点儿，剩下的大家再一起慢慢想办法。"

听林义顺这么说，陈嘉庚一直紧绷着的心放松了下来，顿感一股阳光般的暖意。他双手抱拳道："林兄，大恩不言谢！这份深情，嘉庚记下了。"说完，他又深深鞠了一躬。

林义顺探身扶起，说："我虽然生于新加坡，但不会忘记祖籍。我们都是福建人，不要这样客气。"

说着，他把身边的年轻人拉过来，介绍给陈嘉庚："陈兄，他叫陈玉良，是咱们闽籍商人陈楚楠的侄子，也是新加坡小有名望的律师。陈楚楠听说你们遭到变故，知道你刚回来，有一大堆的债务要还，身边也没个得力的人帮衬，所以特地嘱咐我将玉良带来帮忙打理官司。”

陈嘉庚感动得不知该如何言谢。林义顺见状，笑言：“莫谢我，这主意还是陈伯出的。”

一直没说话的陈伯张了口：“少东家，我没钱，也出不上力，才想了这么个法子。”

陈嘉庚这才反应过来。他们来访时，他的全部心思都在如何摆脱当前窘境上，却忽略了这三个人同时出现的缘由。陈嘉庚不禁疑惑地指向陈伯和陈玉良：“你们……”

陈伯呵呵笑了：“我是玉良的堂叔。”

“可是，你为什么……”陈嘉庚更不解了。陈楚楠是新加坡非常有名望的木材商人，陈伯是他的堂兄弟，怎么会去拉黄包车谋生？

陈伯接下了他未说完的话：“我为什么去拉车是吧？嗨，这个日后再跟你讲，先解决眼前的问题吧。”

陈嘉庚不知道，林义顺和舅父张永福，以及闽商陈楚楠、林受之，因意气相投，已成莫逆之交，几人成立了一个小团体，叫“小桃源俱乐部”，经常聚会讨论国内的时局。每每谈到清廷的倒行逆施、列强对中国的瓜分时，无不义愤填膺。后来，他们认识了孙中山的好友、“兴中会”元老尤列，才从谈论革命走上了实践革命的道路。

陈伯比陈嘉庚早来新加坡没几日，开始他只是不想拖家带口地投靠陈楚楠，便自食其力干起拉车的行当养家，后来在陈楚楠、林义顺等人的影响下也参加了革命。只不过，拉车的活计变成了一种身份的掩饰，很多底层新加坡华人的思想动态都是由陈伯传递给陈楚楠他们的。

当下，几人沉下心来面对现状，最终定夺方案：先将顺安米行关门清盘，再由陈嘉庚出面与债主谈判，告知对方将由他代父偿还债务。若对

方不同意撤诉，陈玉良将帮忙在法庭辩护，争取法官同情，以求酌情减免部分债务，并延长还款期限。

要说之前陈嘉庚是仗着陈杞柏在商界的地位结识了众多闽商华侨，那么现在他已经从“闽南一家亲”的模糊认知，上升到了“团结力量大”的层面。之前陈嘉庚仗着父亲在新加坡商界站稳脚跟，而这次家中突遭变故，则让他在暴风雨中扛下所有责任，独当一面。

陈嘉庚开始了人生中最重要的篇章——用仅有的 7000 元钱创业，开始独立门户。

因为要关门变现抵债，米行暂时开不下去了。陈嘉庚就从自己比较熟悉的菠萝罐头加工厂起步。

他先是在三巴旺买了块地，又多方联系，从一些小加工厂里买了二手的加工生产线，所有设施都从陋从简，但是工人一定要用吃苦耐劳的，绝不在人工成本上过度节约。就这样，他东拼西凑地开起了一家小型的菠萝罐头加工厂。原来米行的工人听说陈嘉庚白手起家，很多都主动跑回来帮忙。基于陈杞柏原来乐善好施的良好声誉，很多华洋商行都乐意让陈嘉庚赊账经营。慢慢地，陈嘉庚的新利川菠萝罐头加工厂正如他所期望的那样，一开始便有了新气象。

在新加坡商界，大家都知道了陈嘉庚这个名字。他能在 30 岁时从头开始，白手起家，替父还债，这种勇气足以令人折服。因为父亲当年创办的日新菠萝罐头加工厂的一位大股东在去世前把股权转让给他，陈嘉庚开始走上了资本积累的道路，在新加坡华侨圈子里的名气越来越大，连一些富贾和前辈也对他恭敬三分，也会照顾他的生意，给他订单。

虽然得到大家的认可，但陈嘉庚比从前给父亲打工时更努力了。

每天上班时，陈嘉庚会先去洋行询问有没有新的订货电报，如果有新订单，他就先了解客户的需求，不断按照客户的要求改善产品品质。

在当时的新加坡，大大小小的菠萝罐头加工厂有二十几家，竞争十分激烈，所以获利空间十分小。如何变被动为主动，开辟新市场，成了陈嘉庚日思夜想的问题。后来，在经营过程中陈嘉庚发现，欧洲市场非常青睐新加坡产的菠萝罐头，但对包装和口感有特殊要求，本地绝大部分的菠萝罐头加工厂商不愿意根据欧洲客户的要求改进。

陈嘉庚发现了商机。

就像在米行时跟美国人做大米生意一样，陈嘉庚认为客户的需求就是工厂的机会。他先是和经营菠萝的洋行沟通，在保证原材料供应充足的情况下，一口气接下了所有的欧洲订单，并根据欧洲客户对包装、形状、甜度等的特殊需求立刻投产。

每一个出口至欧洲的罐头，整个生产流程陈嘉庚都细细过问。从收购到清洗，从切割到制作，每一道工序，他都非常重视。赶上急单时，他干脆一头扎在厂里，与工人们同吃同住，直到得到欧洲客户的良好反馈后，他才会松一口气，继续投入下一个订单的生产。

中国有句老话："三百六十行，行行出状元。"不论在哪一行，都有佼佼者。陈嘉庚似乎天生就有经商的才能，就像人们常说的"天生就该干这行"一样，凭着十几年的从商经验、敏锐的洞察力和超人的胆识气魄，陈嘉庚又捕捉到了新的商机。

那日，欧洲的一笔货款到账了，他马上到常去的洋行结算欠款。本来他带足了菠萝、白糖、马口铁等原料的货款，但是熟识的账房抬头见是陈嘉庚，停下了正在拨弄算盘的手，笑眯眯地对他说："今儿先结菠萝款，糖钱和铁钱不急，您是常客，三个月结算一次也是来得及的。"

"啊？为什么啊？"陈嘉庚有点疑惑，哪有不要送上门的钱的道理？

账房解释道："哎，这您就不知道了吧？干这一行的，这菠萝钱是要立马结算的，毕竟水果是有保鲜期的。但是这铁和糖嘛，本来结算期也都要四五十天，像您这样的老主顾，我们东家说了，跟其他几家大商户

一样，一个季度结算一次就可以！这样，我也省事儿了！”

原来如此。

看着手中剩下的钱，陈嘉庚又有了新的想法。

他利用结款期限可以延长几个月的时间差，用出手罐头成品所得的款项扩大生产规模。很快，新利川菠萝罐头加工厂如同一匹黑马，在新加坡二十几家菠萝罐头加工厂中脱颖而出。并且，随着菠萝供应的日趋紧张，他又果断地买下几千亩土地，用来种植菠萝。有了原料基地，获利空间更大，盈利也更多了。不到一年时间，陈嘉庚就在顺安米行原址上重新创办了“谦益米行”，重操旧业，给父亲，也给自己一个圆满的交代。

第三章 觉醒

仅一年时间，陈嘉庚的事业就呈现出蒸蒸日上的好势头。

时间进入了1905年的新春佳节。陈嘉庚的两家工厂获利颇丰，菠萝种植园虽还没有盈利，但指日可待。米行的重新开张让陈杞柏欣慰至极，病情也有了好转。虽然这次破产令他元气大伤，但是看到陈嘉庚的经商才能，他既放心又服气。

弟弟敬贤已经满17岁，跟当年出洋时的陈嘉庚一样年纪，开始进入哥哥的工厂，成为陈嘉庚的左膀右臂。

这个新年，陈家老少欢聚一堂，其乐融融。

厅堂里挂着一本特殊的挂历，设计新颖，印刷精美，上面印着太平天国将领石达开的字：“忍令上国衣冠沦诸夷狄，相率中原豪杰还我河山”，两侧还有一副对联：“文字收功日，全球革命潮；图开新世界，书檄布东南”，中间则是自由钟和独立旗的图案。

这是陈伯送来的，也是林义顺送给每一个华侨的新年礼物。

其实，这本挂历的背后还有一段故事。

有一次，林义顺看到流传至新加坡的上海《苏报》。这是一份宣传革命的报纸，上面刊载了一则关于清朝禁止汉族子弟留学日本成城军官学校的消息，气愤至极，说："中国再不革命，我们都没有活路了！"后来，《苏报》被封，张永福、陈楚楠两位富商出资，林义顺奔走联系，在新加坡福建街 21 号办起南洋开天辟地第一份公开宣传革命的报纸——《图南日报》。

但是，由于南洋华侨对革命还普遍缺乏认识，林义顺等人遭到了群起攻击，被咒无父无君、无法无天。起初他们只是遭到社会上的人反对，到后来竟到了亲人反目、朋友绝交的地步。主张保皇的侨商甚至合谋要挤垮陈楚楠、张永福的商行，英殖民当局也在清朝总领事的要求下一再向他们发出警告。在巨大的压力下，报社的一些人灰心消极，申请离职，但林义顺、陈楚楠和张永福依然不为所动。令他们焦心的是报纸的销路一直没法打开，平时订户只有 30 余户，即使白送，也只能发出 1000 份左右。这意味着宣传革命的原旨将无法实现。

为了打开局面，借着新年之际，他们设计制作了这种形式新颖又能宣扬革命思想的挂历，分发给东南亚各地华侨和团体，颇受欢迎。不久之后，报纸的销量递增至 2000 份。

几乎在同一时间，远在檀香山的孙中山也看到了这本特殊的挂历。

那天，孙中山去檀香山新报社找一位故友，不经意间，看到桌上有一本挂历。看得出来，设计者很用心，将万丈豪情细心隐藏在一份日常之物上，让人却之不能。

与挂历一起放着的是《图南日报》。细读之下，他发现这竟是一份华侨自办发行的革命报纸。

孙中山心下大喜！

当时，他正致力于联络海外侨胞，筹集起义所需资金，对华侨最为集中的南洋地区自然非常关注。过去他一直苦于找不到敢于起来革命的南洋华侨。此时一见《图南日报》，他知道南洋终于有了革命的喉舌，极为兴奋，马上向《图南日报》汇去 20 美元，订购此种挂历，同时写信给尤列，询问《图南日报》的组织者，表示希望与他们会面。

尤列当时已经是“小桃源俱乐部”的座上嘉宾，常与陈楚楠、林义顺等人探讨政治时局。

这日“小桃源俱乐部”聚会，尤列还未等大家坐安稳，就迫不及待地拿出一封电报，高高举在手里，难掩兴奋地说：“各位，好消息！孙文先生要来了！”

众人为之一振。林受之抢先问：“孙文？就是您常说的兴中会的孙中山？”

“是啊是啊，我刚刚收到先生电报，不日将抵新加坡。先生说，想见见各位。”尤列望向当晚聚会的每一个人。

“太好了！我们明天就开始准备，迎先生来我晚晴园一晤！”张永福最先响应。晚晴园是他的私人别墅，奢而不华，高贵素雅，是当时新加坡数一数二的豪宅。

没想到尤列却摇了摇头，面露愁容：“不行的，当年先生到新加坡营救日本志士宫崎寅藏，被当地政府逮捕，限令离境五年。现在，期限未满，不能入境啊。”

“那……岂不是见不到先生了？”林义顺有些急了。他早在读《苏报》时就知道孙中山的革命主张，后又听尤列讲先生的种种往事，对兴中会的“驱除鞑虏，恢复中华”誓词赞许有加，刚听说先生邀约一会，却又不能入境，不免焦虑起来。

“林娃儿莫急，容我想想办法！”几人之中陈楚楠年龄最小，却早已身家万贯，平日里在大家面前总是一副稚气未脱的样子，跟林义顺开些无厘头的玩笑，但遇到大事，他又显现出沉稳老成的一面来。此时，他用平日玩笑的口吻称林义顺为“林娃儿”，也不知他葫芦里卖的什么药。

“警察局那边，我来交涉。”陈楚楠神秘一笑，“前几日刚刚打点了新来的洋局长，正好让我练练手，试探一下他是否值我花的银子。”

听罢，大家哈哈大笑，气氛瞬间变得轻松欢快起来。

木棉还未落尽，凤凰花已绽满枝头。

厦门的滨海路上，到处洋溢着燥热。与热烈的高温一同来的，还有那些游行队伍的热情。

几百人的队伍群情激昂地走在街头。他们举着横幅，上面写着大大的“民族、民权、民生”六个字。这是孙中山刚刚在日本成立的中国同盟会提出的“三民主义”。

走在队伍最前面的是庄希泉。他左手举着喇叭，右手紧握成拳，振臂高呼：“拯斯民于水火，扶大厦之将倾！驱除鞑虏，恢复中华！”

“驱除鞑虏，恢复中华！”

“创立民国，平均地权！”

“创立民国，平均地权！”

学生们的热情是最容易被点燃的。庄希泉每喊一声，身后就有几百人随之应和，他们仿佛要把满腔热情都融入每一个音节，每一次高喊。

行人或驻足观望，或低头看学生们塞给的传单。街道旁的店铺都不做生意了，有些老板干脆关了店门，加入游行队伍。

谁也没注意到，在围观的人群里，陈玉良也在其中。

陈嘉庚在厦门置办的房产，地皮价格在短短两年内翻了几番，政府反悔，有意刁难，授意原来地产所有者台湾商人起诉。没办法，陈嘉庚只好委托陈玉良回国代理官司。因为学生游行的地点正是滨海路，来视察地产的陈玉良恰巧看到了这一幕。

游行队伍正好走到陈嘉庚的地产处停了下来。这里恰好有最后一处店铺还没完工，脚手架就被庄希泉当成了演讲的舞台。

台上，庄希泉振臂一挥，慷慨激昂，滔滔陈词："我们要积极争取民族主义，暴力推翻清王朝的反动统治，争取实现民族独立自主！我们要民权主义，创立民国，进行政治革命，推翻封建帝制，建立资产阶级共和国！我们要民生主义，平均地权，核定全国地价，现有地价归原主所有，革命后因社会进步所增长的地价归国家所有，由国民共享！"庄希泉讲到一半，台边有位女同学朝他使眼色。庄希泉会意，忙补了最后一句："这就是三民主义。只有三民主义，才能救国！"

庄希泉说完，走到台边，另一位男同学走上前。

男同学接着说："我们要明确提出反对帝国主义的口号，主张国内各民族一律平等……"

台上演讲的人激情四射，台下围观的人全神贯注。就在这时，人群一顿骚乱，突然冲出数十名清政府的警卫，就像是预先埋伏好一般，提着警棍追逐着队伍中的每一个学生。台上的男同学一看形势不妙，一转身跑进了还未完工的小楼里，而庄希泉却没那么好运，还没反应过来就被两名警卫扭打在地，被铐了双手带走了。

人群一哄而散。

这件事跟陈玉良没什么关系，但两名警卫径直向他走来，又客气又强硬地说："陈先生，请跟我们到警卫署走一趟。"

陈玉良莫名其妙："你们凭什么抓我？"

"不是抓，我们是'请'。"警卫显然有备而来。

"给我一个理由。"陈玉良不卑不亢。

"到了警卫署，我们长官会跟你说。"他们不由分说地把一干人等都带走了。

处理好这场无中生有的官司后，陈玉良回到了新加坡，未来得及休息，便马不停蹄地跑到菠萝罐头厂找陈嘉庚，向他汇报此行所见。

当陈玉良讲到警卫抓人这段的时候，陈嘉庚没感到诧异，而是非常气愤地说："他们是想制造障碍，让你不能打赢这场官司吧？"

"陈兄说的是！"陈玉良暗自佩服陈嘉庚的洞察力。

"所以，游行的学生也是被这件事情连累了。"陈嘉庚很是懊恼，摇了摇头。

"陈兄莫急，好在事情的结果很出乎我意料。"

"哦？"陈嘉庚静待下文。

到了警卫署之后，墙根蹲了一溜游行的学生，庄希泉一直在跟警卫据理力争，不蹲也不坐，大声吵嚷。被吵烦了，一个警卫上来给了他一棍，他就捂着肚子蹲下了。

一个长官模样的人出来跟陈玉良交涉，大意是，学生们进行革命游行，大肆宣扬要推翻清政府建立民国，这是大逆不道的行为，是反动。而游行队伍最后的集会地点是陈家的地盘，这件事跟此次回国的陈家代表陈玉良就扯上了关系。

当然，陈玉良也不是吃素的。新加坡的法律要比清政府的法律健全太多，陈玉良是有多年法庭经验的著名律师，根本没把他们这点小伎俩放在眼里。

正当陈玉良听完这些无端罪状准备为自己辩护时，门外一阵叫骂声传进警卫署。一个浑身珠光宝气的贵妇应声而入，直奔庄希泉："夭寿噢，你个死孩子，疯狗仔！好好的少爷你不做，跑这里来干什么？杀千刀的！赶紧给我滚回上海，不然我断了你所有钱财，让你下半辈子喝西北风！你老子要是敢管，老娘我不掀了他的钱庄子！"

这一大通的闽南话夹杂着上海口音，听得在场的人都一愣一愣的。

那边庄希泉已经被这贵妇拎着耳朵生生拽起身，咧着嘴叫疼。"看看你什么样子，这样天天游街，学也不上，这么下去不是个办法。你阿爸喊你去上海工作，让你不再浑噩度日！”贵妇拉起庄希泉就往外走。

两个警卫好像被她这气势镇住了，看了一眼长官盛怒的眼神，才怯生生地拦在他们面前，说：“他，不能走……”

“啪”的一声，贵妇松开庄希泉，一巴掌甩在警卫的脸上。警卫被她打懵了，捂着脸不敢出声。

“让你们长官出来见我！看谁敢动我儿子一根汗毛！”原来，这是庄希泉的母亲。

一旁被松开的庄希泉梗着脖子站住，执拗地喊：“我不走！我要留在厦门，继续干救国救民的革命工作！”

庄母白了他一眼：“救虾米国？你一个半大少年郎，拿什么救国？你莫忘了你游街发的宣传单，是用我给你的钱。”这句话一说，庄希泉红了脸，不说话，像被霜打了的茄子似的。

庄母丝毫没有停歇，继续口吐箴言，但语气缓和了许多：“没几个钱，谈何救国？孙中山救国也是要去募捐的。你以为天上会掉馅饼？没钱，别说救国了，就是生活也成问题，还不知道谁能救你呢！”

庄希泉听到这，突然像被点醒了一样，一拍大腿，朗声道：“是了！实业救国，也是一条重要的救国之路啊！”

话音未落，庄母又伸手掐庄希泉耳朵，将他掐得嗷嗷叫：“讲什么鬼话？哪个让你去救国？死小孩，快去上海上工！”

警卫署里的这一幕，被陈玉良讲得绘声绘色。

陈嘉庚听到这里，沉思了一下，问：“如此说来，庄母既然敢如此大闹警卫署，这个庄希泉应该不是等闲之辈喽？”

“是的，陈兄，听说是厦门人，但他的父亲庄春成在上海产业做得很大，有商号，有钱庄。庄希泉为了闹革命，学也不上了，商号的经理也不当了，跑回厦门一心搞游行，搞革命宣传。”

“后来怎样了？”陈嘉庚问。

“后来，庄母掏钱赎人，但庄希泉坚决不丢下其他人。最后，庄母只好妥协，把那被抓的十几个学生一起担保了出去。”陈玉良有点憋不住，笑着说，“庄母的确花了不少银两，但更重要的是，我觉得他们是被这个女人吓到了。”

这是个年轻有为的热血青年。虽然没见过面，但陈嘉庚已经对庄希泉有了很深刻的印象。

在庄希泉被庄母“押”送回上海的时候，新加坡的革命火种已悄悄燃起。

夜风浮动，皓月当空。

晚晴园内，孙中山神情肃穆，在座者无不肃然。

此前，孙中山通过尤列传递消息，约见《图南日报》的各位创办者。他不能入境，所以他们是在船上相见的。随后，陈楚楠跟当地警察署沟通斡旋，众人联名担保，解除了这道禁锢，将孙中山迎进“小桃源俱乐部”。此后，无论是在晚晴园，还是在“小桃源俱乐部”，只要孙中山来，都是座上贵宾。

初次相聚，大家因早就对孙中山先生的革命主张有所了解，对他十分景仰。通过这次会晤，孙中山的雄才大略和政治眼光更是令人心悦诚服。从此，他们便矢志不渝地追随孙中山，为革命事业竭力效劳。

他们向孙中山汇报了在闽粤地区的革命活动，受到孙中山的赞许。孙中山认为单独行动不如集中力量，并告诉他们，他将到日本组建革命党的总部，希望他们在南洋积极准备，以便届时成立分部。这是孙中山与南洋革命华侨的第一次接触，也是南洋的革命力量汇入孙中山领导的民主革命洪流的开端。

终于，这个庄严的历史性时刻到来了，孙中山宣布：中国同盟会新加坡分会成立！

这是孙中山在南洋播下的第一颗革命种子。虽然那天在晚晴园，参会者不及 20 人，但历史就是这样，在任何一个王朝被推翻、新社会被建立的最初，往往都是由少数几个人领导并实现的。日后，在孙中山的关心指导和陈楚楠、张永福、林义顺等中坚力量的努力下，这颗小小的种子迅速萌芽生长，新加坡分会会员不断增多，成为南洋英、荷殖民地同盟会的总机关，成为孙中山向南洋华侨宣传革命道理、组织革命党、筹资集款和策划武装起义的重要基地。

回到上海的庄希泉虽然表面上顺服，内心却是满腹革命热情无处发泄。他正无精打采地拨着算盘，突然听得外面街道上一阵喧哗，赶紧跑到商行门口看看出了什么事，只见路上集结了大批示威人士，游行规模比之前在厦门的庞大数倍。

示威人群拿着喇叭高声喊：“恢复中华，创立民国！恢复中华，创立民国！”还有洋人记者在拍照，镁光灯一闪一闪的。

庄希泉感慨地说：“上海比之厦门，果然有过之无不及啊！”

庄父不知什么时候手端茶壶站在他身后，低声问道：“怎么，还嫌在厦门闹得不够，也想在上海游街吗？”

庄希泉无法平息内心的激情，对父亲说道：“清政府腐败无能，民众苦不堪言。我虽渺小，但也想奉献自己的一份救国力量！”

听庄希泉说完这话，庄父少见地未再言语，默默走开了。

突然，来了一队清政府的警卫，开始与示威游行的人群发生冲撞，场面一度混乱。就在庄希泉着急得不知如何挺身出去解救被困人员时，肩膀突然被一个人按住。庄希泉转头一看，是沈缦云！

说起沈缦云，他简直就是庄希泉的偶像。

沈缦云弃官从商，在万聚码头开办了上海信成商业储蓄银行，这是中国第一家商办储蓄银行。他热心教育和慈善事业，开办了女子学堂和孤儿院，收容了数百名无家可归的孤儿。

最重要的是，沈缦云忧国忧民，热衷革命。一个偶然的机会，庄希泉在漳泉会馆与他结识，受他影响，读了不少进步书刊，有了更多接触后，听他及周边同类友人谈论时局，热血澎湃，这才跑回厦门组织游行的。

沈缦云对庄希泉使了个眼色，说："进屋说。"随后他便把庄希泉拉进商行。

外面喧嚣渐渐平息时，已是灯红酒绿的上海夜登场的时候了。

沈缦云坐在窗前，深深叹了一声，缓缓说道："这浮世繁华，如此虚幻。祖国河山千疮百孔，不知何日能够结痂。"

语气之凄凉，让血气方刚的庄希泉也不由得心酸。

在庄希泉眼里，上海就像一个浓缩了的世界，是冒险家的乐园，有钱人的花花世界，侵略者的极乐天堂，商人的疯狂舞台和穷人的悲惨地狱。在这里，平民百姓的呼声都被无情镇压，而镇压这呼声的，却是一个近乎荒唐的阶层……

几天之后，在福建省安溪县东北部的大吕山麓，走来了一队家眷。这群人扶老携少，有洋人，有华人，光是挑夫就有几十个，他们用车推的、肩上担的包裹不知装着什么细软，但一望便知，这是正在迁徙的大户人家。尤其是人群中一个高挑的女人，长发高绾成髻，宝石蓝的隆基筒裙勾勒出窈窕的身姿，使得他们在大山里格外惹眼。

"少壮越洋闯生活，异邦奋斗劳奔波。艰辛打拼建基业，诚信经营赞誉多。致富能知做善事，为官无衔又如何。延师课读育后辈，留名乡里人评说。"这首诗便是后人对这队家眷的主人——陈纲尚一生的概括。那个颇有风韵的女人，便是他在缅甸娶的妻子马尔树。

缅甸仰光庆福宫重修时，从事建筑业、熟悉土木工程的陈纲尚负责承办建筑工程。对整个工程从设计到施工，他都不遗余力，精益求精。庆福宫重修完工之日，陈纲尚得到了缅甸王宫及华侨的嘉许。

之后，陈纲尚在仰光建筑行业的名气越来越大，工程也越做越多，几年下来，颇有盈余，很快便发了迹。但是，他却在事业达到巅峰的时刻，毅然决定携妻带子返回家乡那个小山村——溪榜村。

溪榜村位于群山环抱的金谷溪畔，地处安溪、南安、永春三县交汇处，因其独特的地理位置，历来就是兵家必争之地。因地势易守难攻，这里的百姓自古偏居一隅，保留着古朴的民风，过着宁静祥和、不受干扰的生活。

刚能望见村头那条童年时抓鱼摸虾、永不干涸的小溪，陈纲尚眼睛便有些湿润了。半生打拼，终于，他回来了！

游子归乡的情绪刚开始酝酿，就被旁边最小的儿子给打乱了："爹，我想吃咖喱饭。"

陈纲尚没理他，马尔树则柔声道："我们就快到了，晚上给你做。"

次子陈铮转身问父亲："爹，回乡之后，我还能继续读书吗？村里可有学堂？"

陈纲尚看着眼前的青山绿水，脚下的蜿蜒土路，目光坚定地回答这个他最喜爱的儿子："会有的，只要有我在，就会有学堂，你们都会有学上！"

四个儿子里面，15 岁的陈铮最爱读书，也最受父亲器重。在仰光，他从小就接受中国传统文化教育，5 岁时唐诗宋词倒背如流，6 岁就熟读四书五经。虽生于缅甸，他却是一个地地道道的中国少年。

陈纲尚并非在夸口。在挑夫挑的担子中，就有 18 担银圆，由此可见陈纲尚的财力。

这 18 担银圆的来历颇有些传奇。

当时，陈纲尚接了一个给缅甸富商设计、建造私宅的大工程，需要用到大量的杉木。看了好几家木材商行后，他都没找到合心意的木材。正在陈纲尚踌躇是否从海外进口的时候，有一个同行找上门来，因急需钱周转，愿意把一大批杉木低价卖给他，按堆估价，条件是付现钱。

陈纲尚赶紧随他过去验货，如果能在本地买到上好的杉木，不用进口，那么建造的成本会大大降低。看过之后，陈纲尚对货品非常满意，也没有乘人之危，而是按照当时的市场价格付给对方。

不料，陈纲尚在建造过程中搬运木材时发现，地面上的杉木运完后，底下还有木材，而且越挖越多，就像聚宝盆一样，源源不断地产出木材。原来，这堆杉木因堆放的时间很久，大部分陷入地下，而买卖双方都不知情，因为木材品质上乘，所以即便埋在地里，也没有半点腐烂。

陈纲尚因此发了大财。

关于自己的发迹史，陈纲尚从不与人多说。他想，也许是他命里注定要发这笔“杉财”，因为他名纲尚，字“盛杉”。

雨下了整整三天，终于停了。新加坡的天气就是这样，有时刺眼的阳光让人燥热难耐，有时阴雨连绵不绝。日子就在这晴晴雨雨之间兜兜转转，好在，总有云开见日、清风袭人的时刻到来，比如，那个让陈嘉庚感觉自己真正觉醒的夜晚。

经过雨水冲刷的晚晴园内凉风习习，沁人心脾。

此时，距离黄冈起义失败已经过去两年多。不仅仅是黄冈起义，这两年多来同盟会在粤、桂、滇三省频频发起的大规模武装起义，都以失败告终。

陈嘉庚终于见到了孙中山先生。

先生比他想象中的样子更加干练，蓄着短胡须，目光如炬，一身挺括的中山装，即便笑着谈话，也掩饰不住一股刚硬的气势。

陈嘉庚坐在角落，不错过先生说的每一个词。

孙中山没有高谈阔论，只是与众人拉家常，聊生意，也聊国事，聊失败的起义，说起义虽然失败，但还是给晚清政府以沉痛的打击。

这是从欧洲回国取道新加坡的孙中山主持的一次同盟会秘密聚会。会后，孙中山阔步向陈嘉庚走来。

“陈先生，久闻大名。感谢您为同盟会做出的贡献。此番前来，孙文就是想要当面向您道谢。”四只手握在一起，温暖而有力。

“先生客气了，嘉庚力量微薄，举手之劳，不足挂齿。”

陈嘉庚知道，孙中山感谢的是他收留起义失败后流亡的同盟会成员。那两年，相继失败的起义，致使很多义军战士流亡新加坡，林义顺、陈楚楠和张永福等华侨领袖安置了大部分义军，并且承担了几乎所有起义的经费，几近破产。实在无计可施时，他们就求助于陈嘉庚，将流亡义军安排在他的工厂、种植园内。

孙中山抬手向一个人示意了一下，那人端杯走过来。

“陈先生，我要介绍一个人与您相识。这位是我的旧友林文庆先生。都是在新加坡的福建同乡，你们应该互相都听说过对方吧？”

陈嘉庚是个沉稳持重的人，一听对方的名字，还是难掩脸上的欣喜之情：“林先生，久仰久仰。嘉庚对您敬佩有加，神交已久，今日终于得以相见，真是意外之喜，荣幸至极！”

陈嘉庚不会客套，也从不与人奉承，只要是他口中说出的话语，必定是内心所思所想。

这位林文庆，比陈嘉庚年长 5 岁，却是新加坡的传奇人物。他是一代名医，又是勇于开拓的企业家；是雄辩滔滔的立法议员，也是移风易俗的社会改革家和教育家；是忠实的新加坡国民，不知疲倦地为侨居地华人请命，又是赤诚的民族主义者，始终心系故国，支持中国的维新变法并投身孙中山领导的民主革命。他早年创办了新加坡第一所女子学校，

后来又参与创办英皇爱德华七世医学院。加入同盟会之后，他成功组织营救孙中山和宫崎寅藏出狱……所有关于林文庆的传说，都非传说，而是真实发生过的事情。

那天的陈嘉庚收获巨大，此后半生，也跟林文庆结下了不解之缘。

不久，陈嘉庚又一次参加了同盟会在晚晴园的秘密集会，在场者均见证了他生命中极其重要的时刻。

那晚，孙中山画像被挂在晚晴园正壁，旁边还有党旗、国旗、入党誓词。会议厅内坐了很多人，陈嘉庚坐在前排。

刚入门时，他环顾四周，所识之人寥寥，场内有些嘈杂。很快，有人摇铃，示意会议即将开始。场内瞬间安静下来。陈楚楠阔步走上讲台。

陈楚楠开口，语速平缓却充满力量："同志们，我们的祖国，正在经历一次伟大的民族运动，相信不久就会出现新世纪的曙光。我们侨胞，已深切感受到没有强盛祖国的不幸和悲哀！我们的祖国，长期处于腐败统治之下，我们的同胞，也一直处在水深火热之中。同志们，我们不能没有祖国！我们要恢复中华，完成民族革命！今天，同盟会新加坡分会又发展了 32 位新会员，增强了我们革命斗争的力量！现在，新会员宣誓开始！"

掌声雷动，陈嘉庚与陈伯、陈敬贤等人一起上台，面向孙中山画像，抬起右手宣誓。陈嘉庚的声音有些颤抖："福建省同安县人陈嘉庚，向天发誓：驱除鞑虏，恢复中华，创立民国，平均有权，矢信矢忠，有始有卒。如有渝此，任人处罚！"说完，他与敬贤、陈伯等人，撩起身后长辫，一刀割下！

这是民国纪元前三年，是清朝最后一个皇帝溥仪登基的时候。陈嘉庚的革命意识一天比一天浓厚。他眼看着清室误国，同胞受难，愤然反之，何等决绝！

从那以后，他不仅仅是商业奇才，更是将自己产业的兴衰荣辱与祖国命运紧密联系起来。

所有的因缘际会都不是无缘无故的，正如两个人走到一起，成为朋友，成为知己，成为革命伙伴也缺不了天时、地利和人和。而所有人在一开始并不知道命运会以何种方式安排他们相识，或者，他们可能并未谋面，却在世界不同的角落做着相同的事，为了同一个目标，埋首耕耘，并努力去影响他人。

在溪榜村的山坡下，陈纲尚亲手设计建造了一座宏伟庞大的西式建筑。楼阁坐西南朝东北，楼基立于池塘之畔，池塘中砌立八根石柱托起池亭。整座建筑结构严整，气势轩昂，斗檐碧瓦，门阔窗明。镌刻在楼顶的两个白底红字“逸楼”，在层峦叠嶂的山与树的映衬之下，格外耀眼。这是晚清进士曾振仲所题，字体遒劲而飘逸，远远望去，直逼眼球，与这栋豪宅一起彰显楼主非同寻常的家世和不可撼动的地位。

在这个闭塞的小山村里，逸楼与周围低矮灰暗的古厝宅屋相比，显得格格不入。

并非一向低调的陈纲尚有意张扬炫富，只是因为他太热爱建筑业了。归国后，陈纲尚为了改善居住条件，先修建了祖厝“玉溪堂”，觉得不过瘾，又于五十米之遥修建了逸楼。顾名思义，陈纲尚欲叶落归根，过上几年安逸的日子。但时局动荡，逸楼非但没有给他带来安逸，他的子孙辈也都未能成为安逸之人，这是当年的陈纲尚始料未及的。

虽然陈纲尚看似以一个暴富的归国华侨之身份大兴土木，但实际上，他在实现建筑理想的同时，对同乡百姓的善举更是不胜枚举。

泉州、溪口发生大规模瘟疫时，他捐棺木百具；他修桥筑路，从柯厝坑沟到铁莲庙的石阶路就是其中之一；他举办学堂，延师课读，除了培养自己的四个儿子，更是广泛栽培乡中少年。陈纲尚热心公益，乐于捐助，曾荣膺“清廷诰受三品衔武义都尉”的褒封，在百姓心中，他绝对

是一个关心同乡疾苦、富不忘本的大善人。

而这逸楼，是乡里百姓眼中的豪宅，也是革命勇士陈铮及陈铮之女莫耶的故居。

20 世纪初期，一粒又一粒革命种子悄然种下，在闽南，在福建，在中国，在世界各地。

第四章　募捐

素有“九省通衢”之称的武汉，以一场绝对具有中国划时代意义的武昌起义点燃了推翻清王朝的第一把熊熊烈火。此后，各地纷纷揭竿而起，火势愈烧愈烈，终于形成不可阻挡之势。一时间，革命浪潮风起云涌，湖南、陕西、江西、山西、云南、贵州、广西等地相继起义或独立。

1911 年 10 月 10 日晚上 10 点 30 分，武昌城外，突然亮起星星之火，原来是革命党人手持火把，冲向城内。随后，越来越多的火把被点燃。三千革命党人从四面八方聚在一起，举着火把，向楚望台聚集。起义军分三路进攻总督府和旁边的第八镇司令部，在总督府附近放火，占领中和门及蛇山的大炮发射阵地，向督署进行轰炸。在激烈交战中，清军不敌革命军，湖广总督瑞澄打破督署后墙，坐船从长江逃走。

革命军胜利，吴兆麟激动不已，大喊：“武昌光复了，武昌独立了！”随着这一声呼喊，将士们欢呼附和。革命军攻克总督府，占领武昌，消灭清军大批主力，在中国版图的心腹地区打开了一个缺口，找到了对清王朝发动总攻击的突破点，并在全国燃起燎原烈火。

此时的上海，有十里洋场的纸醉金迷，有吴侬软语的平民生活，更有千里眼顺风耳的资讯来源。

望平街南起福州路，北抵南京路，全长不过200米。在望平街汉口路的转角，高立着两座大报馆，一座坐北朝南，是《新闻报》馆；一座坐西朝东，是《申报》馆。这条世界闻名的报馆街，犹如伦敦的舰队街，街虽短，却仰仗着报馆与世界呼吸相通，名震中外。

在望平街上，“不用识字也能知天下大事”，不用看报，单听议论就可知道国内外的时事。

庄希泉正是在望平街上了解到保路风潮的进展，并听到武昌起义的消息。

此时，沈缦云正与孔天相等革命人士聚于一堂，谈及清廷的腐败，感叹“釜水将沸，游鱼未知；天意难，人事宜尽”。

孔天相也满怀激情地说：“中国前途，舍革命，无他法！”

在上海，有关清廷之覆指日可待的议论充斥着大街小巷，连老幼妇孺都有所耳闻。

庄希泉听到武昌起义胜利的消息之后，第一个想要分享的人就是沈缦云。他一刻未曾歇脚，一路奔向沈缦云的住所。听到这个胜利的消息，所有在场的革命党人都喜形于色，手舞足蹈！

沈缦云激动得热泪盈眶：“武昌起义吹响了共和国诞生的号角，全国革命军将以排山倒海之势荡涤中国大地，反清怒潮将席卷全国，震撼世界！统治中国200多年的清王朝，即将土崩瓦解！”

庄希泉更是喜不自胜：“最重要的是，福建也脱离清政府，宣布独立了！那可是我的家乡，我的家乡啊！我真是太高兴了！”

孔天相像是总结似的，欣然一笑：“现在南京建立了以孙中山为首的南京临时政府，我们这算是推翻了清政府的腐败统治，开启了民主共和新纪元吧！”

其余革命人士纷纷应和："是啊，是啊！我们都是推翻封建王朝的见证者！"

新加坡。"小桃源俱乐部"。

一次又一次的起义被镇压，爱国华侨不屈不挠的信念却镇压不住。终于，武昌起义胜利的消息，就像一道开天惊雷，劈开了笼罩在国人头上的重重阴霾，阳光倾泻而下，照亮了每个人的心头。

陈楚楠、张永福激动得无以言表，两人双手紧紧相握，四顾无言，未语泪千行。只有他们自己知道，宁愿散尽半生积蓄，冒着破产的压力，也要支持革命，如今的胜利，何其艰难，何其不易！

林义顺雀跃而起："太好了！我们坚持不懈地革命，终于有了今日！从此以后，神州大地将不再生灵涂炭！光复独立将一往无前，势不可挡！"

一首钢琴曲悠然响起，从舒缓，到明快，至激昂，而后振奋！这是F·李斯特所做的《告别》。弹琴的林文庆满眼泪光，脸上却只是平和的笑容。他在用自己的方式抒发情怀，向过去告别，迎接新希望！

一旁，陈嘉庚也沉浸在这喜悦和亢奋的氛围里，沉浸在这令人心醉的琴声中。他端着酒杯的手，因为激动止不住微微颤抖。"还应该为革命再做些什么！这是我的信仰，这也是每一个爱国华侨的信仰！"他心里想着。

上海。

就在大家都为胜利狂欢的时候，沈缦云突然严肃起来："莫高兴得太早，革命是任重而道远的。如今临时政府国库空匮，军无粮饷，西方列强又对我们虎视眈眈。我今被任命为沪军都督府财政总长，负责募饷事宜……"

庄希泉迫不及待地站起来表态："孙总理对华侨曾多次赞许。他说华侨乃革命之母，一团热忱，只为救国。我们闽商在华侨中所占比重不小，不少人倾其所有支援祖国革命。现如今国家需要，我愿赴南洋，为革命军募饷！"

沈缦云看了庄希泉一眼，心有所动，话里却也有犹疑："如此重任，你可挑得起？"

"保证不辱使命！"庄希泉毫不含糊，"我想先到新加坡，听说那里的福建侨商最多，大都乐善好施，且最讲义气。我是闽南人，也是同盟会的会员，所以，募集款项一事，非我莫属！"

"好！让天相与你同去吧！"沈缦云一锤定音。

其实，还未等庄希泉找上门，林义顺、陈嘉庚等人已经主动在新加坡发起了募捐。当时，回国担负革命领导工作的孙中山路过新加坡，嘱咐林义顺与陈嘉庚等人募筹巨款汇寄给南京革命政府。

谦益米行，除了往来顾客，还有更多黄皮肤的同胞络绎不绝地走进后堂。

那里，有一个临时搭建的募捐柜台。

陈嘉庚面前堆着钱，有整有零，阿琪负责登记，阿旺将一些铜币和镍币一点点拨到阿琪面前，一笔笔数得仔细："这三枚金币是受雇于美国人的洗衣工捐的，这十枚银圆是日本中餐馆端盘的侨生捐的，这几角钱是码头的苦力从牙缝里省下来的……"

数着数着，阿旺突然哽咽："这些漂洋过海来的同胞，本来就过着颠沛流离的清苦生活，但他们为了祖国，几乎捐出所有身家……"

陈嘉庚拍了拍阿旺的肩膀，目视前方，充满希望地说："你该高兴才是，所有国人，无论海内外，都团结在一起，再大的困难，我们都能克服。我前两天还接到同盟会的消息，说庄希泉庄先生要来募款。你看，我们这不就不谋而合吗？”

时年 23 岁的庄希泉第一次登上远洋轮船出洋。人虽年少，但目标十分明确，他要为即将新生的民国募集资金。

庄希泉一行首先来到新加坡。此时的新加坡与槟榔屿、马六甲同属于英国的殖民地。在这块弹丸之地上洒满了华工的血汗。庄希泉惊奇地发现，但凡有华人的地方，就有人在谈论祖国的革命事业，甚至有华侨计划返乡参加革命。此情此景让庄希泉十分感动，他暗下决心要为革命事业好好筹款。

但是，由于孔天相不务正业，行为不检，监守自盗，初期筹款工作进展不顺。庄希泉了解情况后，十分气愤。他虽然疾恶如仇，但为了团结，暂时忍了下来。庄希泉与颜伯成商量后找到陈观波。了解了庄希泉的来意后，陈观波当即表示可以帮忙联系。

在陈观波的牵线下，庄希泉很快与新加坡华侨商会取得了联系。第二天一早，他来到新加坡乃至南洋各地华侨的议事地——怡和轩。这个号称“百万富翁俱乐部”的怡和轩，是当时新、马华侨社会领导层的核心组织和智囊团，囊括了当时新、马最有权势和威望的华侨人士，是一支相当有势力的社会力量，连英殖民当局也不得不对它另眼相看。在林义顺、陈嘉庚等爱国侨领的领导下，这个俱乐部成为支持中国历次革命、发起抗日救亡运动和其他华侨社会运动的核心。

在这里，庄希泉见到了仰慕已久的福建保安捐款委员会会长陈嘉庚。

庄希泉快步上前，伸出双手：“陈先生，久慕盛名。今日，终于有幸见到您了！”

陈嘉庚没有寒暄，朗声道：“对庄希泉先生在厦门的壮举，鄙人也是早有耳闻，敬佩有加。”

庄希泉一头雾水。

陈嘉庚笑了：“庄先生在厦门组织学生游行时，恰好我的一个故友在场，

募捐箱

与你一同被带到了警卫署。”

闻言，庄希泉恍然大悟，马上不好意思起来。那次游行失败，家母还大闹警卫署，最后虽然没出什么事儿，可这面子上总有些过不去。他赶紧打哈哈：“实在是不值一提，让先生见笑了。”

陈嘉庚见状，解释说：“其实，那次引来清廷警卫，说到底也是被我连累了。”当下，陈嘉庚将陈玉良在厦门的遭遇一五一十讲给庄希泉听，双方皆释怀。

两人以茶代酒。茶逢知己愈发甘甜，很快双方就没了初次见面的生分与见外，取而代之的是相逢恨晚的亲切。

陈观波在一旁添了茶，说：“武昌起义的消息传到新加坡，华人一片欢呼。陈先生发电报询问老朋友黄乃裳福建省是否光复。得到肯定的答案之后，陈先生当即向光复后的福建革命政府汇款 2 万元，并在之后不到一个月的时间里，陆续汇了 20 万元，不仅解了福建革命政府的燃眉之急，也极大地鼓舞了福建省军民的士气！”

林文庆也在场，补充说道：“还不止这些，武昌起义成功后，孙中山先生准备回国，陈先生个人资助 1 万元给孙中山，当作他从欧洲取道新加坡回国的路费。之后，陈先生还欣然应允孙中山，回国后如需款项可提供帮助。孙中山先生被推举为临时大总统、拟往南京赴任时，陈嘉庚又立即汇寄 5 万元。陈先生的捐款是孙中山回国就任临时大总统前收到的数额最大的一笔个人捐款！”

庄希泉一听，更是钦佩不已，说：“陈先生真是有真情，存大义！我在上海就听同盟会的同志说了先生为革命所做的杰出贡献。今日亲见，真是让人敬佩不已。希泉拜服！”

正说着，陈敬贤进屋来，众人介绍他与庄希泉相识。之后，敬贤拿出一份文件，有些急切，正犹豫着要不要打断他们的谈话。

陈嘉庚示意：“说吧，都不是外人。”

原来，陈敬贤是来跟兄长陈嘉庚汇报他回国后了解的国内教育现状。

陈敬贤收集到的福建省内乡村教育状况让人触目惊心：“私塾大半停课，少年儿童上学无门。我先到同安各乡去考察，常见儿童成群嬉戏赌博，衣不蔽体，多有赤裸全身者，还有个别溜门盗锁，已成腐坏社会之流。同安县虽办起一所县立小学，招收学生百余名，但十余年间，竟没有一班毕业生。这是因为县长频繁更换，校长随之变更，原有教员、学生一哄而散。故没有一班学生能学满 6 年。集美社虽然还办着私塾，却各房分立，每所收男孩一二十人，女孩不得入学。目前，招收女孩的私塾，仅兄长所办的惕斋学塾一家……”

陈嘉庚听着陈敬贤的汇报，心情越来越沉重，打断了陈敬贤，追问道：“除了学生的情况，师资方面如何呢？”

陈敬贤叹了一口气，继续说：“同安全县，仅有师范简易科毕业生 4 人，其中 1 人已经弃教经商。我走访了同安全县，广泛查询，除却县里小学一校之外，还有私立四校，所有学生不过 600 名。又访各乡，询问有无私立学校，所得答复，皆为旧学，久已衰废，新学又缺乏师资、经费不足、办学无力……”陈敬贤的声音越来越弱，渐渐住了声。

陈嘉庚的脸色愈发难看。他把茶杯往桌上一放，忧心忡忡地说：“同安如此，其他县不问也便可知！”

在场者听完无不叹息。

虽然他们谈论的内容与募捐这件事情毫无关系，庄希泉还是很好奇，试探地问：“陈先生为何突然间要去关心家乡的教学事宜？而且如此全面细致？难道……”

话没说完，他将剩下的猜测咽了回去。

林文庆在一旁未加思索，简单明了地跟庄希泉解释：“陈先生要在家乡大兴教育、开办学校，让儿童掌握学识，重新启迪民智。”

陈嘉庚沉思良久，道：“民智不开，民心不齐。只有启迪民智，才有助于革命，有助于救国，其理甚明。教育是千秋万代的事业，是提高国民文化水平的根本措施，不管什么时候都需要。”

庄希泉讶然，瞪大眼睛，问道：“您要在家乡兴办学校？而且，不仅仅是为了让孩子识文断字，还是为了救国？”

陈嘉庚望着茶杯里的茶汤，意味深长地说：“管仲说得好，‘十年树木，百年树人’，发展教育事业，促进国强民强，教育兴国，此乃真理也！其实，教育也是革命，是不同于起义军的革命！只是，这场革命，怕是要经过几代人努力几十年至上百年。但是，我执意要做。”

大家静思良久，陈嘉庚缓缓起身，行至窗前桌案，展开宣纸，将毛笔饱蘸墨汁，勾转回还，洋洋洒洒，一气呵成，写下了满满一页内心行文——

“民国即立，中华新生。吾为嘉庚，办小学之动机，念欲盖国民一分子之天职，以一平凡侨商，自审除多少资财外，绝无何项才能可以牺牲，而捐资一道，窃谓莫善于教育。复以平昔服务社会主义，欲为公众服务，亦以办学为宜。更是鉴于吾国文化之衰颓，师资之缺乏，海外侨生之异化，愈认为急务，而非吾之决心焉！”

大家围在桌案周围，见此行文，皆神情肃穆。他们既为家国教育有共同忧思，又为陈嘉庚的深谋远虑由衷敬佩。一旁的庄希泉似乎忘记了自己此行的目的，深陷在这份情绪之中，若有所思地自言自语：“本来，我想走的是实业兴国的路线，如今看来，这教育兴国才是头等大事！这教育兴国嘛，嗯，教育兴国……”

外面，已是红霞满天。大家都已经忘记了时间，忘记了与祖国相隔 7000 海里的遥远距离，仿佛一群漂泊在外的孩子，眼里充满了对家的眷恋，和重建饱受风雨摧残的家的渴望。

倒是陈观波最先回过神来。他打断了庄希泉的沉思和遐想：“庄兄，我们要不要先谈一下筹饷的事宜？”

被他一提醒，庄希泉这才回过神来，恍然大悟般一拍额头：“对了！把

我的任务给忘了！”

原本，庄希泉是想借助陈嘉庚等人在华侨中的影响力，请他们引荐，再一家一家去谈，希望能用自己的真诚，博得闽南华侨的赞助。但是陈嘉庚觉得这个方法不好，太过分散，而且相当耗时，效率不高。

随即，他用那未放下的毛笔列出一长串名字，让敬贤代替自己出面，把新加坡华侨商界的一些重要人物请到怡和轩来，包括俱乐部主席林义顺，让他们当面听庄希泉介绍情况。

陈嘉庚替父还债已让华侨们赞赏有加，白手起家、崭露头角又让华侨们暗自佩服，如今他又要以一己之力投身家乡教育，更是让华侨们心生敬意。现在，陈嘉庚在侨商中堪称“振臂一挥，应者云集”。

天边彩霞的余晖未尽，接到陈嘉庚邀请的侨商们，已经陆续来到怡和轩。

陈嘉庚向大家介绍了庄希泉，并说明他此行的来意。

庄希泉把国内的革命形势和来意向大家一一说明。他慷慨激昂的演讲，打动了每一位心系祖国的华侨的心。“洋装虽然穿在身，我心依然是中国心。”陈嘉庚对庄希泉的言行非常赞赏，随即号召在座的侨商们一起出谋划策。侨商们纷纷认捐。

短短几天，福建保安会便筹集了叻银 12 万，广东救济会援汇沪银 10 万，两笔款项都直接汇至军都督府财政部。庄希泉的工作逐步打开了局面。

辛亥革命，民国肇生。

爱国从不分海内外，也绝不分城市山村。就在东南亚的华侨企业家们万众一心大举捐款支持革命时，大吕山麓溪榜村逸楼楼主陈纲尚也在修路建桥、造福百姓的同时，暗中为革命添薪加柴，提供经费。

“清廷诰受三品衔武义都尉”，是他在晚清王朝时代站稳脚跟的依傍，但是，平日寡言少语、不善言辞的缅甸归侨，总是有着常人不可轻易干涉的内心坚持。

归乡之后，眼见这片生他养他的土地青山绿水如旧，百姓却劳苦不堪、面容饥瘦，见过世面的陈纲尚，只盼这片土地能变得富足，儿孙后辈安逸康泰。安逸并不代表麻木，相反，正因为内心期盼之强烈，当革命之火燃遍全国时，他没有丝毫犹豫就选择支持这场能够推翻清朝专制帝制、建立共和政体的革命。

实际上，陈纲尚最中意的次子陈铮，文武双全，早已经投身到革命的洪流之中，追随孙中山去了。

逸楼还在兴建时，陈铮就以优异的成绩考进广东的两广师范学堂就读，毕业后回乡成亲，开始了教书生涯。

这种安分守己的日子如果一直延续下去，也就成全了陈纲尚回国之初的期盼。可是，人生往往充满一个又一个意外，在动荡的时世，勇者注定不安于现状。

血气方刚的陈铮在堂弟的绑架案中愤慨出头，组织亲族成立了一支山野小队。为了不使这支小队沦为乌合之众，他请来咏春拳师教习棍棒。由此可见，陈铮并非有勇无谋的莽夫，而是具备组织领导才干的。

最终，陈铮成功营救出堂弟，但却惹上了官司。时逢辛亥革命如火如荼之际，闽南地区的军民武装革命风起云涌，已经拉起一队人马另立山头的陈铮怎么可能乖乖就范，遂充实兵力、添置枪支，投入闽南革命大潮中，从此走上了武装革命的道路。

本为一介儒生，却误打误撞投身武行，这也是命运造就的传奇。然而，陈铮的传奇还不止这些。

中华民国临时政府成立前夕，蒋介石来福建做政府成立前的动员工作，却不知如何走漏了风声，在去往福州的路上遭遇敌军袭击。双方交火之际，却见一小队人马从山头冲下，以土枪土炮散兵奇袭，将蒋介石解救。领头的人，正是赶回闽南革命部队复命的陈铮。

缘于这一经历，陈铮与蒋介石结下了深厚的私人情谊。

历史的车轮在千疮百孔的中华大地上艰难前行。而在历史车轮前行的过程中，一个个不屈的民族灵魂也在逐渐萌芽，或者，刚刚降生。

饥荒，苛捐，战火，国内各方势力拼死较量，外敌趁机入侵，内忧外患之下，遭殃的永远都是平民百姓。当自保平安或者安居乐业的心愿无法依靠政府实现，仿佛就只剩下了一个办法——求助神灵。

滔滔九龙江水流经漳厦平原，朝东一转，变得舒缓从容。江北岸有一座塔口庵，平日里就香火不断，到了乱世，前来上香请愿的人就更多了。

就是在这座庵前，不能生育的女人陈茶拾到了一个女婴。求子心切的陈茶认为是上苍怜悯她虔诚祝祷之心，才降下这个尤物给她。

于是陈茶，这个平凡渺小如尘沙的女人，成了日后名满中华的华侨民族英雄——李林的母亲。

就像微光吸引微光，微光照亮微光，在暗夜里，互相找到彼此，一起发光，才能把阴霾驱散。

陈茶的丈夫李瑞奇侨居马来亚，是个非常有文化有品位的人，在当地侨胞中享有很高的威望。缘于华侨之间的信息传递，从新加坡到马来亚，陈嘉庚的名字无人不晓，特别是他支持革命、斥资办学的光辉事迹，更是被华侨同胞传为佳话。于是，受陈嘉庚的影响，本来就热心教育的李瑞奇带头集资，和其他华侨联合办了一所中华学校，由他本人担任校长。

三年后，陈茶携养女李秀若越洋投奔丈夫而去，李秀若就成了马来亚华侨李瑞奇之女。

若干年后，一个个闪光的名字将陆续出现并镌刻在闽南这片红土地上，在中国革命史上留下熠熠的光芒。

第五章　兴学

上海，黄浦江畔的风亘古不变地吹着。江面上停着几艘货轮，偶尔发出沉闷的汽笛鸣响。两位身着长衫的男人在江边相对而立，街边高大的梧桐树被风拂过，几片宽大的叶子飘飘摇摇地落在他们脚下。其中一位是时任江苏省教育会副会长的黄炎培，另一位是途经上海得以短暂一见的鲁迅。

两人的话题是黄炎培手中的几封信。

“嘉庚先生回信说，他决定从今年起，每年向中华职业教育社捐赠一千大洋，连续捐赠五年。此外，他还向中华职业学校捐赠了一万元，支持学校发展。”黄炎培说。

鲁迅听后面露喜色：“身在海外，还能如此心系祖国，实在难能可贵！”

“嘉庚先生与我通信已有些时日。他原是通过林义顺托函引荐，为的是他在新加坡创办华文中学，未物色到合适的校长和教员。谁想，他见我回信中提到职业教育，颇为赞同，竟然慷慨支持。如此一来，让我信

心倍增。”黄炎培此前发表了《学校教育采用实用主义之商榷》，提倡教育与学生生活、学校与社会实际相联系。

鲁迅手中的烟斗一直没离开过嘴边，浓浓的烟雾笼罩了他的脸，被风一吹，又迅速散开来。“你认为办教育如同治病，知病源才能开好药方，做到对症下药。我也一直深以为然。看来，我们在南洋，又有了共同的志同道合者啊。”

“先生可有心远渡南洋，到华文中学担纲？”受人所托的黄炎培，不放过游说每一位他器重的朋友。

“心向往之，奈何俗事不许。以后，若有机会，再与陈先生共事。”黄炎培知道，此时鲁迅还是教育部的资料抄写员，虽也在北大讲课，但因为蔡元培规定，到北大任职必须辞去原有职务，所以，鲁迅在北大也只是兼职而已。

既然鲁迅无意，黄炎培便不好勉强。

福建同安，新建的集美小学校舍里传来了 130 多名学生朗朗的读书声。任教的 7 名专业教师，是当时私立学校中最强大的师资阵容。他们目睹了华侨陈嘉庚、陈敬贤创办学校的全部过程，艰辛曲折，却从未止步。

几乎在同一时期，陈嘉庚在新加坡斥巨资买地建校，成立了华文中学。从实业救国转向教育兴国，陈嘉庚的目标更加清晰。他是一个百折不挠的人，认准了，一定会坚持到底。

而他的目标并不止于创办一两所学校，陈家兄弟还在策划着，要实现黄炎培的“职业教育”思路，还将陆续创办师范、水产、商科等专科学校，招收来自国内各地的贫苦青年学生和南洋各地的青年侨生，通过免除贫困学生的学费、住宿费和膳食费，让更多的有志青年没有后顾之忧，一心扎进知识的海洋，改变个人的命运，改变全中国的命运！只有知识才能改变命运，这个道理，陈嘉庚从刚到新加坡看到国内外的差距时，就已经深信不疑了。

一日傍晚，乌云压顶，暴雨将来。刚刚从种植园忙完的陈嘉庚抬头看看天色，忽然想起早饭时小女儿说想吃红糖粽子，他答应晚上带回去，便开了车直奔新加坡华人街。

车停在窄窄的巷口。就在陈嘉庚健步走到粽子店门口时，豆大的雨点已经噼里啪啦地往下落，等他拿过包好的粽子、付了钱，雨声已像大合唱一般雄壮起来。

他没带雨伞，也没穿外套，只穿着布褂短裤，跑到车前肯定是要被浇透了的。时间已晚，而这大雨根本没有停下来的意思。但是，陈嘉庚从不失信于人，即便对方是一个小孩子。他踌躇了一下，刚要拔腿冲进雨幕，一个正在店里吃饭的年轻人递给他一把伞。

他看了年轻人一眼，是一个华人同胞，器宇轩昂，仪表堂堂。他也没客气，留了一句话："我叫陈嘉庚，明日请到我公司取伞！"说完，他撑开伞急匆匆地向巷口走去。

第二日，年轻人果然来到了陈嘉庚在三巴旺的橡胶公司。秘书听闻他的来意，将雨伞取出交还给他，并说陈先生在橡胶园里，之前叮嘱过此事。但是，年轻人执意要面见陈嘉庚。无奈，秘书把他带到橡胶园里。

眼前这片有 18 万棵橡胶树的橡胶园着实壮观，一排排粗壮的树干排列整齐，宽大的叶子将烈日遮得严严实实，整个园子大得看不到边际。

前面有十几个农工模样的人正在一棵树下热烈地探讨着什么，其中一人在静静聆听，这人正是陈嘉庚。

抬眼看到有人来了，还是昨天那个年轻人，陈嘉庚走了过来。

"怎么？没见到我的秘书？"

"哦，不，我想当面向您道谢。"

陈嘉庚愕然："昨天是你把雨伞借给了我，应该是我向你道谢才对啊。"

年轻人却将话题转开，问："陈先生，您还记得李光前这个名字吗？"

陈嘉庚在脑海中搜寻了半天，茫然地摇了摇头。

年轻人笑道："您当然不会记得。我就是李光前。我第一次来新加坡时才10岁，在船上得到先生赠予的毛毯，抵御了寒风。所以，今天我特地来向先生道谢。"

听他这么一说，陈嘉庚隐约想起了当年之事。毕竟，面前的李光前已经从一个10岁儿童长成了23岁俊朗青年了呀。十几年光阴倏忽而逝，陈嘉庚又怎会清晰记得这么多年自己做的所有事情？

他日赠毯之恩，得今时借伞之回报。这真是爱出者爱返，福往者福来！瞬间，一种亲切感牵系在两个陌生人之间。

陈嘉庚摘下粘满橡胶的线手套，引李光前回到办公室。

虽是第一次接触，却没有任何陌生感。陈嘉庚问及李光前在哪里高就，没想到，他竟然在庄希泉新开办的中华国货公司担任英文文书！陈嘉庚难得地高兴起来："庄希泉！哎呀，他是我的老乡，也是我的故友。不是一家人，不进一家门啊！"

自庄希泉在新加坡创建的中华国货公司挂牌后，两人便一直往来密切。经过了革命的磨炼，庄希泉已经逐渐成熟，不再是当年的愣头小伙子。他依然坚持实业救国，总想着积累资本，再寻报国之机。只要得空，他就跑去找年长他14岁的陈嘉庚，虚心向他请教创业经验。陈嘉庚对庄希泉在南洋发展深表支持，有问必答，有难必帮。庄希泉决心以陈嘉庚为楷模，从小本生意做起，循序渐进地把事业做大。他总结了陈嘉庚的成功之道：坚守诚信，善观时变，精于预测，敏于把握机会，敢于拼搏创新。

由于他精于理财，经营有方，为人忠厚，诚实守信，中华国货公司数月间就走上了正轨，庄希泉很快就成为当地后来居上的华侨富商，不少华侨子弟纷纷慕名投奔。得道多助，很快，庄希泉在新加坡站稳了脚跟，中华国货公司的生意越做越大，资本日益雄厚。

“其实，我与陈先生之间，还有另一层渊源呢。”李光前笑着说。

“说来听听。”

“您创办的华文学校所用教材，便是从我处买的。”

陈嘉庚更是惊诧不已。

原来，李光前自小家境贫寒，父亲后来虽然也到新加坡谋生，但终究没有什么起色。勤奋好学的李光前得到过好几个富商的资助，才得以断断续续地完成学业。辛亥革命后，时局动荡，他不得不中断在唐山交通大学的学业，再次来到新加坡。李光前精通中文、英文，经友人介绍，在爱国华侨庄希泉创办的中华国货公司谋得了一份差事。

当时民国初立，国内的商务印书馆与中华书局分别出版了新型的“共和版”课本和“中华版”教科书，但东南亚各地的许多华侨学校仍采用清末的旧课本。李光前敏锐地捕捉到商机，于是与国内出版社联系，买入大批新型教科书，转售给各华侨学校，为公司赢得了一笔可观的收入。来买书的学校中就有陈嘉庚创办的华文学校。

“庄希泉这小子还真是有眼光！”随着两人越聊越投机，陈嘉庚不禁发出了这样的感慨。了解得越多，他越觉得李光前不但有丰富的中英文知识储备，而且具有相当敏锐的商业头脑，有胆识，有魄力，着实难能可贵！

“你可愿意到我的公司来帮忙？”想到自己的公司处于起步阶段，李光前这样的人才，正是自己目前最急切需要的，于是陈嘉庚抛出了橄榄枝。

没想到，李光前连“考虑一下”这样的客气话都没说，直接回绝道：“我刚回新加坡时，先在学校任教，同时攻读美国大学的工程函授课程，

是庄先生资助我的。庄先生有恩于我，我不能攀高负义。”

李光前不卑不亢的回答，没有让陈嘉庚感到丝毫不快。相反，他愈发欣赏甚至喜欢眼前这个小伙子了。他的产业越做越大，免不了有一些沽名钓誉之流为谋一份生计而投奔他。然而，李光前竟然面对诱惑不为所动，这也更加证实了自己的眼光。

他没有勉强，而是转向其他话题：“这事我们日后再谈。我想听听你对未来橡胶市场的看法……”

那天，两个相差近 20 岁的男人，在橡胶公司简陋的办公室里，一直谈到日沉西山，灯火初上。

后来，陈嘉庚还是找了庄希泉商量，把李光前请到自己的公司，让他发挥更大的作用。

新加坡中华国货公司内，几个柜员在日用品柜台内穿梭忙碌着，其中一个踩着梯子将柜台上方的一面铜镜拿下来，放在一位女子面前：“小姐，这面铜镜是上海产的，卖得非常好，经常断货。现在，我们公司也只剩下这一个样品。您看看，如果喜欢，就卖给您了！”

女子掏出手帕，拂去镜子上的灰尘，前后看了看，说：“就要它了！麻烦帮我包起来吧。”

女子正欲转身交钱时，旁边走过来一个满脸胡子的英国人，指着镜子，倨傲地说：“这个，我的！”

女子停下，斜了他一眼，说：“凭什么？”

英国人呜哩哇啦说了一大通后，旁边瘦高的中国翻译俯视着女子，同样倨傲地说：“这面镜子，长官看上了，你不能买！”

女子面色一沉，白皙的脸上多了几分冷峻：“你不用翻译，我听得懂。但是，这面镜子是我先买的，我不会让给他！”

说罢，女子走到收款处去交钱。

庄希泉听闻争执，赶过来，正碰上气急败坏的英国人脸色通红，指着女子破口大骂，大意是：“这是我们英国的地盘，你们只不过是我们领地上的一群寄生虫！你们自己的国家都把土地和人民拱手送给了日本人，你们是一个没有文化、没有本事、没有尊严的民族，你们那里的女人大字不识一个，在自己家里都不敢说话，还敢跑到我们家里跟我争抢！”

但见这女子不慌不忙，不卑不亢地回敬：“我们的土地和人民，早晚会回家。我们的民族有源远流长的五千年文化，而我们国家的女人，喏，你看到了，我不仅识字比你多，还可以用你们的语言跟你对话。而你，还真是不认识我们的汉字！”

女子说完，微微一笑，围观者连声叫好，英国人当场气得哑口。

这本来是一桩销售纠纷，庄希泉是闻讯来出面调解的，可当他看到这个场面时，血气方刚的他没忍住跳将出来，拨开围观的人群冲了上去，站在英国人面前，挺胸说道：“这是英国人的土地，但这家公司是我的！没有我们所有华侨的努力建设，就没有现在的新加坡！对不起，这面镜子我不卖了。现在，我要把它送给这位女士，送给我的同胞！”

英国人撂下狠话走了。庄希泉却在原地气得双唇颤抖。反倒是女子上前轻声劝他：“没事了，他们再嚣张，终究也敌不过我们华侨一条心。”

庄希泉这才认真打量起她来。一件素雅的风衣，同色的长裤，腰带勾勒出匀称的身材，短发齐肩，精神干练，一望便知，这是一个新时代的知识女性。并且，在刚才那一场闹剧中，她思维缜密，不慌不乱，更是平添了几分气势。

庄希泉将她请进办公室，沏上一壶好茶，自我介绍说：“我叫庄希泉，厦门人，独自一人来新加坡经商。你呢？你叫什么名字？从哪里来？”

女子双手接过茶盏，说：“我叫余佩皋，苏州人，在婆罗洲工作了三年，来新加坡也才一个多月。”

“婆罗洲？”庄希泉一听，不禁有些惊讶，“你一个小女子，去那里工作？”他听人说过，婆罗洲经济落后，文化不振，交通不便，生活相当艰苦。

余佩皋轻松一笑：“实不相瞒，我在那里任婆罗洲山口洋中华学校校长。出洋前，我也曾担任广西桂林省立女子师范学校校长。”

庄希泉端起的茶壶直愣愣地停在半空，听到“校长”两个字，他被惊得眼睛都快掉出来了。眼前这女子，气质不俗，英姿飒爽，但是，他怎么也没想到，她居然曾任两所学校的校长！

“怎么？不相信？”余佩皋有点调皮，也有点挑衅地问他。

“不不不，不是，我只是，只是没想到。”庄希泉回过神来，茶水已经被他晃得溢了满桌。他赶紧手忙脚乱地拿起抹布去擦，脑子里却飞快地联想起他的理想，他经商的目的，他每日苦思冥想的报国信念。

整理了一下思绪，他试探地问：“你知道陈嘉庚吗？或者，林义顺？林文庆？”

“当然知道！”余佩皋爽快地回答，“我南渡婆罗洲，就是去开辟那里的华侨教育事业。来新加坡，也是听说这里是爱国华侨举行进步活动的中心，有几位前辈在开拓华文教育事业，我这才慕名而来，想看看能不能在这里施展才华，打下一片天地。只不过，我还没有机会与他们相识。”

“太好了！”庄希泉觉得，眼前这女子，似乎是上天体恤，专门为他送来的实现报国理想的福星，没有早一分钟，也没有晚一分钟，而是来得刚刚好。“如果我出资办一所学校，你可愿意助我一臂之力？”出资办学的想法已经在他心头盘旋了几年，此时说出，毫无顾虑，流畅至极。

“你？庄先生，想办学校？”余佩皋亦是感到意外。

“对啊！其实我来新加坡经商，起初是想走实业报国的路线。中华民国成立之初，几次牵头募捐，让我觉得，只有拥有雄厚的经济基础，才能革命，才能救国，没钱寸步难行。可是慢慢地，我又觉得，仅靠实业还不行，如果民智不开化、民气不提升，再好的实业也终究无济于事。就拿南洋来说，多数华侨文化水平不高，在异国谋生，异常艰难。陈嘉庚先生之所以能在商界出类拔萃，跟他发奋补习文化知识不无关系。除了陈嘉庚先生，林义顺、林文庆也都在商业上取得巨大成功之后兴办教育。这几年，我一直在思考，何不在南洋投资办教育，让实业救国与教育救国齐步走？可是我没有这方面的相关经验，不知该从何处下手，所以……”

庄希泉憋闷了太久，话匣子一打开，就跟竹筒倒豆子一样噼里啪啦地收不住，先是兴奋，而后烦闷，之后又充满希望地看向余佩皋。不知为何，他们之前素未谋面，刚一相见，就如同故知，无比亲切。

余佩皋听着他的话，眼睛也逐渐变得明亮起来。她没想到，眼前这个二十几岁的年轻人，竟然有如此远大的理想抱负，自己也就没有任何顾虑，直言相谏：“如果庄先生真的有心投身教育事业，我想，不如就办女子学校！”

“女子学校？”

“对！不瞒您说，在辛亥革命的洪流冲击之下，我一直是孙总理的支持者。多年来，我也一直在‘发展女子教育，振兴女权’的道路上探索。今天发生的事情您也看到了，女子教育不提高，国人一样受辱！我是女性，也是女权主义者，倡导的就是女人可顶半边天。毕竟，我们的国民并不是只有男性！‘女子无才便是德’的封建时代已经过去，我们要面对的是一个崭新的民国！”

“这么说，你同意与我一起办校了？”庄希泉的目光里满是期待和希望的火花。

“如果庄先生信任，佩皋愿意以多年担任女子学校校长之经验，为先生分担一二！”

三观一致，志同道合。很多缘分之所以令人向往，皆源于这种奇妙的命运安排。两人一拍即合，一人虚位以待，一人需要施展才能和抱负的舞台，如此，一切正好！

通过几次募捐和斥资兴学，陈嘉庚已经深刻地认识到，兴学救国是根本之计，长远之谋，而当下刻不容缓的是要有强大的经济后盾。随着日新月异的新技术与现代工业成为新世纪的主导，经常阅读报刊、了解世界形势的陈嘉庚一直在思索，如何将自己有限的传统经商模式升级为无限的现代商业需求。

所谓“商海浮沉”，经商不可能是一帆风顺的。就在陈嘉庚借橡胶生意赚得盆满钵满时，第一次世界大战爆发，新加坡通往欧洲的航线被迫中断，菠萝罐头和加工过的熟米都无法运出。

但战争的爆发和海上运输的中断也让陈嘉庚发现了新的商机，他早年当航海家的梦想又被激活了。

他对陈敬贤说：“我们的货物运输受阻，最根本的原因是我们没有海上航行的工具。如果我们拥有自己的商船，就不会被钳制了。”

陈敬贤跟随兄长多年，瞬间理解了他的想法：“兄长的意思是……我们要买船？”

陈嘉庚点头：“嗯，我们买船，不仅可以运输自己的货物，也可以租给洋人，这样就能够收回买船的成本，不会增加太大的压力。”

“一切都听兄长安排，我这就开始联系。”

几个月后，一艘耗资 30 万元的 3000 吨级的轮船“东丰号”满载货物驶进了海洋，陈嘉庚从此开始涉足航运业。紧接着，他又购买了一艘澳大利亚的客轮“谦泰号”，并将两艘商船租给了法国政府。

但好景不长，在一战即将结束的时候，两艘轮船终究没能逃过战争的厄难，在地中海被德国的潜水艇击沉，为陈嘉庚赢得很大利润的航运业被迫终止。

但是，陈嘉庚关于航运的梦想并未终止。塞翁失马，焉知非福。“航运”与“教育”这两个词在他脑海中忽然碰撞了一下，只是那么一个小小的火花，却让他眼前一亮。

他又找来陈敬贤：“航运业只是我们涉足的一个领域，而国内却还没有航海专业的学校。我们国家没有海防，也没有现代航海事业。今后我国欲振兴航运，巩固海权，一洗久积之国耻，沿海诸省应负奋起直追之责！我们应该办航海学校！”

陈敬贤听完，半晌没言语，良久，忧心忡忡地说：“我们办了小学，办了中学，办了师范学校。可是，真有必要办航海学校吗？”

“世界数十国航运业注册，我国竟然没有资格参加！你觉得，其耻辱为何如？！”陈嘉庚斩钉截铁，不容置疑。

“那……师资从何而来？”

“之前我曾资助过三位留学生前往日本东京水产专科讲习所留学，不日即将毕业，我会预聘他们回国任教。”

两年后，以“开拓海洋，挽回海权”为办学宗旨的集美水产航海学校落成。为了吸引生源，航海学校的学生享受等同于师范生的待遇，免收学费、食宿费。甚至，为了让学生有实践操作的机会，陈嘉庚还从国外定制机器，在厦门造了一艘渔轮，又从法国购买了一艘当前较先进的捕鱼船，供教学实践，让学生学以致用。

这样超前的职业教学理念，即便放在100多年后的今天，也是非常先进的。

然而，人的思想可以超前，技术却赶不上。阑尾切除手术在今天是不值一提的小手术，但在100多年前却是人命关天的大手术。

新加坡南洋学校和集美水产航海学校相继落成，陈嘉庚却因突发急性阑尾炎而命悬一线，就连被中国驻新加坡总领事黄遵宪誉为“上追二千

年绝业，洞见症结，手到春回”的林文庆也束手无策。

漂泊半生，壮志未酬，陈嘉庚除了无尽的落寞和遗憾，还有隐隐的不甘。他从没像现在这样迫切希望上天能让他多活几年，再去为家乡，为祖国多建几所学校，多做一些贡献！“若我此番无恙，必加倍兴办教育。”陈嘉庚在心底暗暗发誓。

苦思良久，他找来律师，立下遗嘱：“本人拥有的店屋、地产和橡胶园共值 400 万元，自愿全数拨给集美学校，以作永久基业。”

或许是因有壮志未酬身不死的意志支撑，或许是上苍感动于他的决心和情怀，几个月后，陈嘉庚终于战胜死神，再次站立起来。经过这一次的生死考验，大病痊愈的他不禁重新审视来路，进行了一番从未有过的深刻思考，关于生命的意义及未来的作为。

病去如抽丝，比以往更加清瘦的他再一次踏上了返乡的渡轮。此番归来，他要做一件比以往所做之事都更宏伟的事情，一件能够流传百世的事情，即便倾家荡产，他亦在所不惜。

渡轮途经香港码头。

“爸爸，我们还要多久才能到家啊？”在拥挤的人群中，一个稚嫩的声音响起。

“快了，再有几天就到了。”回答的是一个 30 多岁的中年男子，长途跋涉的劳累挂在他棱角分明的脸上，连声音里也透着无限的疲惫。

“那我以后还能回菲律宾吗？我还能再见到妈妈吗？”童声再次问道，声音里透出些与年龄不符的忧伤。

男人叹了口气，没有回答。他左手提着简陋得有些寒酸的行李箱，右手牵着两个年龄相仿的五六岁的男孩，加快了步伐。

男孩依然不屈不挠地追问：“爸爸，我出生在菲律宾，你为什么说我们要回祖国呢？菲律宾不就是我的祖国吗？”

男人眉头一皱，显然不想回答这个问题，只是手心紧了一下，说：“亨儿，拉紧哥哥的手，小心别被挤散了！”

这个中年男人叫叶荪卫，从菲律宾远渡重洋而归，目的地是边远偏僻的闽南山沟里一个叫作“占石村”的小村落。那是他的故乡，也是他两个年幼的儿子即将开始生活的地方。

他根本没有办法用三言两语解释清楚：他在故乡有一个结发妻子，而亨儿的妈妈是他再婚的菲律宾人。按照闽南民俗，华侨在海外续娶之后，要把头两个孩子送回老家。

占石村在南安县西北山区，距离闽南名城泉州有一天的路程。这里山清水秀，但人多地少，许多人家靠跑买卖维持生计。叶家祖辈以农为业，家境一向贫穷，只有两间房、半亩山地，战乱频发，捐税不断加重，全家老幼生计无着。叶荪卫新婚几个月就跟随同乡漂洋过海到菲律宾做小买卖，后来与迪阿旺镇一户殷实人家的女儿结婚，在菲律宾扎下了根。再婚的妻子麦尔卡托是菲律宾人，受过教育，英语极好。两个儿子出生后，一家人过着其乐融融的生活，家境也逐渐殷实起来。但是，刻进骨血里的传统观念是没有办法改变的，隔山隔海送回儿子，是终究要面对的别离。

他送回家乡的大儿子叫叶启存，小儿子叫叶启亨。在此后半个多世纪的时间里，叶启亨将在中国革命史上扮演重要的角色。他后来的名字叫叶飞。

刚从香港码头下船，不绝于耳的都是国内五四运动的小道消息，叶荪卫听后只是皱皱眉头，他不想听，更不去打听。昔日为生计去，今日为生计回，争国权、除家贼是国家的事，与己何干？叶荪卫全然不知，自己此行是为这熊熊燃烧起来的革命烈火添薪加油来了。

叶启亨又开始追问：“爸爸，运动不就是跑步、练太极吗？为什么那么多人都在说运动，听起来还挺可怕。”

叶荪卫平时最怕他发问，一个接着一个问题，他都答不上来。于是他迅速打断儿子的话：“小孩家家，听听就行了，别多问。以前我们因为吃不饱穿不暖，所以才去南洋谋生；如今，为了活着，我们只好又回来了。这世道啊，活着真难啊！哪有空管那么多？再说了，争国权、除国贼那都是当官的事，和我们平民百姓有啥关系？”

叶启亨见父亲动了气，这才收了声。

与叶荪卫持不同态度的，是在同一渡轮上的陈嘉庚。

五四运动的消息传来，他既激动又担心：激动是为这场学生运动引起的剧烈影响；担心是为学生罢课，人身安全受到威胁。拥挤的人潮中，他掩饰住内心的急迫，压低声音跟身边的李光前说：“快，我们先住下，再速去打探消息。”

他们匆忙向前，赶超了前面叶荪卫父子三人。茫茫人海中，他们擦肩而过……

叶荪卫回到闽南山村，想着自己多年未归，结发妻子又不曾生育，一人独守寂寞的岁月，跟随老辈人苦撑家业，心里颇为歉疚。两个儿子年龄尚小，此次自己再去菲律宾，不知何年何月能再相见，就多待些日子吧。

没想到，还没处理好家里的事务，叶荪卫就在进县城采购粮食种子归来的途中，被山匪绑架了！

山匪听说叶荪卫是华侨，以为他也如陈纲尚一般担着银子衣锦还乡。结果，山匪头子一看，绑架回来的叶荪卫衣着破旧寒酸，登时大怒，以为手下绑错了人。

吓破胆的叶荪卫很快被验明正身。山匪头子不甘心，在他的认知里，华侨一定是资本家。于是，他派人传信给叶家，要赎金 2000 元，否则就撕票！

怎么办？

叶家有族亲出主意："听说咱闽南有个革命武装大队，带头人就是陈纲尚之子陈铮，为人侠义，托人找他试试吧！"

于是，叶家人用叶荪卫带回来给两个儿子的生活费，又七拼八凑地筹够了赎金，托人找到陈铮。

陈铮一听此事火冒三丈："居然还有山贼土匪干这绑票的勾当！这是嫌我赎人的经验太少吗？！"遂喊来几十号弟兄，待夜黑风高时直捣山匪老巢，将他们一窝端了。

被解救出来的叶荪卫感激涕零，定要陈铮收下赎金。

陈铮却够仗义，知道这赎金的来路后分文未取，对叶荪卫说："我们都是闽南的华侨，归国了，就该为孩子谋生路，为国家和百姓谋太平。这些钱留给孩子们读书，他们出息了，我们就都太平了！"

这番话，幼小的叶启亨似懂非懂，但陈铮大义凛然的形象，深深烙进他的记忆里。

经此一闹，叶荪卫再不敢久留。

临行前，他将两兄弟揽到怀里，看了一遍又一遍，依依不舍。最后，他目不转睛地凝望着年幼的儿子，说："中国人在国外不好混生活，在国内也要受坏人欺侮。这些都是因为官府太坏、太无能，国家太穷，我出去挣钱供你们上学，你们自己要争气，要长本事！"

说完，他强忍不舍，放开儿子们，转身离开了占石村。

1919年春夏之交，中华大地上爆发了震惊中外的五四运动，北京城里成千上万的青年学生冲破北洋政府的封锁，高呼着"外争国权、内惩国贼"的口号拥上街头，向帝国主义、封建势力宣战。运动从5月4日开始，很快自北京波及上海、南京、长沙等城市，青年学生、工人、商人等各界群众，纷纷罢课、罢工、罢市……

第六章 1919

公元 1919 年，这是必将载入中国史册的一年。

1 月，陈独秀、李大钊呼吁“除三害，兴三利”；4 月，《每周评论》刊载《共产党宣言》第二章；5 月，五四运动爆发。就在这一年，童年叶启亨随父回国。

五四运动是发生在北京的一场由青年学生发起，广大中下阶层市民共同参与的爱国运动。这次运动，掀开了中国历史新篇章，带来了巨大改变。

1919 年，一个个平凡的人各自用不平凡的力量，共同缔造了极为不平凡的一年。

集美中学里，一阵急促的脚步声由远及近，一位老师手里拿着一封信，冲进校长室，气喘吁吁地说：“侯校长，侯校长！信，校董的信！信封背面标注着‘校董不日回国’，校董要回国了！”

“真的？快拿来给我看看！”时任集美中学校长的侯鸿鉴赶紧放下手

里的教案，站起身迎过来。

展开信纸，字迹力透纸背，内容洋洋洒洒："教育不振则实业不兴，国民之生计日绌……言念及此，良可悲也。吾国今处列强肘腋之下，成败存亡，千钧一发，自非急起力追，难逃天演之淘汰。鄙人所以奔走海外，茹苦含辛数十年，身家性命之利害得失，举不足撄吾念，独于兴学一事，不惜牺牲金钱，竭殚心力而为之，终日孜孜无敢逸豫者，正为此耳。诸生青年志学，大都爱国男儿，尚其慎体鄙人兴学之意，志同道合，声应气求，上以谋国家之福利，下以造桑梓之庥祯，懿欤休哉，有厚望焉……"

读到此处，侯鸿鉴眼角泛出泪花，模糊了视线。他用长袖拭去，继续读信，惊喜交加，不禁大声叫好！

在那一封信漂洋过海要几个月的年代，接到海外来信是一件大事。听说校董来信，隔壁办公室没有上课的老师们也都闻讯围了过来，急切地关注着侯鸿鉴校长的神色，揣测信件内容，看到校长兴奋激动的样子，纷纷追问：

"校长，校董信里说什么了？"

"校长，校董什么时候回国啊？"

"哎呀，校长，你快跟我们说说啊，急死人了！"

侯鸿鉴抬起持信的手，勉强控制住激动的情绪，笑着对大家说："校董说，要回来筹建大学！"

"啊！大学！校董要建大学！"

"天哪，我们厦门要有大学了！"

"大学？要在哪里？会不会还在集美？"

大家激动之余，纷纷猜测大学的选址。侯鸿鉴抹抹眼角残余的泪花，笑着说道："别猜了。校董说，大学的首选地是演武校场。"

"校董真是好眼光啊！那里依山傍海，是个风水宝地。"

“嗯嗯，是的。那里坐山面海，水天苍茫，视野开阔，的确是个好地方！”

面对兴奋的众人，校长侯鸿鉴在激动之余也不免忧虑：“这短短三年时间，先生已经斥资几百万兴学了。再建大学，耗资只会比之前更甚，真是难为他了。”

侯鸿鉴语气里的黯然令众位老师停止了七嘴八舌的议论。

“距上次见校董，时间已经过去好几年了，不知他身体怎样，精神可好。上次听敬贤说，校董身体抱恙，险些丢了命，却还立下遗嘱，要把所有家业都留给学校，捐给教育。我这心里……”侯鸿鉴说不下去了。

刚才涌上来的是激动的泪水，而现在眼里闪烁的却是心疼的泪光。

因为一场重症差点魂断南洋，陈嘉庚不由得加倍珍惜这短暂的生命来。想做的事情太多，而时间太紧迫。

除夕过后，他把陈敬贤、李光前一起找来。此时的李光前已经成为陈嘉庚的左膀右臂，在谦益公司负责处理中、英文函件及对外联络工作，并且凭借自身的博学和敏锐迅速打通欧美市场。这一次“跳槽”成为他商业生涯中的一个重要转折点，他自此在商界崭露头角。因为业务熟练、办事干练精明，他很快就荣升为谦益公司橡胶贸易部经理，甚得陈嘉庚器重。

三个人谈话时，气氛极为凝重。

“我是想跟你们说，我在病中曾经发誓，若我此番无恙，必加倍兴办教育。如今，我已痊愈，我们的资产也还算厚实，就现在看来，每天都还能有不少进账。虽然我们在这里也创办了华侨学校，但闽南才是我们的根。我想在故乡创办一所国内一流的大学，让福建学子在自家门前就能进高等学府深造。或许，就应该叫——厦门大学！”

“厦门大学！”陈敬贤和李光前异口同声地惊叹。

“其实，我的目标并不只是厦门大学。有生之年，我想打造一座幼稚园、小学、中学、大学一体化的现代教育王国！”这回，陈敬贤和李光前都没有出声，默默地听着。

“你们不要以为我有野心。对经商，我有足够的胆量，因为我不惧怕失败。但是对教育，我慎之又慎！乡野私塾可以育人，但难成气候。教育需要氛围，只有把足够的氛围和师资团队打造起来，才能从根本上改变教育的面貌，让每一个生活在中国的孩子都能用知识改变命运，改变自己的命运，改变国家的命运！”这是陈嘉庚从少年出洋时就开始拥有的愿望和梦想。如今的他，虽不是海外商贾中的首富，但已经有能力去把这个梦想变成现实。

既然是已经决定要做的事情，就不能停留在口头上，而是要付诸实践。陈敬贤说：“近几年，我们在家乡创立和资助的学校少说也有几十所，厦门、泉州、福州各地都有，每年资助的金额就不小。如果我们再建大学，是不是先暂停对其他学校的资助，用省下来的钱投资厦门大学的建设？”

“不，不能停！建大学的钱，我们要另作预算。”陈嘉庚的话里毫无商量的余地，他说完便转而看向李光前。

李光前性情沉稳，一般开口时都已经思虑周全，这次也不例外。他沉思了一会儿，说：“我想的是，要不要联合新加坡的闽籍侨商一起建大学？按照公司目前的运转和收入情况，全凭一己之力，恐怕会……”

他没继续说，陈家兄弟当然明白，“恐怕会”后面应该是“倾家荡产”。

陈嘉庚目露赞许之色。果然，李光前跟自己想的一样。

“光前，你跟了我三年，早已不是外人。今天找你过来商量，也是想让你先和闽籍侨商沟通一下，看看联合办学是否可行。跟随孙中山先生为革命募捐时大家都很踊跃。如果在兴办教育上他们也能有此觉悟，出

资条件可以放宽，可以商业冠名、参与管理等等作为回馈。你去跟他们谈，他们有什么需求一概应允！”

“好，我明日就着手去办！”

事情并没有如陈嘉庚想象的那样乐观，李光前的集资历程相当艰辛。一般的富商们对这种出钱却不赚钱的事情完全不感兴趣，而那些热心教育的几位领袖级人物又都有各自创办的学校。

比如，林义顺和陈嘉庚即将联合创办的南洋华侨中学，就是新马地区第一所华文学府，每年的支出就不是小数目。何况，林义顺还在不断扩大橡胶林种植规模。他打算在商界注入更多资金，以图日后为国家贡献更大的经济力量。

陈楚楠和张永福在资助武昌起义时就已经差点破产，如今已无财力支持教育。

当然，对于一些闲言碎语或者冷嘲热讽，李光前在陈嘉庚面前都一字不提。但陈嘉庚何等聪明，从李光前欲言又止的口吻里已经明了。他沉住气，闷声说：“我国人传统习惯，生平艰难辛苦，多为子孙计，若夫血脉已绝，尚复待人吝啬，一毛不拔，既不为社会计，亦不为个人名誉计，真真愚不可及！罢了，我一人的梦想，一人坚持！”

春色渐尽时，陈嘉庚与陈敬贤、李光前一起回国筹建厦门大学。同行的还有突然想回乡的陈伯。

时间一晃，陈嘉庚辗转回到故乡集美已有月余。面对陈嘉庚的突然回国，张宝果自然是欢喜的。但是她不能理解：为何丈夫已经办了那么多学校，现如今还要把所有家当都拿出来办大学？

“你也是上了年岁的人了，离家在外漂泊了半辈子，好不容易攒下些许家底儿，这就都拿出去？我一个乡村妇道人家倒是没什么，一碗粥两根青菜便可度日。可你就不为我们的儿孙攒些家业？”张宝果有些懊恼，但更多的是担心，“都说人无千日好，花无百日红。现在你的生意还好，那万一时局再有动乱，这一大家子人还能有活路吗？更何况你身体吃得消吗？”

这一连串的问话，让陈嘉庚有些于心不忍。他长期在南洋，对张宝果鲜有陪伴，还屡屡让她担惊受怕，他心里是愧疚的。每当面对张宝果，看着她头上过早添就的白发，他就联想起自己的母亲来：她们的命运，何其相似！这是那个时代的华侨眷属不能改变的命运。而他想建学校，建更多更好的学校，目的之一就是改变像母亲和张宝果这样的女人的命运！

这样的道理，他不知道该用什么方式去跟结发妻子解释。因为根深蒂固的封建思想，她只会认为，这就是命，是不能也不可更改的命。

最后，他只是温和地看着张宝果，说：“放心，我会照顾好自己。我斥资建校，其实也是一种投资。这个投资获利更大，只不过，这个‘利’，不是我们来获取，而是许多国人子弟来获取。父母之爱子，则为之计深远。早晚你会明白这些道理的。”

厦门地处海边，一到夏季，海风阵阵，风里带着海水的咸味，天气并不闷热，但身上却总是黏糊糊的，让人很不畅快。天空中乌云密布，水面上蜻蜓低飞，分明是要下雨了。可老天爷酝酿了三四个小时，依然没有降下一点雨滴。

陈嘉庚正伏在窗前书案上起草一份通告，写道：“中国门户洞开，强邻环伺，存亡绝续，迫在眉睫。吾人若袖手旁观，放弃责任，后患何堪设想！吾久客南洋，心怀祖国，希图报效，已非一日。拟创办大学附设高等师范学校于厦门。”

他想了想，又提笔写道：“大学生不分省界；高等师范，闽省、他省规定名额。”

接着，他再写道：“民心未死，国脉尚存，四万万人民的中华民族绝无甘居人下之理。今日不达，尚有来日；及身不达，尚有子孙。”

写完，他搁笔，长叹。

半晌，他又提笔写下：“唯是个人之力有限，望海内外同志共同负责。”

至此，心中重石缓缓落下。

正在惆怅之时，陈伯从泉州来厦门了，还带来一人造访。这人便是华侨陈纲尚之子陈铮。此时的陈铮已经是安溪县县长。

经陈伯介绍，陈铮拱手一揖：“陈铮贸然造访，实在有失礼数。奈何家父多年慕先生之大名，感佩先生之壮志，故陈铮让伯父引荐，特来叨扰先生，还望先生海涵。”

“哦？可是‘逸楼’楼主陈纲尚先生？”陈嘉庚问。

“先生见笑了，正是家父。”

陈嘉庚本就是一个虚怀若谷的人，何况陈伯是陈嘉庚在新加坡遇见的第一个闽南老乡，也是同他一起加入同盟会的盟友。此后几十年，他们一直都如家人般相处，陈伯带来的人，他自然不会见外。

对于陈纲尚本人，陈嘉庚早有耳闻，知道他是回国较早的华侨之一，回国后造福百姓，为革命捐资。虽未谋面，陈嘉庚早已把陈纲尚当成同道中人，此刻见到他的儿子，更是对这位饱读诗书的“儒将”陈铮心怀好感。

细聊之下才知，陈铮与陈伯的儿子是堂兄弟，他之所以走上民军武装道路，起初就是为救陈伯之子。当年年轻气盛，误打误撞地在行伍的路上愈走愈远——先是当上安溪民军首领，后任东路讨贼军团长、旅长，然后是安溪县县长。他在家乡创办聚英小学，倡办安溪公立中学，栽培青年学子，长于执政，又广罗文人，是个难得的才俊。

此次回乡，陈嘉庚约见了很多名流显贵，均为厦大建校计，却均未有与陈铮交流之酣畅。陈伯见状，欣慰至极，偷偷提醒陈铮：“你要送给先生的礼物呢？”

陈铮这才醒悟，赶紧拿出早准备好的两轴纸卷：“听伯父讲，这次先生回来是为筹建大学。陈铮不才，做得冠头联一副，请先生笑纳。”

陈嘉庚接过，展开来，只见——

上联：“集天下英才到之育之”

下联：“美海滨风光居焉游焉”

对联巧妙地将“集美”二字嵌入，既赞誉了陈嘉庚兴办教育之心，又描绘了集美的秀美风光，字体遒劲，风骨暗存。陈嘉庚直呼“好联！好字！”并邀陈铮一同参加几日后的厦门大学筹备会。

第二天，《东方杂志》第 16 卷第 12 号刊发了一则《筹办厦门大学附设高等师范学校通告》。在通告中，陈嘉庚向社会宣布：“谨定于 7 月 13 日下午 3 点钟假座浮屿陈氏宗祠，开特别大会，报告筹办详情 。”

一时间，社会哗然。

“办大学！天哪，大学，是有多大？”

“听说是陈先生一人出钱办的。那得多少钱啊？”

“陈先生把自己的 100 多亩地都捐出去建学校了。”

闽南人时兴风水之说，善男信女不少，出门看天气也就成了约定俗成的习惯。

这日正是闽南入夏时节，天高云白，虽为夏季，却因海风阵阵，天气并不闷热。看样子，这是能成事的好天气。

下午 3 时，伴随着陈氏宗祠响亮的锣声，原本只属于陈氏族人聚集的宗祠内人群熙攘，热闹非凡。

居住在厦门的各界人士踊跃出席，受到邀请的蔡元培、黄奕住、黄炎培等人也从外地赶来。大家齐聚一堂，等着陈嘉庚宣布一件关乎八闽前

途与东南文教兴盛的大事。当时没人会想到，隐匿于东南海隅的这座小小祠堂传出来的声音，后来竟铸就了中国现代教育史上一座辉煌的殿堂。

锣声响过之后，召集此次集会的陈嘉庚走到了祠堂的大厅前，面向大家，开始演讲，每一个字都铿锵饱满：

“鄙人之所以尽出家产，以兴学者，其原因有二：一、尝观欧美各国教育之所以发达，国家之所以富强，非由于政府，乃由于全体人民。中国欲富强，欲教育发达，何独不然。二、南洋实业，日益发达，其进步之速，实有一日千里之概，而土地又大，未开垦之地颇多，各国人侨居于斯数，首推中国。则中国欲发达实业，南洋实为重要之地。乃反视在南洋之华侨，广帮余不知，不敢言；请谓闽帮，余乃抱悲观。华侨多不愿回国，虽有回国者，亦不过拥巨资作安逸之富家翁，沉迷于种种奢华。在福建曾见华侨嫁女，乃费千万之多，实为奢华之极；而对于实业教育各问题，反置之不问。

“故，余谓长此以往，华侨财愈富，愈有害于中国，因之乃每欲设法援救之。援救之方法无他，唯有身先作则，创办数事，以警醒之。兹出家财之半，或十分之三四，恐仍不能动其心，故将所有家财尽出之，以办教育，并亲来中国经营，以冀将来或成功，使其他华侨有所感动也。

“至于现在尚在初办，为‘功’为‘罪’尚不得知，盖事或成功，则无论矣。假使失败，则定绝其他华侨后来之路，则非但无功可言，且将有害于祖国。是以对于前途，觉得非常可怕。故唯有谨慎从事，努力前进，以冀成功，以免有害于中国，此则甚望各省教育家之指教也。

“国家之富强，全在乎国民。国民之发展，全在乎教育。今就中国而论，据鄙人所知，鄙人家住福建同安，同安教育自废科举以来，办学 20 年，而今毕业者仅 2 班。观此岂非愈趋于退化之境。同安如此，就福建全省论，每年师范毕业生，不过千人。平均计之，每县每年仅得教员 3 人。查福建人口有 3000 余万，平均每县有 34 万，则学龄儿童，至少 10 万，每年当有毕业生 6000 人。今欲以 3 教员教人，如何能办？故平均计之，福建人之受

陳氏大宗祠

教育，每百人中不过一二人耳。福建如此，他省当亦如此，则中国尚有强盛之日乎？

“虽然，鄙人前两月在福建，遇教育厅厅长，将此番意见为之呈说，乃得答话云：‘省之师范学校之毕业生，尚无处安插位置。’岂非奇之又奇？鄙人于未见福建教育厅厅长之前，以为身为教育厅厅长，其见解之高，对于教育计划之周，必有高于人者。乃既见之下，实毫无见解之人耳。因此一人，乃误尽福建3000万人民，岂不可哀？其所以致此者，不外‘私’与‘不认真’二事耳。福建省如此矣，除江苏外，其他各省，不知如何？江苏教育，可谓发达矣，然平均而论百人中至多亦不过十数人受教育，即多至百之二三十。若与欧美较，则仍远甚。然，如何而救济之，则唯望于各大教育家耳。

“一国之强，必先受一种之痛苦，此为过渡时代，必须经过。但鄙人对中国前途甚抱乐观，何也？因中华民国纪念日为十月十日，此四字合成，则为‘朝’字，则中国之前途，犹如朝气蓬勃之现象。我人既生于此时，何不努力前进，以达此蓬蓬勃勃之现象乎？”

面对各界人士，陈嘉庚将我国与欧美先进国家、日本等国不识字的人数作了比较，阐述了教育不兴则国遭淘汰的现实。国家贫弱，强敌侵犯野心剧增，“得陇望蜀，伺隙而动”，国人若“不早日猛醒，后悔何及”，这些话既表达出陈嘉庚内心的痛苦，也透露出他深藏于内心的那份焦虑。

这番演讲，用情之深、之切、之浓，深深感染了全场的听众，掌声此起彼伏。

黄炎培情不自禁地碰了碰身边的黄奕住，小声问：“听了陈先生的话，有何感想？”

黄奕住用手指了指自己的心，答道：“听陈兄之辞，不支持他兴办厦门大学，我便枉为中国人！”

陈嘉庚当场宣布，认捐百万元洋银作为厦大的筹办费用，另捐300万元洋银作为日常经营费用，分12年付完，共捐资400万元洋银，这是他的全部实有资产；选定厦门岛南端五老山麓古演武场为校址，并呈文请求政府拨地供厦大建筑校舍之用。

1919 年 8 月 7 日，从厦门陈氏宗祠传出的消息传到了现代国际都市上海！

这一天，影响巨大的媒体《申报》发布了《南方将有私立大学》和《厦门将设大学》两则新闻。

《南方将有私立大学》报道是在中华职业教育社主任黄炎培返回上海的两天后刊发的。报道称，集美“与厦门相隔一海湾，形势三面皆水，唯北枕天马山，水绝胜”；集美学校“含均新建筑，非常宏散”“今有学生数，师范、中学 200 余人，小学 200 人，女校 90 余人，蒙养园百人。此外附设夜学校、通俗图书馆，应有尽有”“工程仅及其半，耗金已及 20 万元”。

《厦门将设大学》则以充满赞誉和期待的语气报道陈嘉庚创办厦大的壮举，称这一举动“使南方有中国自办之最高学府”，赞扬陈嘉庚“孜孜以学，以为国家百年树人之计，诚教育界之明星”。从此，“四万万之民族绝无居人之下之理”的自强精神与雄健豪气，铸就了厦门大学的文化基因与精神底气。

陈嘉庚深知创办厦门大学的路必定荆棘丛生，但他认定的路，哪怕刀山火海也要闯过去，这个闽南血性汉子身上有着“明知不可而为之”的孤勇。他的一以贯之，他的无怨无悔，他的自强不息，塑造了厦门大学的精神。集美学村也日益扩大，这片土地上又开办了水产航海学校、商业学校、农林学校、幼儿师范学校等，同时设立了科学馆（现集美大学工程技术学院）、图书馆和医院等，使集美成了系统完整的学村。

华侨教育王国的蓝图开始在闽南大地上徐徐展开！

厦门大学在国内轰轰烈烈筹建的同时，庄希泉与余佩皋创建的新加坡南洋女子师范学校也逐渐步入正轨。

两人除了志同道合之外，一个有想法，一个有能力。庄希泉任董事长，余佩皋任校长。有着相似的革命情怀和教育理想，同年出生的他们还有同样独闯海外的经历。所谓珠联璧合，大抵不过如此。

开学初期，事项繁杂。

庄希泉事无巨细，亲力亲为，大到校舍建设，小到学生饮食和桌椅摆放。这些余佩皋看在眼里，不免对庄希泉敬佩之余，多了一分欣赏。没想到，这个别人眼中的富家子弟做起事情来丝毫不含糊，也没有任何纨绔子弟之风，简单，坚定，勤快，直率，雷厉风行。

余佩皋的责任更重，招聘教师，设计课程，编写教案，提出办学建议，甚至还负责学生形象的设计。她的付出得到了几乎所有华侨家长的一致好评。

南洋女子师范学校的女生们发型统一，都是齐颈短发，明快清爽。她们的校服款式中西合璧，融合了西洋元素和民国初期服饰的特点：腰身窄小的大襟袄，弧形下摆，摆长不过臀，在领、袖、襟等处缀有花边；喇叭袖口露出腕肘，称为“倒大袖”，体现女孩子娇柔的特点之外还方便翻书写字；下配典型民国风同色中裙，白色长筒棉袜。

南洋女子师范学校的学生以这样的形象和风采出现在新加坡，让所有人都眼前一亮，也让庄希泉在劳累之余不由得暗暗赞叹起余佩皋的经验和能力。

两人常常在学校忙到满天繁星之时才想起晚饭还没来得及吃。每天，学校里最后熄灭的那盏灯，一定是校长室的。余佩皋最先请来的老师兼教务主任，就是与自己一起去婆罗洲的同班挚友周芜君。在他们的带动之下，南洋女子师范学校在开学初期就经历了一系列堪称惊人之举的改革。两位学校领导倾力办学，全校师生通力合作。在教学质量逐步提高的同时，他们在“实业救国”与“教育救国”两条并行的大道上越走越开阔，成了南洋女子教育的先驱。

他们沉浸在成功打造理想王国的喜悦里，却忘记了这个王国的所建之处，并不属于自己，而是属于那些在国内被称为“列强”的蛮夷。

理想王国被入侵之前，并没有任何征兆。

这天，余佩皋一如往常地为学生上课。琅琅的读书声是世界上最动听的声音：“上下数千年，一脉延，文明莫与肩；纵横数万里，膏腴地，独享天然利。国是世界最古国，民是亚洲大国民……”

忽然，一队英国士兵蛮横地闯进了教室，收走学生的书本，并抢走了余佩皋的教科书，撕碎，扔在地上。

英国士兵一边大声喊着“所有人都给我滚出去”，一边暴力驱赶学生，甚至亮出了电棍。学生们都被吓坏了，睁着一双双求助的眼睛看向她们的校长。

余佩皋张开双臂挡在士兵面前，挺身护住惊魂未定的学生，呵斥道：“你们是谁？该离开的是你们！她们都是孩子，是我的学生！”

一个领头的人背着手从队伍里踱步出来，用手里的电棍指着余佩皋大骂：“你们这是自作自受！你们为了支持国内的五四运动，组织学校师生上街游行示威，很多华侨学校在你们的挑唆下，也组织了游行活动。你们的学生还呈书英属殖民政府，要求支持中国政府在巴黎和会上的要求！这是读书吗？如果好好在学校里读，没人会去管你们！”

骂完，他抖出一卷纸，往余佩皋脸上一扔，说：“给你们三天时间整改，不然的话，我们会马上查封这所学校！”说完，他带着那些英国士兵，趾高气扬地走了，留下满地被践踏的书本。

余佩皋捡起那卷纸，是几页英文版的《海峡殖民地教育条例草案》，内容都是针对华侨学校的规定。余佩皋逐个安抚好那些惊魂未定的学生，再拾起破烂的课本，拂去上面的污渍，眼里喷出愤怒的焰火。

余佩皋找到庄希泉时，他正在新加坡中华国货公司核对账务。

听她讲完事情的经过，细读了余佩皋递过来的《海峡殖民地教育条例草

案》，庄希泉顿感事态严重。

他将那本用几张薄纸装订成的册子往柜台上一扔，怒吼道："岂有此理！新加坡殖民政府对华侨学校施加种种限制，企图毁灭中华文化教育。这条例针对的不是新教育和旧教育的问题，而是有教育和无教育的问题。若条例他日施行，必置侨校于死地！"

余佩皋连连点头赞同："庄兄说得对！我们不能坐以待毙！他们揪着我们游行这点不放，让我们整改，否则三天后封校。政府有权随时封闭学校，聘用教员须经政府许可，不遵从政府命令的学校负责人要受重罚，教科书须由政府编订，到新马地区求学的华侨学生也须经过他们审批……简直是欺人太甚！"

"封校？谁给他们的权力？！"庄希泉再次拍案，"我们要争人权、反苛例，不能让他们一手遮天，为所欲为！这些苛刻的规定，是殖民政府的釜底抽薪之计。其险恶用心昭然若揭，那就是要摧毁南洋的华侨教育。"

"唉！华侨教育不能停止啊。" 余佩皋声音不大，却无比气愤。她不无忧虑地说，"如果这个条例施行了，华侨就要退回从前的野蛮状态，殖民政府也会取笑我们软弱无能。"

庄希泉深吸一口气，似是下定决心："纵使牺牲全盘生意，我也要反对条例实施，替华侨争回一点人权！"

"可是，眼下该怎么办呢？"余佩皋问。

"得找个信得过的政府官员替我们说话，还必须是站在我们华侨一方的……"庄希泉紧皱眉头思索着，忽然想起一个人来，此人便是林文庆。

林文庆在华侨圈中地位很高，不仅因为他是第一位获得英女王奖学金进入英国爱丁堡大学医学院的中国人，也是香港大学名誉法学博士，担任过新加坡市政局委员、立法院华人议员、内务部顾问，还因为他是同盟会革命党人，也是侨居地华人请愿的代表。就在不久前，英女王还特授予他"不列颠帝国勋章"。

找林文庆来申诉这条例的不公平之处，应该最合适不过了吧，庄希泉想。

但让庄希泉大失所望的是，林文庆听完他跟余佩皋的讲述，却没有如他想象的那样气愤。迟疑了一会儿，他说：“庄先生少安毋躁，我想政府会给我们一个答复的。”

“少安毋躁？！”庄希泉有点不敢相信自己的耳朵。

“是这样的，庄先生，我现虽然在政府任职，但只是内务部顾问，是个虚职，并无权力直接参与立法，所以……”林文庆面露难色，欲言又止。

庄希泉听明白了，如此搪塞之辞，说明这件棘手的事儿林文庆压根儿就不想管！

他把之前对殖民政府的愤怒完全转嫁到林文庆身上：“政府的答复全赖众人努力，林先生身为华民议员，受300万华侨之托，自当为众侨民说话，万不可做出令炎黄子孙不齿的事来。请好自为之，告辞！”

说罢，不待林文庆言语，庄希泉便带着余佩皋拂袖而去。

满怀希望化为泡影，余怒未消的庄希泉冲上大街，仰头看着新加坡繁星点点的夜空，忽而伤感地说道：“此刻若是嘉庚先生在，那该有多好啊！”

“是啊，陈先生德高望重，侠肝义胆，最是合适不过。可是他回国了。林文庆又不肯帮忙，怎么办？”余佩皋站在庄希泉身边，也仰头望着夜空。

庄希泉突然两眼一亮，笑着说：“他如果愿意带头，在华侨中振臂一呼，反响必然强烈。这样一来，殖民当局就不得不考虑民意。”

余佩皋一下子来了精神：“他，他是谁？”

“就是和陈嘉庚一同创办南洋华侨中学并出任董事长的林义顺。新加坡现有华侨学校30余所，华侨中学规模最大。”

“是啊，华侨中学也是华侨联办的唯一一所完全中学，很有影响力和号召力。”两人仿佛看到了希望，遂前去拜会林义顺。

可是，结果令他们大失所望。

原因很简单：在此之前，林文庆已跟林义顺打过招呼，说这个教育条例，总督最多同意修改，不可能取消。林义顺既不想得罪殖民当局，又不得不面对华侨中学董事会。

所以，庄希泉刚说明来意，还未开口与其商量华侨中学组织向殖民当局请愿取消教育条例的事宜，林义顺就面露难色："我一个人也不能代表什么，还是召开校董事会研究研究再说。" 林义顺身为董事长，办事雷厉风行，也资助过革命，如今面对教育条例却给出这样的回复，庄希泉虽已心知肚明，但仍不死心。

现实终归是现实，为了自保，林义顺站在议政局这边。实质上，议政局一改再改后给出的条例，除了细枝末节，实质性的东西丝毫未动。如此彻底引起公愤，不仅侨民教育研究会的侨胞，就连华侨中学的不少董事都表示强烈不满，转而支持取消这一条例。

第七章 请愿

政府有权随时封闭华文学校；

华文学校聘用教员须经政府许可；

不遵从政府命令的华文学校负责人要受重罚；

教科书须由政府编订；

到新马地区求学的华侨学生须经政府审批……

殖民当局制定的这一份《海峡殖民地教育条例草案》，摆明了就是打压新马地区的华侨殖民教育。是可忍孰不可忍，庄希泉这次铁了心要跟殖民当局抗争到底。

虽说这次事件的导火索是在自己创办的南洋女子师范学校，但庄希泉不是为了一己私利，而是他由此条例联想到此前的《马关条约》及其中的种种不平等。正因为祖国国力衰弱，国民在海外才会如此备受欺凌。

1920 年 7 月 3 日晚，新加坡星洲书报社灯火通明。

庄希泉联系陈寿民、洪石亭等人，发起了一场新加坡华侨工商各界代

表讨论会，讨论的内容便是殖民当局将要强硬实施的《海峡殖民地教育条例草案》。

马来联邦华侨代表、吉隆坡教育研究会会长廖衡酌首先表态：“首先，我支持庄希泉的决定。这份条例就是想让我们在海外的华侨断了文化之根，我不接受！”

陈寿民接着说：“对！他们用各种手段打压中国人，制造事端，提出无理要求，我们必须反抗！”

反对条例实施的意见基本达成一致之后，接下来大家开始讨论反对的细节。

被推举为会议临时主席的庄希泉说：“不管林文庆、林义顺等人的态度是否明朗，我认为，只要我们在场的华侨团结一致，万众一心，就没人能欺负得了我们！”

“我想，我们还是先成立一个团体。”洪石亭深思后提出建议。

“这个意见非常好！我看，就以‘英属华侨不受1920年教育条例请愿团’为名提交请愿书，怎样？”

“好！团结才能有力量，才能不成为刀俎之鱼肉，才有望阻止教育条例的实施！”

“就是！只要我们勠力同心，事必可成！”

大家纷纷发言。毕竟，这件事情关乎每一个华侨子孙的教育问题，是“根”之大事。

那晚，请愿团商定，成立一个名为“英属华侨学务维持处”的机构，将南洋教育界全体同仁聚成一个团体，并请各埠各界的商会加入。

讨论会从一开始，余佩皋就一直在庄希泉身侧，并未言语。直到大家讨论得越来越热烈，情绪越来越高昂的时候，她才站起身来，轻声说：“我有一个想法，不知各位可否听我一言？”

“请讲！”

大家安静了下来。

余佩皋说："我们可不可以起草一份说明书，把事情起因和经过写清楚，分发给各地华侨，先博支持，再造声势。如此一来，我们不致势单力薄，我相信会有更多的爱国侨胞站在我们这边，坚持斗争。"

大家听了余佩皋的建议之后，互相看了看，廖衡酌带头鼓起掌来。掌声先是一下，两下，后来汇成一股声浪，经久不息。

庄希泉转头看向余佩皋，在心里对这个女子发出了"谁说女子不如男"的敬佩和赞叹。

于是，大家决定，由余佩皋起草说明书，并把它作为英属华侨学务维持处成立后的第一号印刷品，刊发数万份，分别寄送到南洋群岛各地，造出"昭告天下"的声势。

一切部署妥当后，斗争有序地开展起来。

第二天，庄希泉站在英属华侨学务维持处的演讲台上。

台下坐满了罢课的学生，个个精神抖擞，意气风发。他们身穿整洁的校服，青春的脸上写满了斗志。他们知道，这次请愿所为的正是他们自己。

华侨们慢慢聚拢过来。

庄希泉手持书卷，慷慨激昂地演讲一番之后，大声疾呼："我们华侨一定要团结起来，勇于反抗，争取属于我们的权力，反对《海峡殖民地教育条例草案》，让伟大灿烂的中华文化源远流长！"

余佩皋补充道："《海峡殖民地教育条例草案》有失公允，我们要争人权，反苛例！丧失了人权，我们就没有了基本的保障，他们就会视民众的生命为草芥。"

抗议的学生和围观的华侨振臂一挥："争人权，反苛例！"

随后，他们浩浩荡荡地走上了新加坡的街头，一直走到总督府门前。

总督府内，一名事务官敲门："报告，总督府外有几千人在游行抗

议。”

总督拍案而起：“什么？几千人？”

他还没来得及问清楚，另一名事务官跑进来：“报告总督，有20万华人在抗议书上签名，请求撤销条例。”

“什么？20万华人？”总督咆哮着，在办公桌前来回踱步，“影响如此之大，带头人是谁？”

几名下属军官在他面前低下头，其中一个瑟瑟发抖地回答道：“是一名叫庄希泉的华商。”

“什么？商人？商人都是求财，他们哪有空管闲事？好好查，别随便应付。”

“总督，核实无误。”

这场声势浩大、席卷南洋的“争人权，反苛例”的抗暴斗争，让殖民当局大为恐慌，命令华民政务司调查此事。

一周后，华民政务司给英属华侨学务维持处发来面质传票。

英属华侨学务维持处采取的是集体协商、集体负责的工作方式，名义上没有具体的某个领导人。为此，传票并未指定谁到华民政务司面质。

拿到传票后，英属华侨学务维持处于当晚8点召开紧急会议。

众人推举庄希泉、陈寿民、洪石亭三人为面质代表。三人发誓定不辱使命。

庄希泉思虑更为周全。他说：“现在代表已经选出，但我还有一个建议。万一我们被当地政府拘留，希望诸君切莫灰心。若灰心，事情必然难以成功。诸君当前仆后继，不达目的不罢休！切记！”

次日，三人在华民政务司唇枪舌剑，据理力争。

面质进行了整整三个小时。最后，华民政务司司长自觉词穷，决定实行缓兵之计，非常客气地总结道：“一直以来，殖民当局都将在新加坡的华侨当成自己的子民，让他们在这里经商、生活，并没有刻意为难或者存在三位所说的欺辱现象。条例是否实施，以怎样的条款实施，再由殖民当局斟酌之后答复。答复时间另行通知。感谢各位的配合。”

面对华民政务司的虚伪客气，英属华侨学务维持处的华侨们并没有掉以轻心。

为了尽可能地反映广大华侨的意见，达到取消教育条例的目的，庄希泉发布了英属华侨学务维持处的第一个通告，并将其登载于各报，以笔为武器，增加了殖民当局的恐慌。他们对庄希泉恨之入骨，大骂他有意扰乱民心，制造混乱，决定给他一个教训。

那日，英属华侨学务维持处刚刚开完第九次会议。散会时，天上月朗星稀，街上行人稀少。

告别了陈寿民、黄肖岩等人，庄希泉独自送余佩皋回住所。每次天黑夜行，庄希泉都会先把余佩皋送回家，看她进了家门才放心。这天也不例外。

一阵风刮过，只穿了件短袖旗袍的余佩皋感到有点凉，抱紧了双臂。

庄希泉并未转头，但他感受到了。他脱下身上的西装外套，默默地披在余佩皋的肩上。余佩皋心下一暖。月色昏暗，庄希泉并未看到余佩皋涨得通红的脸颊。

从在中华国货公司相识，一起谈理想抱负，一起兴办南洋女子师范学校，又一起游行，一起请愿，两个同龄男女一起走过了整整三年岁月。平日里各自忙碌着，从没有往男女之情上去想。而在这个月色如水的夜晚，一件披在自己身上的外套，不禁让余佩皋心里一动，最柔软的心弦被触动了。

“在想什么？”庄希泉问。

正沉浸在小小甜蜜里的余佩皋被他突然一问，有些慌乱，就像被人窥见了心思一样，脸愈发红了。

为了掩饰，她往耳后拢了一下头发，说："我在想，各地华侨都发动起来了，华民政务司会不会接受民意？"

庄希泉沉思了一会儿，压低声音说："现在已不是'民可使由之，不可使知之'的时候了，他们理应接受民意才对。但若一切能简单处理，也就不需要这么复杂的程序了。有时候，斗争是要付出代价的。"

两人边走边聊，不久便到了余佩皋的家门口。庄希泉停住脚步，望着转过身来的余佩皋："夜深了，你早点回去休息，明天还有很多工作要做。"

"嗯。"余佩皋看着月光下庄希泉年轻刚毅的脸。

"一个漂泊海外的女人，每天跟我们一群大男人在一起闹革命，真是难为你了。"庄希泉说完这番话，有些伤感地低下头来，双手插在口袋里，半晌不言语。

平日的庄希泉激情满怀，浑身充满了使不完的劲儿，是个钢铁硬汉。他冷不防的感怀，让余佩皋心里有了异样的感触，仿佛有什么东西悄悄地变了。

"没事。路上小心。"

"好，我看你进去再走。"

摆摆手，余佩皋假装平静地走进家门。落下门闩的一刻，她赶紧靠在房门上，捂住自己那颗马上就要跳出来的心。

庄希泉听到房门落闩的声音，转身朝千米外的家慢慢踱步。

他一个人静静地走着，静静地想着心事。刚走到第一个拐弯处时，五六个人突然拥上来，将他团团围住。月光下，庄希泉辨认出他们身上戴的是总督府的督牌。

还未从刚刚的幸福里回过神来的余佩皋用双手拉了下西装的衣角，突然想起什么。西装，西装忘了还给庄希泉！

她打开门跑出来，看到百米外几个人架着不断反抗的庄希泉往一辆车上拉。余佩皋大步奔跑过去，大喊："希泉，希泉！你们放开他！"

庄希泉挣扎着回头，冲她喊："佩皋，佩皋！是总督府！去找领事馆……"

话没说完，他就被几个人强行塞进了车里。车子一溜烟儿开走了。

眼睁睁看着庄希泉被抓走，余佩皋手里紧紧抓着庄希泉的西装，泪水滑落。

第二天一早，余佩皋才知道，昨天晚上被抓的不只庄希泉，还有陈寿民。

心急如焚的余佩皋立即请求英属华侨学务维持处开会，讨论保释庄希泉、陈寿民事宜。

曾汝平提议由太平局绅设法担保，廖衡酌和黄小隐建议找林文庆商议。但是，保释工作没有任何进展，所有提交的保释手续都如石沉大海，没有一丝回音。

余佩皋心有不甘，每日清晨必去华民政务司问询，得到的都是同一个答复：不准探视，静候回复。

虽然保释庄希泉、陈寿民的事情没有进展，但华侨请愿活动却一直有序地进行。到 8 月 30 日，请愿手续均已办妥，侨民大会也已开过，达成了共识。至此，英属华侨学务维持处不再开会，一切事宜由教育总会和请愿代表接洽。

华侨声势浩大的抗议活动，依然没能阻止殖民政府的一意孤行。

9 月初，在殖民总督的授意下，立法议政局悍然通过教育条例。

新加坡工商学界联名致书殖民当局，要求保释庄希泉、陈寿民。联名信递交后没有任何回音，倒是听到传言说殖民政府执意要将庄希泉、陈寿民两人驱逐出境，而且会很快执行。

茶饭不思的余佩皋坐在空荡荡的房间里，在脑海里将这一个多月间发

生的事情仔仔细细地过了一遍。

殖民当局一手遮天，视华人如草芥，对请愿不予理睬，对保释不闻不问。他们如此可恨，但是，就真的这样坐以待毙？就没有任何办法能救庄希泉？

余佩皋拿过庄希泉的西装，上面还散发着他的味道。她把脸深深地埋进西装里，眼泪无声地滑落。

蓦地，她抬起头，想起庄希泉被抓走时喊的“是总督府，去找领事馆”……

对！还有祖国的领事馆！庄希泉是想让她找祖国政府机构帮忙解救自己！

余佩皋放下西装跑了出去。

在北洋政府驻新加坡领事馆，余佩皋意外地见到了林义顺。

没想到，林义顺也是为保释庄希泉之事而来。这让余佩皋心里稍稍感到些许安慰，但对林义顺的问候，她只是“哼”了一声，算是作答。

林义顺对余佩皋说：“此前未能伸出援手，实在是身不由己。殖民政府已经私下定好，条例必须强制实施。所以，还望庄兄和余校长体谅和理解。”

“那你说，现在怎样才能救庄希泉？”余佩皋不接他的话，而是反问他。

“我刚和领事馆谈完此事，他们愿意参与联名保释，或者，请求北洋政府进行交涉。”

“真的？如果祖国政府能够交涉，是不是比我们华侨团体的力量大多了？”余佩皋眼前一亮，仿佛看到了光明。

“但愿吧，只能祈祷领事馆能够力挽狂澜。”林义顺平静地说。

结果，联名保释和请求祖国政府交涉均无结果。

殖民政府的蛮横霸道，让余佩皋悲愤不已。得知殖民当局放宽了拘禁管理、亲人可以探监的消息，余佩皋不假思索地到西朗敏监狱探视。

在监狱填写探视表格时，余佩皋毫不犹豫地在“与犯人关系”一栏里写上——未婚妻。

一个半月未见，庄希泉清瘦了许多。隔着铁窗的两人，四目相对，泪光闪现。

“希泉，你受苦了。”满心的惦念和满腹的委屈，都化成此刻的欲语凝噎。

经一旁狱警提醒，两人意识到探视时间不多，赶快整理情绪，进入正题。

听余佩皋详细说完这些天来外界发生的情况后，庄希泉感到不可思议：“他们以什么理由驱逐我出境？”

余佩皋说：“危险分子。”

此时身不自由，再多愤怒都是枉然。经过这么多次的反抗，庄希泉学会了冷静。他略加思索，说：“佩皋，你回去之后，马上去找一个专业的律师咨询，看殖民当局的法律对驱逐出境有何具体规定。如果能找出破绽，我们就有希望。”

“好！我不会放弃，你也要照顾好自己。”

余佩皋告别庄希泉，马上四处找律师。听人说，华人律师陈玉良在新加坡非常有名，从没输过官司。于是，她登门拜访。

没想到，陈玉良见到余佩皋就开门见山：“没问题，林义顺先生听说你在找律师，已经跟我打过招呼了。正准备去找你，你就来了。”

余佩皋愕然：“林先生是觉得内疚，在补偿吗？”

“我不知道你们之前有什么过节或者误会。但是，林先生说，我们华侨一条心，同胞有难，理当出手相援。”陈玉良说完，又补充道，“再说，陈嘉庚先生老早就交代过，如果庄先生有难处需要我，让我一定不遗余力。”

“陈嘉庚先生也知道这事了？他不是……”

“哦，他在家乡筹建大学，还没回来。放心，我既受先生所托，定会尽心竭力。”

余佩皋放下心来，按庄希泉与陈嘉庚的交情，若他在，事情肯定不会如此糟糕。当下，她跟陈玉良探讨起案情来。

听了陈玉良的解释，余佩皋才知道，殖民当局有违法嫌疑。

原来，殖民政府总督的确有驱逐外国人出境的特权，但凡是被宣判出境的，拘留时间不许超过两周。若两周内有便船，就必须让被驱者乘船回国。然而，庄希泉已经被拘禁了近50天。凭这一点，殖民当局就有非法拘禁的嫌疑。

光明终于出现了！

余佩皋立即前往监狱，把这一个大好消息告诉庄希泉，顺便跟他讲了一下事情如此顺利，是林义顺和陈嘉庚从中斡旋帮助。

庄希泉沉默半晌，说：“我要起诉新加坡殖民政府总督！”

向来民不与官争，因为结果必然是落败。

但，庄希泉在法庭上的言论见报后，舆论哗然，震惊伦敦。英国枢密院迫于舆论压力，下令复审此案。

在伦敦复审的庭辩中，陈玉良展现了他作为一名华人律师最优秀的一面，不卑不亢，不骄不怒，句句锋芒，字字珠玑，驳得总督律师哑口无言，败下阵来。

在这场没有硝烟的战争中，陈玉良大获全胜！

主审法官无奈，一锤定音：“本法庭宣判，华人庄希泉和陈寿民无罪，立即释放！”做出如此判决，是英国枢密院出于维护法律效力、让民众接受法律管束的目的，不得已为之。

总督办公室的电话响起：“庭审结束，请立即释放庄希泉、陈寿民。”

“什么？”总督跳了起来，气急败坏地说，“为什么要释放他们？你是怎么判案的？难道这不是我们英国自己说了算吗？”

电话那端冷冷地说：“这是伦敦法庭终审结果，你本人涉嫌违法羁押民众，延后处理。如有异议，你尽可上诉。”

说完，电话便挂断了。

沉重的监狱大门打开了，被关押多日的庄希泉和陈寿民虽然憔悴，脸上却带着胜利的微笑走了出来。迎接他们的是数以千计翘首以盼的华侨群众。他们高举横幅，上面写着“长我华人之气，扬我中华国威”“民族正气，宁死不屈”。

庄希泉和陈寿民向群众鞠躬答谢。全场欢呼起来。

余佩皋静静地站在欢迎队伍最前面，眼里溢出幸福的泪水。她迎上前，说：“律师没有放弃你，我们没有放弃你！官司一直打到英国伦敦，我们直接向伦敦法庭告了殖民政府总督的状。我们胜诉了！”

庄希泉露出笑容。余佩皋再也忍不住，一把抱住庄希泉。

庄希泉没有说话，慢慢地，紧紧地，回抱了余佩皋。

堂堂殖民政府总督竟败诉，喜讯传来，大长广大华侨士气，成为轰动英国殖民当局和南洋社会的重大新闻。

余佩皋的好友，也在南洋女子师范学校任教的周芜君事后感慨道：“从来被判出境的，没有一人能被释放出来。而庄君竟能与政府争执到此地步，实属奇迹。所以当时各州府的侨众，一见庄君恢复自由，一面兴奋得像大旱逢雨，一面又多出一种觉悟来，知道总督的特权是有限制的。这是庄君在侨界很大的贡献。”

1920 年 11 月 7 日，同德书报社。

庄希泉和余佩皋身穿新衣，在几位好友的见证下，举行了简单的婚礼。

庄希泉一手拉着余佩皋，一手高举酒杯，深情地说：“我与佩皋志同

道合，几年相处中结下了‘事业救国、教育兴国’的深厚革命友谊。我入狱后，我俩又患难见真情。我宣布，今天，我要和余佩皋同志组建新家庭，往后余生，我们将一如既往地在革命道路上并肩前行，为中华民族之骨气向恶势力抗争！”

众人举杯，热烈欢呼。

没想到，新婚第二天，风云再起。

总督败诉后，恼羞成怒。庄希泉疾恶如仇、桀骜不驯的个性让殖民当局欲除之而后快。总督再次下令逮捕庄希泉，并宣布将他“永远驱逐出境”。

余佩皋不甘示弱，直奔殖民政府华民政务司，严词质问。洋总督被逼问得语无伦次，丑态百出。她以不畏难、不怕险、不屈不挠的斗争精神享誉南洋侨界，被称为“女界中铮铮的人物”。

这次，华侨的不满与气愤再次被激起。他们纷纷指责殖民当局的无理行径。但指责和控诉都无法阻止以卵击石的结果，余佩皋被英属华侨学务维持处推举为华侨代表，回国向北洋政府求助。

取道厦门，短暂停留后，余佩皋抵达上海。

作为“先斩后奏”的儿媳妇，余佩皋首先登庄府拜见公婆。庄父庄母虽已从庄希泉的来信中得知此事，对余佩皋的为人有心理预期，但在见到余佩皋本人后，还是忍不住更加欢喜，挽留她在庄府小住。奈何余佩皋患上风寒，且日益严重，却仍要和陈寿民参加各种活动，四处奔走。

在胞兄余天遂的联系与筹划下，余佩皋短短几天就取得了上海各界的支持。

1921 年 1 月 4 日，余佩皋启程北上，在北京见到了外交总长颜惠庆。

颜惠庆祖籍厦门，生于江苏，算起来，与江苏的余佩皋和厦门的庄希泉都算得上半个老乡。余佩皋的爱国言行让颜惠庆很是感动，他当即表示愿意支持。

在此期间，京沪各报一直仗义执言，十天内就发了近三十则消息和评论。北洋政府如垂危的病人，毫无起色，但面对强大的舆论压力，外交部、教育部还是先后向英国驻北京公使正式提出交涉，并电告驻新加坡总领事伍璜，要求其出面与殖民当局交涉，促使其考虑实情，撤销教育条例。

在国内来电的催促下，惯于见风使舵的伍璜才真正有所行动。他通告当地侨民："政府已经向英国政府交涉，我侨民应静候办理。"

得知祖国政府已出面交涉，新加坡华侨奔走相告，经商议，委托马来联邦华侨代表、吉隆坡教育研究会会长廖衡酌回国，协同余佩皋工作。与此同时，英国方面也不得不过问此事。

只是，殖民局为了永除后患，采取了阴暗狠毒的手法。

1 月 11 日诉讼案刚结束，第二天下午殖民局派三个侦探敲开庄希泉和余佩皋的新房，强行勒令庄希泉离开。

他们厉声道："我们是殖民局的人。庄希泉，我们宣布，你已被马来政府永远驱逐出境！从今往后，不得再踏上马来国土！"

庄希泉冷笑一声："我不怕被驱逐出境，祖国永远是我的后盾！我维护华侨教育权是正当的，正义永远都是正义！"

站在轮船甲板上，庄希泉百感交集，十年打拼，一朝离别，回首远眺，新加坡渐行渐远……

一周后，庄希泉抵达厦门，稍作停留便匆匆赶赴上海与余佩皋会合，那里有很重要的事等着他。两天后，他们在上海大观楼召开茶会，邀请沪上名流贤达约十余人参加。会上，庄希泉讲述了新马殖民当局摧残华侨教育事业的来龙去脉和当前现状。

为了督促政府加大外交力度，1921 年 3 月初，庄希泉和余佩皋一同

北上，向外交部、教育部递交了《归国请愿代表余佩皋上外交部、教育部条陈》。随后，全国各大小报纸先后刊登了有关此事的通电、通告和公函，各地学生团体成立后援会，这是继五四运动之后又一件震惊全国的大事。

在庄希泉、余佩皋等人的奔走下，在舆论的声援下，群情鼎沸。无奈政府懦弱腐败，虽然外交部、教育部做了不少工作，但英政府和新加坡殖民当局并不当回事，那个苛例最终还是施行了。

庄希泉和余佩皋得知此事，心急如焚，此前对北洋政府寄予的一缕希望完全破灭。因庄希泉无法回新加坡，余佩皋已身怀六甲，于是两人决定暂留上海。

第八章　建校

庄希泉状告新加坡殖民政府一战成名的事，远在 7000 海里之外的陈嘉庚事后才知道。那时候，他正一头扎在即将投入建设的厦门大学各项工程的图纸里。

关于学校主楼，他找了很多国内外的知名建筑设计师设计，但是他们的方案都不可心。正在陈嘉庚为此发愁时，陈铮来了。

两人经陈伯引荐之后，忘年之交的情感持续升温，虽然平时过从并不多，但是每每陈铮来访，陈嘉庚都很热情欢迎。

一进门，陈铮就看到桌上铺满了图纸，陈嘉庚一身布衣，像是许久没有出门的样子。

陈铮笑问：“先生这是？”

“唉，几经修改，还是不甚满意。”

陈铮走过去，展开两幅图纸，见上面所画的楼宇并没有什么特色，要么就是旧式的飞檐翘角宫殿形状，异常铺张华丽，要么就是古朴的闽南民居，只不过加高了几层而已。

“先生是想要厦大的建筑与众不同，还是考虑造价？”陈铮试探地问。

“二者兼有。”陈嘉庚实话实说，“富丽堂皇的不可取，办学是为了传播文化，那些花哨的东西华而不实，无用；但是过于朴素的，当真没什么特点，也不实用；最后还要考虑建筑成本，把每一分钱都花得值才好。”

陈铮看桌上有纸笔，便顺手拿过来，在纸上唰唰地画了起来。

陈嘉庚以为他在自娱自乐，也没多言，继续埋进图纸堆里。太阳在两人的沉默中渐渐西斜。他们平时也是这样，有话题时会交流甚至争论，没有时，就互不干扰。

当天边铺满橙红色晚霞的时候，陈铮把笔和尺一丢，递过手里的纸给陈嘉庚：“先生，您看看，这栋楼怎么样？”

陈嘉庚接过，展开一看，不禁赞叹：“这楼风格独特，位置奇绝，布局合理，大气而不奢靡，真真是极品！”

末了，陈嘉庚想起了什么，问陈铮：“你怎么会绘图？这是哪里？”

陈铮伸了个懒腰，说：“家父陈纲尚，在缅甸做建筑行业，主修建筑设计。所以，我从小耳濡目染，也学得一二。至于这栋楼嘛……”

陈铮又把丢掉的笔拾回手中，在图纸上楼顶空白处写下两个字：“逸楼”。

两人相视，拊掌而笑。

陈嘉庚的笑是恍然大悟的笑；陈铮呢，是有点得意的笑，因为这是他回国后的家，他自然画得出来。

陈嘉庚边笑边赞叹：“令尊果然修为过人，了不起！”

陈铮倒是云淡风轻：“陈先生既然不满意别人的设计，何不自己动手？我觉得，人人都说‘逸楼’好，至于好在哪儿，还没有谁说到点子上。要我说，‘逸楼’的好就好在，它是家父内心所想，他把家乡的祖屋与缅甸的楼阁相结合，风格自是不同，并且，布局更合理，特点也自然更鲜明。”

陈嘉庚思忖良久，猛一拍脑门，激动地说：“我懂了！我们不复制，但可以博采众长！”

陈铮抿嘴微笑，点了点头。

陈嘉庚很是庆幸，陈铮虽然年轻，但思想活跃，很多时候会给自己灵感。其实，细想陈嘉庚所交好友，哪一个不是这样的呢？

陈嘉庚曾对故友感慨道：“厦中人士虽多，无论才、财，弟度能举为帮手者，未有其人。”所以，对于全国第一所也是唯一一所个人出资创办的综合性大学的校长人选，陈嘉庚自然慎之又慎。

将自己的朋友圈翻了几遍之后，陈嘉庚还是向黄炎培发出了邀请。当然，不是邀请他来做厦大的校长，而是邀请他来参观集美学校。

黄炎培欣然接受邀请。不几日，他便专程从上海赶来集美。

黄炎培和陈嘉庚的交情，始于书信。直到两年前黄炎培去新加坡，他们才真正见面。

当时，华侨领袖林义顺在会场介绍他们相识。在那天会上，黄炎培向侨胞报告祖国的情况：“叛国称帝的袁世凯刚死，军阀混战，帝国主义步步进逼，政治不上轨道，人民有说不尽的痛苦。人民受了痛苦还不认识痛苦从哪里来，怎样解除痛苦。要把人民唤醒，就要在青年一辈中，不论身在国内还是国外的青年，开展教育。”

散会后，陈嘉庚先生特别约见了黄炎培，并告诉他，自己从 1912 年开始在本乡同安县办了一所学校，名叫集美学校，但师资紧缺，合适的校长难以觅得；同时，自己还在新加坡创办一所华侨中学，在槟榔屿也创办了一所，也要拜托黄炎培帮忙推荐校长。

黄炎培那次去南洋，原是为国内创办的暨南大学——初名暨南学校，

到南洋各大小埠宣传办学目标和招收学生。陈嘉庚对于创建学校伊始招生之难尤表理解和同情。

黄炎培回国后，很快为陈嘉庚引荐了合适的校长人选。不久，集美学校迎来了陆校长，新加坡南洋华侨中学迎来了涂校长，槟榔屿中学迎来了徐校长。

此后，两人的感情日渐深厚，常以书信沟通办学过程中遇到的困难和疑惑。

这次黄炎培来集美，带来了他的好友叶渊。此前，通过黄炎培的介绍，陈嘉庚与叶渊一直有书信往来。陈嘉庚深感叶渊洞悉教育底蕴，有才干，想聘其为集美学校校长，但叶渊一直有意在银行业发展，举棋不定。所以，黄炎培便邀请他一起参观集美学校。

参观了集美学校之后，两人感触良深。

从 1912 年起，陈嘉庚以个人力量，在集美陆续创办了各级各类学校：初等学校有男女小学和幼儿园；中等学校有师范（师范又细分为旧制师范、普师、幼师和乡村师范），中学，水产，航海，商业和农林等学校；高等学校有国学专门学校和水产商船专科学校。另外，他还在集美盖了图书馆、科学馆、体育馆、医院、农林试验场……所有这些学校和机构，统称为集美学校。

集美学校中最有影响力的当推航海学校。它是当时中国仅有的两所航海专科学校之一（另一所在上海吴淞），是当时培养航海人才的重要基地，近代相当多的船长、大副、二副等高级船员都毕业于集美航海学校。其规模之宏大，设备之完善，在当时国内外实属罕见，这让黄炎培大开了眼界，为陈嘉庚的胸襟与视野所折服。

陈嘉庚以为，救国必须兴办教育，提高国民文化程度，否则国家必将退处于野蛮时代。同时，他坚持欲办教育必先培植师资的原则，鉴于小学缺乏师资，就先行创办集美师范学校；鉴于中学缺乏师资，则先行创办厦门大学师范部。此等未雨绸缪之站位和眼光，真是超越了一般世俗之短见，从本源上做教育，此所谓大江有水河不干。陈嘉庚的远见卓识，让同样主张开办职业教育学府的黄炎培由衷敬佩。

因为之前黄炎培已经为陈嘉庚引荐过几位资深的校长，所以这次，陈嘉庚最先想到了黄炎培。

叶渊在集美逗留了一个多月，其间经常与陈嘉庚促膝交谈，两人都感受到对方身上那股对教育执着的诚意。陈嘉庚亲自书写聘状，任叶渊为“集美师、中、高、水（产）及附属两等小学校长”，在学校除财务外，“行政用人之权，概由先生独裁”。叶渊感受到陈嘉庚的巨大诚意，欣然接受聘书。

1920 年 8 月，陈嘉庚赶赴上海，聘请蔡元培、黄炎培等 10 人为筹备委员。10 月，私立厦门大学筹备委员会召开第一次会议，拟订《厦门大学组织大纲》，推举北京政府教育部参事、筹备委员邓萃英为首任校长，聘请闽籍学者郑贞文为教务长，何公敢为总务长。

1921 年 1 月，邓萃英由北京来厦，设师范、商学两部，师范部下分文、理两科，延聘刘树杞、陈灿、周辨明、林淑敏等教授，校训定为“自强不息”，校歌由郑贞文作词、赵元任作曲，校舍先借用集美学校即温楼。

1921 年 4 月 6 日，因位于演武校场的教学楼还没有完工，厦门大学开校仪式在集美学校即温楼举办，一向行事低调的陈嘉庚一反常态，悉数邀请国内社会各界名流到场，暂居上海的庄希泉也在受邀之列。

场面之盛大，空前绝后。

在开校式上，陈嘉庚言之切切，情之殷殷：“今日国势危如累卵，所赖以维持者，唯此方兴之教育与未死之民心耳。若并此而无之，是置国家于度外，而自取灭亡之道也。救亡图存，匹夫有责……我国不竞，强邻生心，而最痛巨创深者，尤莫我闽若也。民心不死，国脉尚存，以四万万之民族，

廈門大學開校典禮

绝无甘居人下之理。今日不达，尚有子孙，如精卫之填海，终有贯彻目的之一日。众志成城，是所深望海内外同胞也！”

厦门大学是福建省第一所大学，当时在培养中学师资和其他专业人才方面起了相当大的作用。

如此丰功伟业，如此倾尽家财斥资办学，陈嘉庚用短短几分钟便轻描淡写地略过了。台下掌声响起，经久不息，但有几个人能真正了解，当时的陈嘉庚是顶着多么巨大的资金压力才做成这件伟大的事情？

陈铮在感慨；庄希泉在崇拜；黄炎培在敬重；蔡元培在叹服；叶渊、邓萃英等校长们，则深深感佩：校主以最初的120名新生起步，逐步为海峡西岸穷苦学生和华侨学生开辟出一片精神沃土，让他们成长为新时代的国家栋梁。

建校还不到一个月，哲学教师朱稳青博士就在校园内发起纪念五一国际劳动节活动，并开始传播马克思主义。5月9日国耻纪念日，陈嘉庚亲率全校师生自集美来到厦门演武场，为首批校舍——群贤楼群开工奠基。选定此日寓意深刻，意在警醒厦大师生“勿忘国耻，奋发图强”。

陈嘉庚兄弟十分重视向学生传播新思想、新知识，对各种新思想、新知识采取“兼容并包”的方针，从各地聘请许多思想活跃、知识渊博的学者来集美学校和厦门大学任教。

由于邓萃英在开校典礼结束后就将事务委托他人，且有学生写匿名信指责邓萃英不学无术，邓萃英倍感难堪，提交辞呈，陈嘉庚失望至极，也不挽留，立即批准。

这段时间是陈嘉庚心情最低落的时候。

厦门大学是建起来了，可是，没有一个能够胜任这么大一所学校校长的领路人，无论投入多少金钱，付出多少心血，都是枉然。

经过多少个辗转不眠之夜，陈嘉庚写了一封越洋电报，求助远在新加坡的老友林文庆博士，再三恳请他出任厦门大学校长。

早在陈嘉庚回国结婚那年，林文庆就率先捐献了建校舍的土地，创办了新加坡第一所女子学校，他的夫人黄端琼也亲自到学校任教。黄端琼系老同盟会会员黄乃裳之长女，受过良好的中英文教育，又曾游历、考察过英、美等国。1896 年，她与林文庆结为伉俪后，积极支持并参与丈夫的社会改革事业。

后来，林文庆又创办了英皇爱德华七世医学院。1906 年，林文庆还访问了巴达维亚的中华会馆，劝说当地华侨采用华语作为共同语言，并创办了 5 所学校。为此，中华会馆特授他金奖，表彰他的卓越功绩。1911 年，林文庆又代表中国先后出席伦敦“第一次世界人种代表大会”和德累斯顿“世界卫生会议”，还曾出任伦敦中国公使馆秘书。

最重要的是，林文庆刚刚与爪哇糖王黄仲涵及著名商人黄奕住等组建了“华侨银行”并担任主席。翌年，他又与一批商界朋友集资创办了“华侨保险有限公司”，成为相关商业领域的开拓者之一。

可以说，林文庆在新加坡是政企双杰。但是，事业蒸蒸日上的林文庆，在接到陈嘉庚的邀约之后，很快就做出了回国的决定。

多年以后，林文庆在回忆接受厦门大学校长一职的时候，诚恳地说：

“民国十年（1921），承电召文庆主持校务，亦义所不容辞者；奉职以来，勤劳自矢，莫敢遑息，冀有以对扬休命。迄于今日，本校同人之所努力者已可昭示于全国。虽时多懵懵，不少阻力，而得先生见任之专，辄不难迎刃而解，此则本校同人所引为欣幸者也。九年中之经费，除少数同情与本校者之捐助，约共二十七万余元外，俱由先生独力任之。时至今日，计经先后支付者，已达三百万元，而先生尚源源接济而未有已也。今者，先生为谋本校基金之巩固，与夫兴学愿力之久远计，特指定南洋厦集橡胶园及陈嘉庚公司之财产，拨充陈氏兴学基金，其属于本校者，仅占三分之一余。求之古今，实属罕见。先生尚侨寓加岛，昕夕之勤劳，盖无一不为本校及其他教育事业而致力。然先生非有所为，亦非因此以为名高也。忆昔本校礼堂落成时，拟以先生介弟敬贤之名名之；先生闻之，以学校公器，不应自私，力持不可，遂定名为群贤楼。其耿介有如此者，则其致力于本校者，是何为乎？老子有言：‘为而不恃，功成而不居。’实惟先生足以当之！先生之对于本校者，大略如此。想吾人稽德考功，应求无负先生。”

“为而不恃，功成而不居”，这大概就是不善表达的林文庆对陈嘉庚的全部敬重。

7 月 4 日，成为厦门大学第一任真正校长的林文庆到校视事，改校训为“止于至善”，拟订校旨及有关章程，绘制校徽。

厦大开学后，林文庆亲自对学生进行英语口试，并将口试情况通报全省各公、私中学。这对推动福建省外语教学起到积极促进作用。

林文庆受陈嘉庚之托，殚精竭虑，发誓要把厦大办成一所“生的非死的、真的非伪的、实的非虚的大学”。

庄希泉得知林文庆担任厦大校长，吃了一惊，因为自己请愿一事，难掩不快，直接问道：“上次南洋所发事件，林文庆可是站在殖民政府那边的，先生何故用此人？”

陈嘉庚微叹了一口气，道：“形势所迫，徒呼奈何？林文庆跟你的事情，我也听说了，盖人非圣贤，孰能无过，他是一时迫不得已。但此一时彼一时，接到我的邀请后，他马上放弃新加坡优越的工作和生活条件，举家归国，且不领我半分薪水。你不认为，此情诚可感人？”

“可是，也该记他人品一过吧？”庄希泉不服气。

陈嘉庚没接庄希泉的话茬，而是说：“后来我才知道，他同时收到两封电报，一封是孙中山请他担任外交部部长，另一封是我请他任厦门大学校长，他无怨无悔地选择了后者。你们都是我的好友，希望彼此放下成见，以大局为重。人活着，总是要向前看的！”

见陈嘉庚如此胸怀，庄希泉沉默了。他还是相信陈嘉庚用人的眼光，比

如之前的李光前。在厦门大学筹建期间，李光前已经与陈嘉庚的长女完婚，往日的助手成了家人。

为了让庄希泉放下成见，一向对朋友的事情三缄其口的陈嘉庚，罕见地说起林文庆的身世——

林文庆 8 岁丧母，12 岁丧父；10 岁入莱佛士书院，毕业时在赫利特的争取下获得女王奖学金，成为首个获此殊荣的华人；随后赴英国爱丁堡大学攻读医学。1892 年，23 岁的林文庆获硕士学位，第二年回新加坡行医。因为治好了时任大清驻新加坡总领事黄遵宪的肺病，林文庆被黄遵宪赠匾“功追元化”，并被称赞“上追两千年绝业，洞见症结，手到春回”。

林文庆不但没有追求功名，反而对国内的教育焦虑不堪。他曾写道：“盖自游学西国初归之时，见华侨之在南洋景况，而惧其子孙之不识本国语言文字，自失其无数子孙矣。”1896 年 3 月，林文庆与富商丘菽园等成立“华人好学会”，向海外华侨传播祖国传统文化。

陈嘉庚再次感慨道：“林文庆在南洋之事业，如数十万元之家产，与任几大公司之主席，按年酬金以万数，但他为了厦大，将其全部放弃。此等情谊，让我感佩！”

此时，庄希泉虽然依旧不喜欢林文庆，但也知道以一事判定一个人是不全面，也是不公平的。

其实，不仅庄希泉不喜欢林文庆，在厦门大学，林文庆曾长期被贴上保守、僵化、反动等标签。后人也因此忽略了这位教育家曾经的奋斗与奉献，但实际上，林文庆没有辜负陈嘉庚先生的厚望。从 1921 年到 1937 年，在担任校长的 16 年间，他兢兢业业，呕心沥血，让一座堪称中国东南最美丽的大学出现在厦门岛一侧的山风海涛之间。

林文庆回国后，在鼓浪屿笔架山顶修建了一幢欧式别墅，房前有长长的双向花岗岩蹬道直上前厅，蹬道西面是花岗岩壁，前厅平台边有一株茂密的千年樟。

林文庆在此一住就是 16 年，也就是他担任厦大校长的 16 年。

在这里，按照陈嘉庚的意志，林文庆运筹厦门大学的建设和发展，接待师生，处理因他提倡“读孔孟的书保存国粹”而发生的“驱林”学潮。当时，由于他和陈嘉庚的坚持，欧元怀等 9 名教授带领 200 名学生离开厦大，到上海另起炉灶，创办大夏大学。后来，又因为创办国学研究院引发争执，鲁迅、孙伏园、沈兼士、林语堂等一大批学者离开厦大，而另一方当事人刘树杞也因舆论压力辞职去武汉筹建武汉大学。

他还在这里酝酿、制定厦门大学的校训、校旨，绘制校徽，设立评议会，实行民主治校，要求教学“切于实用，造就高等专门人才”，并不惜重金聘请全国知名学者来厦大任教。

林文庆特意从欧洲买来一架钢琴，置于别墅二楼，一有闲暇就独自弹琴，调节心情。

林文庆还在这里写作，翻译《离骚》，编辑英文期刊《民族周刊》，有时也在这里接诊鼓浪屿的中外患者，宴请宾朋。

直到厦门大学 1937 年改为“国立”，上面另派来校长，林文庆才依依不舍地离开耗去他一生中最好年华的地方！ 1957 年 1 月，临终前，他留下遗嘱，将这幢住了 16 年的别墅捐给厦门大学。

1926 年，厦大成立国学研究院，林文庆兼任院长，自称“对于国学，提倡不遗余力”。他除了主持日常校务之外，还从事儒家伦理研究及其他方面的著述活动。他用《大学》中的“止于至善”四个字作为厦大的校训，以培养学生“人人为仁人君子”。学校经常组织尊孔、祭孔活动，孔子的生日被列为重要节日，全校放假，以示恭祝。

1934 年，陈嘉庚经营的企业在世界经济危机的袭击下宣告破产，厦门大学也濒于关闭，林文庆毅然为陈嘉庚分忧，只身南渡，为大学筹募经费，共得 20 万元，帮厦大渡过难关。

林文庆掌舵厦门大学 16 年，为厦门大学奉献了一生中最好的年华。

自厦大开校式后，庄希泉总是沉浸在悲欣交集中，悲的是为南洋华侨女子学校的遭遇，喜的是亲眼见证了厦大开校式，见证了陈嘉庚兴学救国的壮举。

余佩皋发现，庄希泉情绪不对，每日唉声叹气，茶饭不思。

有一天晚上，庄希泉在读报纸，忽然泪盈于睫。

余佩皋见了，好奇地问他："看的什么，这么感动？"

庄希泉对余佩皋说："嘉庚先生认捐400万巨款，在厦门建立厦门大学。这400万已是他全部资产，他竟一分一毫都没为自己留下，我对他是又敬佩又感动。我们的国家拥有这样的人民，何其有幸！"

余佩皋点点头，连连称是，说道："咱们要以陈先生为榜样，坚持教育兴国之路不能停。"

1921年，厦大校内开始庆祝五一国际劳动节，宣传马列主义思想，开展"学生自治""我的人生观"等主题的演讲与讨论，师范部创办校工夜校，义务帮助农民和工人学习文化，宣传新思想。集美学校师生纷纷组织社团，出版刊物。这一年的10月1日，他们本着"传播消息，研究学术，发表意见，交换知识"的宗旨，创办了《集美周刊》并向国内外发行。《集美周刊》成为集美学校主办的革命刊物。

而就在这一年的7月，在浙江嘉兴南湖的一艘小船上，一场秘密会议彻底改变了中国甚至世界的格局。

7月23日，中共"一大"在上海秘密举行，却因遭到上海法租界巡捕袭扰而被迫中断。

8月2日上午，"一大"代表从上海乘火车转移到嘉兴。

泛舟于"轻烟漠漠雨疏疏"的南湖之上，代表们从中午11时开始开会，一直到傍晚6时多。会议审议并通过了中国共产党第一个纲领和中国共产党第一个决议；经无记名投票选举出党的全国领导机构——中央局。下午6点多钟，会议完成了全部议程，胜利闭幕，庄严宣告中国共产党成立！

这次会议把革命的火种撒向全国。中国革命的航船从南湖启航，中国历史从此开启了全新的篇章。

1921 年 11 月 20 日清晨，庄希泉和余佩皋的儿子出生了！

祖父为孩子取名炎林，余佩皋取了小名永福，希望他永远幸福。

初为人父的庄希泉感受到来自新生命的希望和暂时的安慰。但是，庄希泉还是心心念念想办教育，他的救国梦想一刻都不曾破灭。

孩子还没满月，庄希泉就跟余佩皋商量："佩皋，你说，我们能不能把南洋女子师范学校搬到国内来？"

余佩皋看了他一眼，说："我倒是想，但是，那么大的学校，怎么搬？"

"唉，我其实是想重新办一所，还是南洋女子师范学校的形式，但是，我们把它办到国内，让更多的女孩子上学，解放思想，学习知识。这不也是你一直以来的理想吗？"

"我当然希望啊，但是，我们没有地，也没有钱啊！"余佩皋有些灰心。

"地嘛，虎头山北麓有我们庄氏的祖宅，我跟爹商量，让他把祖宅借给我们用！"庄希泉显然是经过深思熟虑的。

"这，行吗？"

"别担心，我来做工作！"

夫妻俩决定重整旗鼓，为唤醒民智继续办学，发展女子教育。

夫妇二人皆是要强之人，不肯背离初心，委身于一所办学思想与自己理念不一致的学校。经过多番考量，他们决定在厦门办学。

厦门是庄希泉的故乡，教育相对比较弱，又有陈嘉庚办学珠玉在前，人际关系好处理，易于打开局面。

1922 年初春，庄希泉夫妇将儿子送到父母身边，开始办学之路。他们创办的学校名曰"厦南女子师范学校"，意思是厦门的南洋女子师范学校。

1922年2月，厦门大学演武校场新校舍映雪楼竣工，全校师生由集美迁入。正在厦门大学视察基建工程的陈嘉庚特地前来看望庄希泉。

“希泉弟！”人未到，声先至，陈嘉庚一跨入庄氏祖宅便迫不及待大呼。他心中有太多的话想对庄希泉说，其实这次距他们俩上次见面也不过一年而已。

陈嘉庚第一次见到余佩皋。他打量着眼前这个女子，颔首道：“此前早有耳闻你和希泉弟不畏艰难险阻，为南洋华侨教育事业四处奔走呼号；而今又欣喜地听说你们夫妻俩的办学设想，要把南洋女子师范学校办到厦门来，造福社会，真是太好了！”

余佩皋谦逊地说：“与陈先生相比，我们真是小巫见大巫了。”

陈嘉庚连连摆手：“众人拾柴火焰高，大家都尽些力，才能更好地做出成绩来。”

三人对办教育的观点一致，聊着聊着，兴致越来越浓。

谈及别人对于教育的轻视，陈嘉庚掷地有声：“教育为立国之本，民无教育，安能立国？以慈善之心办教育固然好，但更应把兴办教育视为关乎民族振兴、国家进步的根本。教育乃百年树人，虽然不能立即拯救国家于危亡之际，然启迪民智，有助于革命，有助于救国，其理甚明。”

余佩皋连连点头：“陈先生所言极是。打倒列强靠枪，推翻清廷靠革命，建设国家、振兴国家，则要教育先行。”

庄希泉插进来问了句：“集美学校以‘诚毅’为校训，听说是您亲自定的，这其中必有深意。”

陈嘉庚笑着说道：“所谓‘诚毅’，即诚以待人，毅以处事。‘诚’要求集美师生对中华民族忠诚不二，真心实意；‘毅’要求集美师生要有百折不挠、勇往直前的精神。唯有具备这两项，方可立于天地之间。做事先做人，莫若如此。”

三人匆匆见了一面后，陈嘉庚因胞弟陈敬贤在新加坡打理生意时遭沉疴缠身，只好第六次出洋。无论身处何地，他们都在为各自的事业努力着。

连日来，庄希泉忙着为厦南女子师范学校募款，但所募资金尚有大缺口。庄希泉和余佩皋商量后，通过书信向海外侨胞告知办学事宜，期望得到他们的理解和支持。两人连夜写就一封《致海外侨胞书》寄往南洋。这封信于1922年4月6日刊发在上海《民国日报》上。

很快，消息传开了，庄希泉夫妇身在国内，却心系南洋侨胞、情牵教育，受到南洋华侨的赞赏，大家或出钱或出力，帮助他们创办学校，又陆续答应把自家女儿送来就读。

庄希泉选择在自家祖宅东边的草仔垵办学。1922年5月1日，这里正式挂起了厦南女子师范学校的牌子。村人前来祝贺，场面热闹非凡。

这次，庄希泉破例没有发表激情演说，只是真诚地跟村邻讲了几句心里话："各位老乡，我们的学校专收女子，无论年龄大小，无论贫富贵贱，都可来上学！"

余佩皋补充道："我们要解放妇女思想，让所有妇女都学到知识，都能为国家出力。"

数位衣衫破旧的老妇搂着自己的女儿，激动落泪："多谢活菩萨啊！我家囡囡有学上了，再也不是不识字的'青泯'（闽南话，指文盲）。"

过去，庄希泉亲戚中有十多人都在日本人办的学校读书，如今大多转到厦南女子师范学校。

厦南女子师范学校创办后，庄希泉任董事长，余佩皋任校长，周芜君也到校任教。学校的课程很丰富，除国文、算术、物理、健身等课外，学校还定时开展歌舞、戏剧活动，推广普通话。

办学过程自然不可能一帆风顺。

日本人开设的东亚书院鉴于厦南女子师范学校的声望，托庄希泉幼年私塾的老师周墨史作为说客。彼时，周墨史虽年事已高，但得益于旧学功底了

得，仍受聘于厦门同文书院。

得知周墨史的来意后，庄希泉倍感郁闷：自己最厌恶的日本人居然想兼并自己的学校，真是做梦！

但碍于师生情面，庄希泉只能隐而不发，不断向周墨史陈述当前的形势和自己的办学宗旨。周墨史自知徒劳无功，只得离去。

周墨史毕竟是文人，与庄希泉又有师生之谊，相对温和。但所谓高处不胜寒，总有一些思想守旧者对厦南女子师范学校恶意中伤，部分不明就里的家长让孩子转学或辍学。

学生的流失对学校而言是致命的。面对这种情况，庄希泉夫妇联合学校其他教师，多方努力，使厦南女子师范学校终于走出低谷，不久改名为厦南女子中学（简称厦南女中），并附设小学。

一时间，庄希泉夫妇热心办学、启蒙女子的壮举誉满厦门，远播海外。

第九章 抗争

上海英租界南京路老闸捕房门口，万余名愤怒的示威群众呼声震天：

“上海是中国人的上海！”

“打倒帝国主义！”

“收回外国租界！”

声浪此起彼伏，一浪高过一浪。

突然，捕房门打开了，英国捕头爱伏生带着一群洋人巡捕冲了出来。他们分成两排，立定站好，跪蹲，拔枪瞄准示威群众。整个过程干脆利落，没有丝毫犹豫。

群众见状，更加激动了。他们挥舞着拳头大喊：“打倒帝国主义，立即释放被捕学生！”

爱伏生一挥手，刺耳的枪声响彻南京路，撕裂了漂浮的云朵，盖过了群众的呼声。手无寸铁的群众在自己的国土上遭到公然屠杀，当场被打死 13 人，重伤数十人。

惨案发生后，全国震动。当夜，中共中央立即召开会议，决定扩大斗

争规模，号召上海人民罢工、罢课、罢市，以抗议英帝国主义的大屠杀。随后，北京、天津、南京等各大城市学生也先后罢课，纷纷游行示威。顷刻间，全国反帝怒潮高涨，风起云涌……

厦南女中校园内，余佩皋在教室里沉痛地对学生们说："同学们，你们应该都听说了震惊中外的'沪案'吧？帝国主义分子在我们的地盘肆意抢掠打杀，令人何其悲痛！我们作为思想进步的爱国学生，应当站起来，声援上海！只有我们团结一心，才不会让帝国主义的阴谋得逞！"

学生们内心的怒火噌地蹿了出来。大家一致表态："中国人民站起来，打倒日本帝国主义！抵制日货！打倒日本帝国主义！抵制日货！"

共同声援五卅运动、参与反帝游行的还有厦门大学师生，以及由厦大学生罗扬才参与组建的厦大外交后援会等组织。

与此同时，庄希泉正带着一批人在街上张贴"抵制日货"标语。

突然，身边蹿出几个陌生人，不顾他挣扎，强行带走了他。同伴们见状，纷纷散开，分成几路去通知余佩皋。

庄希泉被带到鼓浪屿上的日本领事馆。日本领事井上庚二郎出现在庄希泉面前，与他进行了第一次交锋。

井上庚二郎皮笑肉不笑地说："庄希泉君，久仰，久仰。"

"中国通"井上庚二郎说着蹩脚的汉语，满脸堆笑地伸出右手做握手状。庄希泉却不与之握手，双手在胸口抱拳，算是回应。

庄希泉明知故问："领事先生找我来，有何贵干？"

井上庚二郎点上一支烟，深深地吸入一口，悠悠地说："不要叫我领事先生，咱们都是自己人嘛。"

庄希泉斜了他一眼，冷冷说道："领事先生错了，你我国籍不同，所负责任相异，缘何成自己人？"

井上庚二郎故作镇定，强颜欢笑道："没有错的，你我一直就是大日本帝国的子民。从今往后，你我可以合力为帝国开疆拓土、建功立业了。恭喜庄君呀！”

庄希泉提高声音，极其不悦地说道：“领事先生，你莫不是喝醉酒了？我乃堂堂炎黄子孙，怎成了你日本子民？”

井上庚二郎见庄希泉态度强硬，便阴阳怪气道：“庄君真是健忘呀！多年前，令尊在我台湾经营商业，成了大日本帝国台湾籍民，至今贵府还悬挂着籍民牌，受我帝国保护。作为贵府家庭成员，庄君自然也是日侨，是我帝国一分子。”

听到井上庚二郎这番强词夺理的言论，庄希泉不禁怒火中烧：“我父亲是厦门人，不是日本籍民。就算他是，我也不是。如果儿子必须与父亲同籍，那我明天就登报宣布与其脱离父子关系！”

“这家伙真是油盐不进！”井上庚二郎低声嘀咕了句。他压着性子继续说：“庄君本来尽可忙于商务、操持教务，却何苦来带头抵制日货，组织会党反日？你已然破坏了中日两国亲善，只要你认错，即可予以释放。”

庄希泉大怒：“关心国事，我何错之有？你们日本人在厦门无法无天，敲诈勒索、抢劫绑票、逼良为娼，任意蹂躏中国人，何来亲善之意？我要正告你，你们日本帝国主义在我中华土地上犯下了严重的罪行，作为领事，你必须反省谢罪！”

井上庚二郎本以为威胁一下就能收降庄希泉，没想到反被一通训斥，一时竟无言以对。他一反原先的气定神闲、彬彬有礼，气急败坏地吼起来：“你的，不撞南墙不回头！”随着他的一个手势，站立两旁的日本武士立即一拥而上，将庄希泉扭住，押进领事馆地下室的秘密囚室里。“哐啷”一声，囚室的大门关上了。

夜色渐深，余佩皋见丈夫迟迟未归，内心焦虑万分。她几番提着马灯外出探看，可路上空无一人。她预感丈夫出事了。

这时，学校的同事突然从马路那头急奔而来：“不好了，不好了，庄校长他……”

井上庚二郎坐在办公桌边写文件，余佩皋和林云影、江董琴两位同志一起进入办公室。刚一入门，余佩皋便立即发问：“庄君与你们素无往来，为何无缘无故抓人？”

井上庚二郎跷起二郎腿，慢悠悠地说：“庄君家族在我台湾经营商业，成了大日本帝国台湾籍民，受我帝国保护。作为贵府家庭成员，庄君自然也是我帝国一分子。如今我教育自己国家子民，尔等就不要多管闲事了吧？”

林云影怒斥：“你这是强词夺理！你们不放人，难道还要制造‘沪案’吗？”

井上庚二郎也来了劲，反驳道：“庄君是日本台湾籍民，犯了‘台湾籍民参加外国政治结社罪’，要提交日方司法部门处理，何来强词夺理之说？”

“你，你血口喷人！”余佩皋气不打一处来。

江董琴拦住余佩皋，将她拉至身边小声说道：“咱们先放下口舌争斗，见一见庄希泉，看看他如何说。”冷静下来的余佩皋点了点头。

在日本领事馆地下囚室中，庄希泉正盯着天窗投下来的一束光发呆。

余佩皋人未到，声音已经传来：“希泉，希泉！”

庄希泉转身见到余佩皋三人奔过来的身影，激动地扑到牢笼边：“你们怎么来了？”

“你怎么样？他们有没有打你？”余佩皋说着，焦急地流下眼泪。

庄希泉赶忙安慰道：“我还好，你怎么样？儿子在哪里？学生们是否都安全？听说厦大学生也参与游行了？”

“放心，我们都好，儿子已托周芜君帮忙照看。”

江董琴和林云影也来到牢笼边。她们望着庄希泉憔悴的样子，心痛不已。

江董琴含泪说道：“除了你，我们都好。除了游行外，厦大外交后援会还出版了《声援》专刊，严正指出‘五卅惨杀事件是列强帝国主义者荼毒我们弱小民族到了水深火热的一个时期’，号召民众‘出义力’，争取‘取消一切不平等条约’。”

“好，太好了，这就是未来的希望！”庄希泉兴奋地说，“我没事，一切都好。”他早已将自己的生死荣辱置之度外，最让他记挂的还是学生，无论是不是自己学校的。“厦大外交后援会？之前没听过。”

江董琴说：“听说是厦大学生罗扬才参与组建的。”

庄希泉转了转眼珠，似乎想起什么，问：“罗扬才？这名字怎么这么熟悉？他之前好像在集美师范学校任学生自治会干事，也在闽南地区中小学校中积极传播民主革命新思想。你说的罗扬才，是不是就是他？”

江董琴回答：“应该是同一个人。因为外面传得沸沸扬扬的，说罗扬才曾参与发动‘集美学潮’，带领师生罢课，反对军阀和帝国主义及校方压制师生参加进步活动的斗争。他们与学校据理力争，迫使校方答应恢复被解散的集美学生会。”

林云影在一旁补充道：“他还编辑发行了《声援》《青年思潮》等刊物；发表通电；举行罢课、示威游行；成立‘援沪学生军’，组织学生宣传队下工厂和农村，进行革命宣传活动，募捐钱物，支援上海工人的斗争。”

庄希泉点了点头，说：“集美学校师生长期的革命斗争是在中国共产党的领导下进行的，这也和陈嘉庚先生的爱国兴学宗旨与爱国活动言行的影响分不开。陈嘉庚倡导‘开放民主、兼容并蓄’的办学方针，重视学术争鸣，因此师生们思想进步。”

余佩皋听他们把话题越扯越远，赶忙拉回正题，说：“希泉，你父亲

年老不经吓，他请你出具悔过书，答应日本人的请求。”

庄希泉回答道：“佩皋，常言道‘父命难违’，但我仍难于从命啊！为了祖国的未来，我宁死也不会向小日本屈服的！你看罗扬才，年纪轻轻就为了革命事业奔波，更何况我们呢？”

江董琴听后很是感动，点头说：“庄希泉同志，你为国、为民牺牲的精神实在可敬，党将设法尽快营救你出去！”

庄希泉受日本领事馆无理羁押的消息引爆了广大市民、学生、工人心中的怒火。余佩皋、江董琴、林云影三人带队到领事馆前抗议，要求日本领事馆放人。

“我们要庄希泉自由！”

“放人，放人！”

领事馆前，呼声震天。

领事馆被包围，抗议声不断传进井上庚二郎的办公室。他撩开窗帘一角，看了看集结的抗议群众。“庄希泉是厦门乃至全国侨界有影响的人物，把他关押在领事馆，终究是一枚定时炸弹，弄不好就要惹出事端。为了以防万一……”放下窗帘，井上庚二郎对站在他身后的下属说道，“事不宜迟，以日本属民非法参加外国政治结社罪为由，将庄希泉押往台湾审理！”

领事馆外，余佩皋仍在激情演讲，呼吁民众解救庄希泉。她举起喇叭高呼：“日本领事馆无故羁押爱国人士庄希泉，他堂堂一名中国人，竟被日本帝国主义硬生生地指认为日本臣民，真是强权之下无公理啊！”

群众纷纷呐喊：“日本领事馆放人！”

声音一波连着一波，越来越大。

林云影跌跌撞撞地跑过来，气喘吁吁地大喊道：“佩皋，不好了，庄校长要被押往台湾了！”

余佩皋手中的喇叭猝然落地……

码头站满了来送别的人：余佩皋、庄希泉的父母，还有闻讯自发聚集在此的数千群众。

庄希泉在几个日本人的押解下缓缓移动脚步，转头望向岸边的民众，看到他们手中高举的条幅上写着“恭送庄希泉”“我们是中国人”“严惩幕后人物”等。海上，还有不少渔民和船民摇着大小不一的渔船、小舢板，将押送船团团围住。无数船只，将海港中的日本轮船和岸边码头连成了一片。

人们没有再呐喊，只是默默注视着登船的人，登船的人也同样在注视着他们。一切奔走呼号都已经无力回天，只能安静地告别。

送别的人群没有声响，只是默契地一点点向日本轮船逼近，追随双手被铐住的庄希泉。就在他即将登上甲板时，人群最前面的一个年轻人一把握住他的手，快速说：“我是罗扬才。庄兄，我们一定会与日本人抗争到底！等你回来！”

庄希泉看向这张坚定的脸庞，内心被感动温暖着，也被愤怒揪扯着。

在被强押进舱的那一刻，庄希泉突然挣脱了武装宪警的阻拦，挣扎着面向岸边高声疾呼：“各位乡亲，各位同胞，我庄希泉和大家一样，是堂堂正正的中国人，不是日本臣民！我们要坚决与帝国主义丑恶势力斗争到底，你们不要因我被捕而有所顾虑！”

海风吹来，站在甲板上的庄希泉衣袂飘飘，铿锵语气传之十里。宪警将庄希泉扭押进舱。押送船汽笛响起，向台湾驶去。

送别庄希泉之后，罗扬才回到学校宿舍。他今年春天刚升入厦门大学文法科。有感于最近的时事，望着床头摆满的《向导》《中国青年》《新青年》等进步刊物，他更加坚定了心中的理想。

回想几天前在上海突然爆发的五卅运动，令罗扬才感到周遭形势越来越严峻。

为了援助五卅运动、支持革命活动，罗扬才组建了厦门大学、集美中学等校的“外交后援会”“学生联合会”，还编辑发行了《声援》《青年思潮》等刊物。同时，他还组织学生集会示威游行和罢课，深入工厂发动工人罢工。此外，他发起募捐，支援上海工人，坚持抵制英、日货等。一时间，罗扬才成了厦门工人运动的先驱。

在此期间，共青团广东区委杨善集派蓝裕业以国民会议促进会代表的身份到厦门帮助发展共青团组织。蓝裕业到厦门后，与李觉民等人取得联系，首先发展李觉民、罗扬才等 7 人为共青团员，并成立了厦门地区第一个共青团支部，李觉民任书记。

共青团支部成立后，罗扬才更忙了，他总觉得时间不够用。他急于将马克思主义思想传播到民众中去。为此，他和共青团团员在工人和海员中积极开展工作，还组建了基层工会。

眼看着儿子被日本人无理地押送去坐牢，庄母泪如泉涌，庄父则声声叹息。余佩皋一边安慰两位老人，一边喃喃自语：“民族正气在胸，中国就不会灭亡。日本即便再强大，也必将被正义的力量打败。希泉，我们等你回来！”

当天晚上，安抚好庄希泉的父母并送他们回家后，余佩皋才想起儿子还在周芜君那里。

她急匆匆地走在空无一人的街巷。此时，夜已渐深，白日里所有的愤慨、不屈、刚强以及决心，都化为这一刻的软弱和无奈，对丈夫的担忧和思念化为一阵阵悲痛。终于，这个在别人眼中从不畏惧和退缩的女中豪杰，像孩子一样放声大哭起来，仿佛只有泪水才能稀释一切不甘和不公。她的脚步越来越快，泪水也越来越多，脚下昏暗街灯照亮的路也越来越模糊。

忽然，余佩皋的脑海中仿佛被什么东西触碰了一下。她倏地止住了哭泣，停下脚步四下环顾——没有人，连只飞虫都没有。她开始向前疾走，甚至干脆小跑起来。不一会儿，她听到身后有细碎的脚步跟了上来。

前面有一条黑漆漆的胡同，余佩皋没有回头，也没有犹豫，直奔而去。就在她钻进胡同的同时，身后连续三声枪响，清脆地炸裂了这夜的寂静。一枚子弹打在墙角的石头上，弹飞出去，余佩皋只觉肩膀一阵麻木，转头的瞬间，她看到了几名日本便衣。

刺耳的枪声消失了，余佩皋也消失在胡同里。

赶到周芜君家之后，惊魂甫定的余佩皋查看伤势，才知道自己的左肩被弹飞的子弹擦伤。

听完事情经过的周芜君脊背发凉、一阵后怕，一边给余佩皋上药，一边心疼得直流泪："佩皋，这些反动势力现已将你和庄兄视为'眼中钉、肉中刺'了。以后，你千万要小心保重，万不可再独自一人走夜路！"

余佩皋义愤填膺地说："这帮走狗，净会用下三烂手段！只要打不死我，我发誓要跟他们抗争到底！"

周芜君无奈地摇了摇头，看着熟睡的庄炎林那可爱的脸庞，思量半天，轻声说："佩皋，别忘了，你是革命者的同时，也是一个母亲。"

余佩皋愣了一下。

"这样吧，你去革命，我帮你照顾炎林。"

那夜，两个挚友一夜未眠。

庄希泉被押往台湾，故乡离他越来越远。闽南移民中有句俗语："第一好过番，第二好过台湾。"对过番的艰辛，庄希泉深有体会，可他没想到的是，那个与厦门隔海相望、一衣带水的台湾，他第一次来，竟是这样的身不由己。

阴冷潮湿的牢房里关押着许多犯人，个个蓬头垢面、无精打采。

一个日本狱卒来送饭，是发霉的烂芋糙饭。庄希泉缩在角落，不予理睬。

日本狱卒见状便破口大骂："给你做籍民还不要……"

"狗日的，谁做你日本人！"庄希泉边说边将脚穿过铁栏，猛地向狱卒踹了过去。狱卒"嗵"的一声摔倒在地，痛得龇牙咧嘴，用日语大喊道："快来人，打人啦！"

几名日本狱卒闻声赶来，将庄希泉双手反绑在铁栏上。皮靴、拳头、包着钢丝的皮鞭雨点般地向他飞来。日本狱卒边打边喊："八嘎！"鲜血从庄希泉的头上、身上渗出，染红了他的衬衫，但他倔强地咬紧牙关，一声不吭，直到昏倒在地上。

不知过了多久，庄希泉迷迷糊糊地听到一个声音在他耳边呼唤："喂，喂，老兄，醒醒！"

庄希泉睁开眼睛，狱卒已经走了，他被丢在墙角。他看见隔壁的狱友蹲在铁栏前跟他说话："老兄，有没有事啊？"

庄希泉艰难地坐起来，面对着他，强忍着疼痛说道："不碍事。"

狱友好奇地问："老兄因何事来此？"

庄希泉摇着头说："我是因为组织民众反日护国，被日本人陷害。你呢？"

"巧了，我也是！我反对日本在台湾的殖民统治，多次被拘押，是这里的常客了。这监狱里关押的，都是为台湾的民主自由和回归祖国而斗争的'政治犯'。"

庄希泉听后有些兴奋，登时忘了身上的疼痛。

通过交谈，他知道了狱友的名字叫蒋渭水，是台湾有名的社会活动家；也知道了台湾人民同样在争取民主自由，希望能回归祖国。

蒋渭水恨恨地说："为了扼杀台湾人民的民主自由思想，日本殖民当局对台籍学生强行设卡，历史、政治、思想、法律等容易导致思想不稳的敏感学科，中国人不能就读。日本殖民当局的做法，是十足的奴化教育，是露骨

的愚民教育！殖民教育的本质，就是企图在政治上、社会上堵塞台湾民众的嘴巴，不许我们有个性的存在。所以我们要反抗！”

庄希泉的手穿过铁栏握住蒋渭水的手。他内心澎湃，原来台湾被殖民这么多年，竟还想着回归大陆！日本殖民当局的压迫愈强，他们的抵抗愈烈。

蒋渭水动情地说：“我台胞对祖国的情感特别强烈。辛亥革命爆发，我台胞便私下募款捐助革命军……我们台湾人系有数千年历史的汉民族，且有辉煌的文化。台湾总督府妄想使我们汉民族同化于大和民族，好比想让水与油相融，绝对不可能！”

庄希泉闻言，感动得不知说什么才能表达内心的激动，两人只是将四只手紧紧相握，共同的遭遇使得这对年龄相仿的人在狱中成为知音。这次握手让他想起了那日被押解往台湾前在岸上同一个年轻人的握手。那是两个人第一次握手，也是最后一次握手。而后每当谈起罗扬才，庄希泉总是眼眶湿润。

一天，蒋渭水告诉庄希泉，他就快出狱了，出狱后定当设法营救庄希泉。

重获自由的蒋渭水不忘诺言，努力奔走，发动台湾文化协会等多个进步组织积极呼吁，要求日本殖民当局释放庄希泉。余佩皋、林云影也奔走呼号，督促日本殖民当局了结此案。日本殖民当局迫于压力，向庄希泉下了传票，通知开庭日期。

庭审当日，庄希泉从牢狱走到法庭。余佩皋和林云影早已站在法庭门口等候开庭，蒋渭水也来到现场。

法官开始问话：“庄希泉，你可知罪？”

“我光明正大，问心无愧。”

“你触犯了大日本帝国的法律。”

“我是中国人，在自己国土上做事，竟也会触犯你们日本的法律，岂不荒唐？”

“胡说，你是台湾籍民，也就是大日本帝国子民。”面对庄希泉的质问，法官有点失态。

庄希泉义正词严地说：“法官先生，凡是尊重事实的人都知道我是中国人。我再一次告诉你，我是中华民国公民，你们根本就没有审判我的资格。今天的被告，应该是你们，首先应该是日本驻厦门领事井上庚二郎！”

庄希泉的辩驳，让日本法官恼羞成怒，不由分说地以“外国政治结社罪”的罪名，判处庄希泉监禁 6 个月。

这起荒唐的审判，让庄希泉以及在场旁听的余佩皋、林云影等倍感悲愤，不仅是为个人的命运，更是为国家、民族的积贫积弱。正因为国家落后，日本帝国主义才会如此猖狂啊！

判令已下，庄希泉仍被监禁在台北监狱里。他放心不下厦南女中和当地的事务，叮嘱余佩皋、林云影先行回厦门，做实事要紧。

“我在狱中会照顾好自己，何况蒋渭水等台湾志士也会常来探监。”

余佩皋见丈夫说得有理，且 6 个月监禁已成定局，眼下营救无望，便含泪作别台北，和林云影乘船返回厦门 。

罗扬才代表厦门学生联合会出席在广州召开的两广地区学联代表大会。就在这次会议期间，罗扬才在罗明的推荐下加入了中国共产党。作为厦门第一名共产党员，他感到无比自豪。

回到厦门后，罗扬才等人立即组织成立了厦门工友联谊会，这是厦门工人阶级统一组织活动的开端。

革命的火苗越烧越旺，李觉民到广州参加国民党第二次全国代表大会，经杨善集和罗明介绍，加入了中国共产党。这么一来，厦门地区就有了两名中共党员。但按照党章规定，至少三名党员才能成立党支部。事不宜迟，杨善集和罗明为了能尽快在厦门建立党的组织，决定调派广东大学学生、中共党员罗秋天转学到厦门大学。

二月，北方还是春寒料峭，鹭岛已然生机勃勃。罗扬才、李觉民和罗秋天三人聚集在厦门大学囊萤楼，准备率先在厦门建立党的组织。他们兴奋而

激动，自豪而紧张。

虽然，他们的党龄都不长，但革命热情非常高。他们知道党支部的担子很重，但他们愿意为革命付出。三人都表述了自己的看法，赞成即日成立党支部。最后，罗秋天郑重宣布："中国共产党厦门大学支部成立了！"

谁来当支部书记？三人又进行了一番讨论。他们实事求是地分析了每个人的情况：罗秋天刚来厦门，对厦门情况不熟悉；李觉民虽然当过团支部书记，但现在担任国民党厦门市党部的职务，活动比较多；罗扬才是"老厦大"，年纪虽最小，但革命热情高、工作能力强。最后，罗秋天和李觉民一致推选罗扬才任支部书记。

广东区委接到报告后，立即批复同意。就这样，厦门地区成立了第一个中共支部，也是福建省最早成立的中共组织。

四月的和风送来了春光，胡子拉碴的庄希泉在两名狱卒的押送下走出了台湾监狱的大门。

狱外阳光刺眼，庄希泉看着本该是人间最美四月天的景色，耳边听着日本狱卒刺耳的讥讽："三年内，只准在台湾和日本范围活动，不得返回中国大陆。殖民当局会派人专门盯着你！你，是我们日本国民！"

庄希泉没有回话，只是眯着眼。

关押在铁窗牢狱中的几个月里，庄希泉学会了静思冥想，也学会了蓄势待发。他想念海峡对岸的妻儿、父母，也想念他的学生，以及他未完成的革命事业。

如今，庄希泉能顺利走出监狱，完全是因为他此前制定的完美计划。

总督府办公室，日本官员手里拿着一份申请书，看着庄希泉，露出不可思议的表情。

总督府官员问他："你为何想去日本？"

庄希泉回答道："你们总说大和文化比中华文化优秀，日本教育比中国教育发达。我想实地考察考察，感受一下。”

总督府官员听后颇感犹豫，但仍逞强道：“看了发达的大和文化后，你一定会渴望变成我们日本人！”

“如果真像你说的那么好，我也许会考虑。”见他犹豫不决，庄希泉加了一把火。

终于，官员说：“我决定同意你的赴日申请！你去了日本后，就不会再想回中国了！但是，你的旅程，我们会派专人监督。”

庄希泉听罢松了一口气，微微一笑道：“悉听尊便。”

马上要离开台湾了，庄希泉和蒋渭水相拥握别。

庄希泉握着蒋渭水的手，以孙中山的遗言相砥砺：“革命尚未成功，同志仍须努力。”

蒋渭水坚定地点了点头，说道：“希望台湾早日回归祖国！”

两人击掌为誓。

破旧的太古轮船喘着粗气行驶在海面上。庄希泉看着茫茫大海，若有所思。两名日本人紧随他左右，监视着他的一举一动。

船长室里，日本船长对中国船员骂骂咧咧。船员不满地走出甲板，对在甲板上工作的其他船员吆喝道：“注意啦，我们要去上海加煤，大伙准备好工具。”

庄希泉听闻此言，按捺下狂跳的心。

轮船徐徐靠岸，停在上海码头。

庄希泉客气地跟那两个监视他的日本人说：“两位请帮我看下行李，我上个厕所。”

庄希泉向厕所走去……突然，他快速冲下甲板，只身跳船上岸，潜入市区。待两位监视者感知不妙、下船追截时，庄希泉早已消失得无影无踪。

当然，对于曾在上海经商多年的庄希泉来说，这里就是他的地盘，又怎

是两个日本看守所能轻易找到的。重回故土的庄希泉如鱼得水，久困的身心得到了释放！

次日，上海报刊亭附近，三两人群聚集在一起，人们拿着《新闻报》议论纷纷。只见报纸上发表了一则特别的声明，通篇痛斥日本帝国主义的殖民政策，酣畅淋漓。声明结尾处写着大大的一行字："我是中国人，并非日本籍民！"下面有一枚方方正正的鲜红印章——"庄一中"。

群众狂呼："太振奋人心了！帝国主义卑劣至极！"

有人说："一中，就是一个中国的意思啊！"

还有一人挥舞报纸，大声说道："庄一中是庄先生，大商人庄先生！"

远处街角，庄希泉拿着报纸，内心无比坚定："为了扼杀民主自由的爱国思想，日本殖民当局强行污蔑我是日籍！无论他们审判我多少次，都改变不了我骨子里的中国血统！我是中国人，并非日本籍民！庄一中！"

月明星稀，乌鹊南飞。

新加坡谦益米行内，陈嘉庚看着报纸上的"我是中国人，并非日本籍民"这行字，连连点头，夸赞道："庄希泉真是位英雄好汉。若国民人人都能如此，国家又怎能不强大呢？"

相反，阿福则苦着脸看着报纸上的另一则新闻，上面写着"经济危机袭来，多家企业破产"。

阿福愁眉苦脸地说道："少东家，庄先生固然是英雄好汉，可是麻烦您也看看这则消息吧！胶价暴跌，经济危机，我们旗下产业亏损甚巨。我们，我们怕是要破产了……"

阿琪在一旁听着，白了阿福一眼，说道："破产？怎么可能？我们少东家去年得利比往年多得多。"

阿福不服气地说道："是啊，你只知道得利很多，但你不知道少东家扩建南洋华侨中学校舍、创办集美学校等都需要钱吗？而且最近胶价暴跌，营业亏损甚巨。这些都是你不知道的！”

陈嘉庚继续看报纸，一言不发。阿福和阿琪也闭上嘴，不再说话。

“他日若出现资金紧缺，就把橡胶园低价售出吧。”说完，陈嘉庚便走出米行。

由于日本、美国、荷兰等国大量投入资金增产橡胶制品，导致供求关系迅速发生变化，橡胶价格连连暴跌，短短几个月时间，就使以经营橡胶业为大宗的陈嘉庚的公司陷入困境。

股价暴跌、经济危机都只是外部打击，最令陈嘉庚痛心的是十余名公司员工相继退出，另起炉灶与他竞争。而那些离职员工对陈嘉庚公司的一整套生产过程、管理方法、经营方式及购销关系了如指掌。

厦大校舍建筑工程局部停工，工人聚集在建了一半的校舍上，议论纷纷。

“怎么回事，建筑材料怎么还没送到？”

“听说陈嘉庚破产，没钱建校舍了。”

“是啊，集美的校舍也停工了。”

一时间，传言不断，陈嘉庚被推到了风口浪尖。

其实，除了厦大和集美的学校外，国内外几十所学校都在等着陈嘉庚的捐助。面对如此艰难境遇，陈嘉庚仍态度坚定：“宁可变卖橡胶园，也要维持教育！万不可让学校面临停办的危机！”

阿福摇摇头，带着哭腔说道：“少东家，还建什么校舍啊？您还是先考虑考虑自己吧！”

陈嘉庚斩钉截铁地说：“此等事何须多做考虑？！教育是祖国的未来，为了国家兴旺，我一定要这么做！你看厦大那么多的有志青年为了反帝反封建，为了报效国家，不惜抛头颅洒热血。我们只是出钱而已，与他们付出血的代价比，差得远了！”

机灵的阿旺赶紧把话题引开：“少东家，那天我听李光前先生说，林语堂先生请了鲁迅先生来讲学。听说鲁迅先生在北京可厉害了！”

"是啊，光前先生说，国内'三一八'惨案发生后，北京女子师范大学兴起学潮，鲁迅同一些学生被列入黑名单。后来，在亲友和学生们的敦劝下他才离家避难。现据说厦大每个月花500大洋聘请他呢！是不是真的啊？"说到这，阿福两眼发光。

陈嘉庚听到这，脸上的严肃慢慢消散，转为自豪："你不知道的多了去了！除了鲁迅，林语堂、顾颉刚、沈兼士、孙伏园等20多位著名学者都到厦大任教，相当于来了'半个北大'！"

此事得到证实之后，阿福更加忧郁了，撇着脸说："少东家，您还挺高兴啊，我们可都替您愁死了！现在咱们都自身难保了，您还给那些老师开那么高的薪水！还要办学校、建房子，这可怎么办啊！"

陈嘉庚既不气恼，也不着急，胸有成竹地说："没事，兵来将挡，水来土掩，车到山前必有路。我相信，天无绝人之路！"他转头看阿旺，"跟我说说，光前还跟你讲些什么？"

阿旺龇牙一笑，来了精神，边比画边说："光前先生说，鲁迅在厦门大学开设的课程有……哦，对了，有中国文学史和中国小说史。他还兼任国学院的研究教授。听说，鲁迅的课每次都爆满，晚来的学生只能趴在窗户上或者靠在墙边听。不仅文科的学生，法科、理科、商科的学生也来听他的课。除了学生之外，不少年轻的教员，甚至校外的记者、编辑也闻风而至，场面十分壮观呢！"

"哦？老师们也去听课，那他们自己的课不要上了吗？"陈嘉庚难得心情大好，开了个玩笑。

见他们都听得出神，阿旺更是来了劲："这还不止呢！学生们不满足于只听鲁迅讲课，许多厦门本地的学生，有时星期天都不回家，留在学校里陪鲁迅。鲁迅倘若上街，他们便随同去当闽南语翻译。鲁迅的宿舍里，经常有学生来请教各种各样的问题……"

阿旺讲得绘声绘色，陈嘉庚就那么听着，脸上的笑容很浅很浅，一颗心，早已飞向了他的厦门，他的校园。

罗扬才就是阿旺口中那个留在学校的学生之一。罗扬才除了听鲁迅的课之外，还常登门拜访，与鲁迅先生建立了较为密切的联系。

罗扬才领导下的厦门市学生联合会，组织了90多个团体，举行“五九”国耻纪念和五卅惨案周年纪念等活动。活动中，游行人群高呼：

“反对帝国主义！”

“打倒军阀反动统治！”

“废除不平等条约！”

游行队伍走到鼓浪屿公共租界贴标语时，被工部局抓去13人。罗扬才立即组织厦门市海员、店员、码头工会声援被捕学生，厦门市工会和学联会等团体亦向全国、全省通电，终于迫使当局释放了被捕学生。

罗扬才和李觉民、阮山等人在学校、工厂、农村等处积极发展党团员。罗扬才觉得除了发展和建立厦门的革命队伍，闽南其他地市也要积极发动。他利用暑假与翁振华、谢志坚到漳州，吸收进步学生、工人入党入团，组建共产党、青年团小组或支部。

集美学生社团提出革新校务的要求，拟出《校务革新会章程草案》。校长叶渊召开临时校务会议讨论，决议把校务革新会改为校务讨论会，引起学生不满。叶渊为了平息这次学潮，派图书馆主任蒋孝丰专程到厦门大学邀请鲁迅来集美演讲，意图借此把学生引回书斋。而集美学生社团则一面派人到漳州，请求北伐军的支持，一面通过罗扬才也邀请鲁迅来演讲，支持闹学潮的学生。

鲁迅接到叶渊的邀请后，问林语堂：“叶渊办学的理念如何？”

林语堂说：“他办学很严谨，但不喜欢学生有什么活动。”

鲁迅听罢，悻悻然，让来人带口信给叶渊：“最近手头事情太多，演讲

之邀，美意心领。”

过了两天，罗扬才与集美学生代表前来邀请鲁迅先生赴集美，鲁迅欣然应允，乘船来到集美，作了题为《生活的意义和价值》的演讲，有力地支持了进步学生。因此，罗扬才对鲁迅极为敬佩，他在写给上级党组织——中共潮汕地委的报告中，曾多次提及鲁迅在厦门的情况。

在厦大任职 100 多天后，因遭到“现代评论派”的排斥和打击，鲁迅辞职。罗扬才领导学生自治会开展挽留鲁迅的运动，并进而发动罢课斗争，提出：“一、拯救学生、教员、学校的生机；二、拯救闽南衰落的文化；三、培植福建的革命气息。”

这场改革学校的运动引起社会各界的关注。

随着革命向纵深发展，罗扬才身上的担子愈发重了，组织委任他为中共闽南特委委员、中共厦门市委组织部部长、总工会委员长。此时，湖北汉口、江西九江相继发生英国水兵屠杀中国人民的事件。罗扬才执行全国总工会的决定，发动厦门市工人举行总罢工，派出宣传队向人民群众揭露帝国主义枪杀中国人民的罪行。

正当厦门工农运动蓬勃发展、国内形势发生重大变化的时刻，以蒋介石为首的国民党右派，通过一系列反革命事变，阴谋篡夺革命领导权，大力排挤、打击共产党人和国民党左派，大革命进入紧急阶段。中共闽南特委会从台湾出版的日文报纸上看到蒋介石准备叛变的消息，立即通知中共厦门市委注意敌人的突然袭击。中共厦门市委对此形势做了分析和准备。

总工会在罗扬才的主持下作出决定：“通知工人少到总工会来，总工会主要领导人暂时离开总工会会址。如果林国赓动手抓我们的人，全市罢工支援。”

国民党右派终于露出了狰狞的面目，在厦门发动反革命政变。他们到厦门总工会，将罗扬才、杨世宁、黄埔树三人“请去”，关在海军司令部内。

局势突变，血雨腥风弥漫鹭岛。当天下午，以码头工人为主的各工会代

表 300 多人，游行请愿，冒着大雨在海军司令部门前示威。接着，厦门党组织进行了多次营救活动，但都没有成功。5 月，罗扬才等人被押赴福州。在福州狱中，罗扬才大义凛然，坚持斗争。

罗扬才的叔父罗杏举探监时，罗扬才机智地托其密带一封信给中共闽南特委。信中表示："要和国民党右派当局坚决斗争到底！同志们要踏着革命先烈的血迹继续前进！"

不久后的一个晚上，罗扬才发觉监狱内情况异常。他料到自己时日不多，便托人购买米酒等食品，与难友饮酒诀别。罗扬才慷慨陈词，向狱友倾吐自己的身世和参加革命的原因，宣传革命道理和共产党的主张，谴责蒋介石背叛革命，勾结军阀与帝国主义的罪行。

他说："不革命，无法救中国！共产党人和革命者视死如归，时刻准备为革命献身！"

随后，他把自己的个人物品分赠给难友。

22 岁的罗扬才高唱《国际歌》走上刑场，英勇就义。

尽管时代的黑暗看似无边，但是正义的光明却永远不会被淹没。

在祖国，依然还有那么多从善如流、疾恶如仇的人，有为正义真理而斗争的精神存在。这是中华民族永不弯曲的脊梁！

第十章　后浪

作为福建会馆与中华总商会两大华侨社团的成员之一，陈嘉庚希望建立一个更有代表性、可以统一领导新马地区全体侨民事务的新组织。为此，他在《南洋商报》发表文章，倡议将中华总商会改为中华会馆。他指出："今势祖国革命成功（指南京国民政府建立），建设伊始，百事维新。海外华侨，亦宜乘势奋起，作有组织、有秩序之大团结。一方面严守当地法律，表现华族之文明；另一方面创设公共事业，幸侨界之福利。"文章中，陈嘉庚还对商会建设等方面提出了建议，但保守的新加坡中华总商会拒绝了陈嘉庚的建议。

不久后，陈嘉庚高票当选为福建会馆会长。福建人在新加坡华侨中占多数，在华侨社会中起着举足轻重的作用。在陈嘉庚的领导下，福建会馆成为一个凝聚力强、战斗力强的华侨大社团，陈嘉庚在华侨中的领导地位也因此大大加强了。

1928年5月3日，日本在山东济南向国民军发动进攻。由于蒋介石一味妥协退让并下达不抵抗命令，大量军民遭到屠杀。国民政府的特派交涉员蔡公时，在被百般摧残后也惨遭杀害。

这就是震惊中外的济南惨案。

消息传到南洋，群情激愤，陈嘉庚出面领导了“山东惨祸筹赈会”。他在大会上发表了慷慨激昂的演讲：

“查山东不幸，客岁惨遭天灾，难民数百万人，无食无衣，苦惨万状不可言喻。虽远邻美国尚筹款一千万元，以资赈灾……日本虽与我国毗邻，而从未闻其捐助一文钱，救济一粒米。乃今且更进一步，侵略我主权，残杀我同胞……其野心凶暴，险恶蛮横，实全世界所未有。今我国势虽弱，然人心未死，公理犹存，必筹相当之对待。”

这是陈嘉庚第一次站出来领导华侨开展政治运动。

在他的领导下，“山东惨祸筹赈会”成立9个多月，共募得赈款117万元，大部分汇交南京政府，部分用于接济蔡公时家属。这一活动持续时间之长、动员民众之广，在整个新加坡历史上都是空前的。新马华侨第一次不分族群和省籍，不论阶级，都在陈嘉庚和筹赈会同仁的影响下踊跃捐款。

在中国近代革命史上，胸存民族大义的同胞从不或缺，不分男女，也不分长幼。一代又一代人，在同一种中华民族风骨传承中前赴后继，绵延不衰。

老一辈华侨一直挺立在风口浪尖；他们的身后，新一代革命接班人已经成长，逐渐变得强壮。

比如，菲律宾华侨叶荪卫送回的儿子——叶启亨。

济南惨案发生后，福州、厦门的党团组织开始恢复。14岁的叶启亨，勉强达到入团年龄。共青团厦门市委书记叶炎煌找他谈话，介绍他加入共青团，并交给他入团后的第一个任务——在省立第十三中学发展团员，建立团支部。

很快，叶启亨就介绍哥哥叶启存和同学郭礽疆入团，并建立了团支部。叶启亨被选为团支部书记。团支部主要做省立第十三中学的学生工作，组织读书会，团结进步青年。

团厦门市委书记亲自面见叶启亨并做入团介绍人，实在是因为叶启亨太过优秀。

12 岁那年，叶启亨以优等生的成绩考入厦门中山中学。在学校，他对《新青年》《语丝》《奔流》等进步刊物爱不释手。这些报刊上的小说和诗句，激发他勇敢地投身于时代的潮流。

“四一二”政变后，福建的反革命政变也逐渐铺开。在厦门，国民党反动派以几所学校为重点，到处抓人、杀人。黑云压城，血雨腥风，白色恐怖瞬间笼罩了美丽的鹭岛。

厦门市学生会主席杨坡树是叶启亨非常敬佩的人，也是他同校校友。但是，一夜之间，杨坡树被反动派残酷杀害。这件事情，成为点燃叶启亨坚定跟随共产党的导火索，他为学长年轻生命的逝去感到痛惜，也为反革命的残忍行径感到愤怒，他要用自己微薄的力量向这白色恐怖宣战！

厦门中山中学被强行查封后，叶启亨兄弟便和几位同学一起转学到省立第十三中学。当时，共产党的活动转入地下，有位数学教师正是中共福建省委秘书长。他了解到叶启亨的情况后，便让叶启亨参加一些秘密活动。

一日，这位数学老师提起陈嘉庚办学的事，同学们便你一言我一语地聊了起来：

“你们听说了吗？厦大校舍停工后，陈嘉庚变卖了他的房产来维持学校开支呢！”

“有陈嘉庚这样的爱国华侨支持厦门的教育事业，你，我，才能在学校里安心读书。”

“是啊，我阿爸也受影响，说是也要学陈嘉庚支持祖国教育。”

“厦南女中听说也是受陈嘉庚影响而创立的。”

在一旁听着的叶启亨咬咬嘴唇，抱紧手里的书，说：“我们受了他们教育兴国恩惠，得以在这样的学堂平安地学习知识。作为普通学生，我们也要出一份力啊，也要想想，怎样才能为祖国奉献一点力量！”

同学们听了都哈哈大笑，觉得他是在说大话。还有同学马上出言嘲笑他：“看不出来啊，叶启亨，你还这么伟大！你没有钱，也无法教育兴国，我看你就以身救国吧！”

叶启亨握紧拳头说：“对，以身救国！我原也是这么想的！”

众同学笑得更大声了，还一边指指点点，说：“就一个海客，说什么大话，做什么梦！”

同学们走开了，叶启亨却一夜无眠，写下一首诗，题名《海客的梦》——

海客在海上随船飘荡
梦中家乡的山山水水出现在前方
家乡，母亲，还有亲爱的姑娘
她们和乡亲正在建设新的天堂……
狂风呀，乌云压顶
海客被惊了，海客怒吼了
狂风呀，你是暴君
你打碎了我的思念
你还想颠覆我的理想
你，暴君，我诅咒你！
我将和你斗！我将搏斗到底！
星星，你闪光；月亮，你发光
让我认定前进的航向
快速驾船驶向明日的天堂！

年底，叶炎煌再次到学校找叶启亨。

叶炎煌问他：“你已经读完中学，毕业后有什么打算？”

省立第十三中学是四年制，叶启亨兄弟是插班生，再读一年预科，就可以考大学。

叶启亨毫不犹豫地说：“我听从组织安排！”

叶炎煌说："根据你的工作表现和个人素质，组织上打算培养你，但这样就要脱离学校和家庭，放弃升学，完全转入地下。你是怎么想的？若有顾虑，尽管说出来！"

在叶炎煌眼里，叶启亨尚小，让他脱离父母、脱离家庭是有些残忍的。可叶启亨满腔革命热情，立即回答："没有顾虑！只要是组织需要，干什么都可以！"

"好！"叶炎煌见叶启亨下定决心，便说，"万里赴戎机，关山度若飞。从今天起，你就改名为'叶飞'吧！"

从此，菲律宾华侨叶荪卫的次子叶启亨，正式更名为叶飞。

全心投入革命之后，叶飞分别给养母和亲生父母去信，谎称自己毕业后跟朋友到日本留学，家里不需要负担他的学费。

之后，叶飞被选进团省委在厦门开办的积极分子训练班，开始系统学习马克思主义基本理论及秘密工作的纪律和方法。结束后，叶飞开始了他的革命征途……

己巳年腊月，在厦门湿寒的海风中，陈茶带着她15岁的养女李秀若走下了从印度尼西亚发来的客船。同叶飞一样，李秀若后来改名为李林。

李秀若9岁入读养父李瑞奇在爪哇创办的南洋高小。在那里，她学习了中国的历史和地理。可是，荷兰殖民当局下了不许华校教授中文和中国历史、地理的禁令，这让她十分生气，央求养母带她回国读书。养父无奈，只好同意了。

她3岁远渡重洋时还不记事，如今回来，已是12年光阴掠过。她本以为祖国是养父口中"花红柳绿、美丽繁华"的地方，却不料刚下船就被一大群乞丐围住。

她辗转回到家乡漳州，已是年关。多年在外，家已不像家。全靠堂兄李太乙一家的照料，陈茶和李秀若才得以有个落脚之处。

刚刚安顿好的李秀若对什么事情都感到稀奇。她缠着堂兄、堂嫂问东问西：“哥哥，我能不能去集美学校读书啊？”

“为什么一定要去集美学校？”堂兄感到奇怪。

“因为那是陈嘉庚办的学校啊！爹爹说过，故乡大陆最需要的不是橡胶园，橡胶大王陈嘉庚贡献给祖国的也不是橡胶，而是大办教育、支持革命！”关于陈嘉庚的故事，李秀若张口就来。跟许许多多华侨一样，小小华侨少女早已经把陈嘉庚奉为楷模。

“可是，集美学校不是女子学校，不知道会不会招收女生啊。”堂嫂在一旁插嘴道。

“肯定会的啊！陈嘉庚先生倡导全民教育，他说过女性地位要提高，也要学习文化知识，那他肯定会招女生啦！”

对陈嘉庚的传奇经历，李秀若大半都是从养父那里听说的：替父还债名扬东南亚、诚信经营一诺千金、追随革命牺牲小我、赈灾募捐一掷万金、毁家兴学筹建学村……就在李秀若跟随养母出洋到印尼的那一年，陈嘉庚在家乡创办的集美学校正式开学了。这让李秀若在听得入神的时候，难免生出一丝丝遗憾。

“我长大了，一定要回到祖国，去上陈嘉庚办的学校！”这个想法一直在她心里挥之不去。

终于，堂兄托人打听到一个好消息：华侨子弟可以到厦门就读集美学校！

李秀若第一次感到“如愿以偿”是世界上最大的幸福。

一走进集美学校的校园，李秀若就被迷住了：校舍青瓦飞檐，整洁庄严；一排排高大的垂柳丝绦万千，随风轻轻地飘荡；篮球场上传来阵阵加油呐喊声，校舍方向传来琅琅书声，学生们三五成群夹着课本走向操场……一切的一切，在李秀若的眼里堪称完美，就连呼吸的空气中都透着丝丝甜香。

这里，才是她所向往的知识的殿堂啊！

她又仰起头问堂兄：“哥哥，集美这么美，是不是就因为它集天下之美，

所以才被命名为集美？”

面对如此话多的妹妹，堂兄笑了，回道：“据说，集美原来叫浔尾，是一个景色秀丽的小渔村……”听着堂兄对集美的描述，看着眼前的校园和学生，李秀若心里憧憬着未来，她将在这里开始她的新生。

“我去问问在哪里给你报名，你站在这里等我。”堂兄边说边径直朝前走去。

堂兄办完了入学手续，离开前对李秀若说：“妹妹，这就是你向往的集美学校。你辗转回国求学，实属不易，你可要努力学习，不要辜负了父母的期望，也不要辜负了陈先生。”

李秀若赶忙大声回答道：“堂兄放心，我一定认真读书。我会铭记陈嘉庚先生‘诚毅’的校训，长大也要成为陈先生那样的人，不让外国人欺负我们。还有，我现在可以堂堂正正地学习中国的地理和历史了，以后我要当文学家。”

堂兄欣慰地点点头说：“有志气！文学家，像鲁迅那样以笔当武器也是可以的。”

在校期间，李秀若不仅热爱阅读，从书籍里汲取进步的思想，还积极参加体育运动，与同学一起组建了校女子篮球队、排球队，还参加了全国比赛。

那时，李秀若眼里只有静谧的校园和祖国的大好河山。但不久后，冷酷的现实击碎了她的文学梦，校园不再静谧，大好河山也处于风雨飘摇中。

真正让她从梦中惊醒的，是随之而来的骇人听闻的“九一八事变”。陈嘉庚也就是从这时候开始，先后捐助了18亿国币的抗战经费，全面支持抗日战争。

满腔热血的李秀若加入了抗日救国会义勇队。李秀若凡事积极果敢，被推选为抗日义勇队的演习分队长。知行合一的女英雄形象，从此树立起来。

陈嘉庚在柜台前算账，眉头紧锁，接二连三的打击令他的企业元气大伤。

靠米店及罐头、饼干等各厂所获的微利仅够应付义捐和家用。这两年继续支付厦大、集美两校经费 70 余万元，加上银行贷款利息 40 万元，两项共超支近 120 万元。

1928 年 8 月，私销日货的奸商因痛恨陈嘉庚创办的《南洋商报》宣传抵制日货、揭露其走私，竟不择手段，雇人纵火焚毁了陈嘉庚的橡胶熟品制造厂新厂，让陈嘉庚意外损失近百万元。因连续 3 年的惨淡经营，陈嘉庚的资产缩水严重，已不及 1925 年巅峰时期的一半。

“东家，您还是先吃饭吧，身体第一。”阿琪催促道。她已经热了第三次稀饭了。

陈嘉庚的长子陈济民走了过来，帮他盛了碗稀饭，只见桌上仅有一盘花生米和一碟咸菜，摇摇头劝他说：“爹，身体要紧，您就适当减少每个月汇给厦大、集美两校的经费吧。”

陈嘉庚宽慰他说：“我吃稀粥，佐以花生仁、咸菜，就能过日，何必为此担心呢？”

阿福实在看不下去了，一个身家千万的老人竟然节省到这样的程度。他赶紧顺着话往下说：“东家，少东家说的没错。您可以暂时停止捐给学校的钱，来补充营业之急需。”

陈嘉庚放下筷子，语重心长地说：“这可使不得。两校若关门，自己误青年的罪小，影响社会之罪大。一经停课关门，则恢复难望。如果哪天不幸因肩负两校费用致商业完全失败，那也只是我个人的成败而已，无足挂齿。以后莫再提此事。”

哪怕最难的时刻，陈嘉庚也从未想过放弃办学，无怪乎国人和侨胞都对他敬仰万分。

上海“一·二八”事变爆发时，叶飞刚刑满出狱。

这是他参加革命之后经受的第一次严峻考验。

1927年蒋介石发动“四一二”反革命政变后，国民党在全国范围内实行白色恐怖统治，对共产党人和进步人士的革命活动进行残酷镇压。国民党当局逮捕了多名共产党人和进步人士，关押在厦门监狱内的“政治犯”增加到40余人，包括中共厦门市委书记、团福建省委书记等人。

厦门监狱里的环境十分恶劣，两间牢房总共才60多平方米，关押了40多人后，像拥挤的蒸笼，且正是天气转暖、多蚊虫的三月，跳蚤更是布满草铺。不仅如此，敌人既不释放也不提审，他们等于被判了死刑或无期徒刑，随时面临死亡的威胁。

而此时，福建的革命形势发展得很快，白区和赤区都亟须干部来领导群众开展革命斗争。为营救狱中的同志，经过慎重的分析和研究，中共福建省委和厦门党组织决定武装破狱。为确保破狱战斗的胜利，中共福建省委成立了一个特别行动委员会，由省委书记罗明、军委书记王海萍、组织部部长谢景德、团省委书记王德和军委秘书陶铸组成，互济会主任黄剑津担任秘书长。特别行动委员会下设武装队和接应队。

陶铸是这次破狱行动武装队的负责人。接到任务后，他立即着手从厦门的党团员、工人纠察队和进步青年中，选择革命意志坚定、不怕牺牲而又年轻力壮、机智灵活的同志，组建了一支武装队。武装队在鼓浪屿秘密开设了训练班，训练分两个阶段进行：第一阶段学习政治形势，分析敌我双方情况，借以鼓舞士气，提高队员们的革命使命感；第二阶段是军事训练，队员不仅要熟练地使用武器，还要熟练掌握破狱的战术。

与此同时，谢景德也组建起一支由10多名进步学生和狱中难友亲友组成的接应队。按计划，破狱那天他们将等候在监狱的大门外，准备引导出狱的同志到指定地点，以免难友在慌张中走散迷路，被敌人再次抓捕。

在这期间，特别行动委员会的委员们，分别以亲属探监的名义，到思明监狱实地考察了两回，了解警备队和看守人员的作息规律及人员、哨位的分布情况，探看狱中的道路，做到从这条路到那个门要跑多少步、需要多少时

间都心中有数。

经过一个多月的充分酝酿、讨论、归纳，特别行动委员会制定出一个周密、严谨的破狱计划，决定在1930年5月25日上午9时实施。之所以选这天，也是经过周密思考和科学分析的。这天不仅是红五月的尾声，也是星期天，军警和看守人员相对松懈。按当日潮汛，上午9时开始退潮，接应船可以较快地驶离厦门港，开往安置地点同安。

那天清早，晨光依稀，天色微明，中共福建省委书记罗明叫醒交通员："走，我们上山去。"两人一前一后，相距30多米，出大街，穿小道，很快来到了武装队集中隐蔽的山头。

武装队已经整装待命。罗明一到，全都起立列队，个个精神焕发。罗明作了简短的战斗动员，宣布破狱行动开始。

陶铸率武装队出发下山。他们走到太师墓附近时，看见王德、粘文华、吴复生、吴天莹等十几人打扮成青年学生模样在闲逛。这些人的任务是给追赶的敌人制造障碍。陶铸向王德闭了一下右眼打招呼，王德朝他回闭了一下左眼，表示一切都按计划顺利地进行。

谢景德和十余名接应队队员，则在监狱斜对面的一间小茶店里喝茶，茶店门口蹲着两个装成补鞋匠的武装队队员。

陶铸看手表显示9时整，便摘下头上的草帽，往脸上扇了两下风。收到开始行动的暗号后，第一组的两名武装队队员马上向监狱大门走去。

一个卫兵用例行公事的口气问道："哪里来的？干什么？"

他俩昂着头不停步，一边满不在乎似地回答："找同事。"

两名队员西装革履，胸前都戴着国民党厦门市党部的徽章，和他们"找同事"的身份相符。卫兵没有再说什么，他俩就大摇大摆地走进去了。他们的任务是对付警备队，保证撤退线路的畅通。所以在进了大门后，他俩就逗留在办公室附近的走廊上。

第二组的两名武装队队员身穿长衫、藏着钢剪，任务是占领监狱的大铁门，监视前后通道上的敌人。他们进去的理由是“探监”，也没有受到卫兵的阻拦。

“客古”和另一名武装队队员在第三组。“客古”是一名身强力壮的水手，他一副商人装扮，身穿香云纱长褂，腰里藏着一把锐利的钢剪，手上捧着马玉山饼干厂出产的一大桶饼干。他们假装给狱中的亲人送饼干，因为饼干桶太大，通过牢房送饭的小窗口送不进去，他们就要求看守打开牢门。如果看守不肯开锁，他俩就打死看守，用钢剪剪断大铁锁，然后带领狱中的同志往外冲。

第三组武装队队员也顺利地通过了敌人的哨卡，到达了预定的战斗位置，随时准备战斗。

果然不出所料，值班看守李瑞凯故意刁难，不肯开锁，想趁机捞点油水。但是，这时已没有时间和看守纠缠，和“客古”一组的另一名武装队队员正要拔枪，副看守长卢永忠突然来到天井，大声问道：“什么东西这么一大桶？是谁把你们放进来的？”

“是饼干。”“客古”点头哈腰、赔着笑脸说，“我弟弟就爱吃马玉山厂的饼干。我探监买了来，求老总行个方便。”

卢永忠走近两步，用怀疑的眼光打量着饼干桶，然后又把视线转到了“客古”身上，眉头一皱，命令说：“过来，检查！”

“客古”朝另一名武装队队员暗使了个眼色，抱着饼干桶向卢永忠走去。

卢永忠按着手枪，大声喝令：“放下饼干桶，人走过来！”

“不就是饼干吗？”说时迟，那时快，“客古”的话音刚落，饼干桶已朝卢永忠扔了过去。

卢永忠猝不及防，被饼干桶砸了个正着，哀叫一声，仰身跌倒在地上。配合“客古”的那名队员眼疾手快，当机立断，迅速拔出手枪，一枪击毙了卢永忠。紧接着，看守李瑞凯的脑袋也开了花。

“客古”用钢剪奋力剪断铁锁，打开牢门拉出同志，嘴里不断地喊着：

“快！快走！不要挤，按原计划行动！”

枪声一响，整个监狱在刹那间像炒豆炸了铁锅。

化装成卖杨梅的队员老谢立刻掏出手枪，对准在大门口站岗的卫兵，“啪！”“啪！”一枪放倒一个，然后抢先跃进了大门。

假装在买杨梅的陶铸和王占春马上掀翻杨梅担子，从箩筐底抽出手枪，带领另外两名化装成补鞋匠的武装队队员，跟在老谢身后冲进了大门。

他们五个人，三个蹲伏在庭院的台阶上，以石阶为屏障守住通道，两个急速闪到圆柱子的后面，准备阻击警备队。

已进去的第一、二组武装队队员，持枪守住各自的战斗位置。全部看守只有一把手枪，这天正挂在值班的卢永忠身上，其他看守没有武器，所以谁也不敢出头反抗，都四散奔逃躲藏了起来。武装队队员也不去追杀他们，只牵引着狱中的同志往大门口跑。

正在吃饭的警备队听到后院监狱的第一声枪响时，根本没有想到有人劫狱，所以仍在继续吃饭。接着，监狱的大门口又响起两声枪响，这时他们才开始有了警觉，纷纷放下饭碗，你看我，我看你。惊魂未定的警备队队长吴广成和一个警备队队员探出头来张望，被陶铸和王占春各开一枪打死。

这下子，饭厅里大乱，如火烧蜂窝，想夺门而逃的警备队队员都被雨点般密集的子弹打了回去。他们被这些突如其来的“天兵天将”吓得魂不附体，一个个抱头鼠窜：有的往餐桌下爬，有的往灶台间钻，各自奔命，谁也不敢拿枪出来抵抗。狱中的同志就在这当儿，全都安全地冲出大门。

前后仅用了 10 分钟，武装队就成功地营救出被捕的 40 多位同志，且无一人伤亡。

破狱的枪声停止了，被营救出来的同志三至五人一组，在接应队队员的引导下，迅速向碧山路疏散。陶铸见手下的十个武装队队员也都安全地出来了，而敌警备队还像缩头乌龟躲藏着，便把大手一挥，说：“撤！”

武装队队员立即分散撤离，他们大部分从镇南关回到市区隐蔽起来。有的队员因还负有监护接应船离开的任务，便把枪支埋藏好，又潜回鸿山寺换了服装，装扮成普通游客的模样，若无其事地到南普陀和厦大海滨游玩。

由于这次破狱行动极为迅速，所以没有在川流不息的游客中造成多大的惊动。狱中的同志跑出来以后，在接应队和王德带领的“游客”的协助下，全部登上了停泊在堤岸的两艘木帆船。帆船顺着开始退落的潮水，神不知鬼不觉地急速驶离了厦门岛，按预定计划向同安方向开去。

敌人在武装队撤离现场半个小时之后，才得到出事消息的准确报告。敌警备司令部大为惊慌，急忙打电话通知海军司令部、侦探队、保安队和其他军警机关，同时宣布在全岛紧急戒严：海军出动舰艇封锁了港口和海面；切断了市区所有的交通要道，严格盘查过往的行人，拦截、缉捕破狱人员和逃犯。

然而，因为是星期天，敌人的动作又慢了一些，等敌特军警全部布置到位，参加破狱行动的同志都已回到家中休息了。护送难友的两艘木帆船也早已驶过了鼓浪屿，向东转，再经过鼓浪屿和嵩屿之间的海面，穿过高（崎）集（美）海峡，开往同安。

厦门破狱斗争的胜利，给国民党当局以沉重打击。国民党中央组织部部长陈果夫致信国民政府行政院和福建省政府主席杨树庄，对厦门军警当局大加训斥。

第二天，厦门几家报纸都在头版用大字标题刊发了消息，国内外多家报纸争相转载。这可气坏了蒋介石，勒令福建省严加追查被劫走的共产党员，势必将他们全部缉回。

破狱斗争胜利后，几个已经暴露的同志先行撤退，叶飞被组织安排代理共青团福建省委书记。但不久，他与两名助手陷入了险境。

一天晚上，叶飞与陈之枢、陈举三人刚回到住处，早在四下埋伏好的七八个警察就横冲直撞地冲进来。

两个警官模样的人声色俱厉地问："你们是干什么的？"

叶飞他们三人都装作惊慌失措的样子："长官，我，我们是学生，是在厦门上学的学生！"

"混账！你们是共产党！"

"冤枉啊，长官，我们真的是学生。倘若不信，你可以去我们的学校核实。"叶飞很"无辜"地辩解。

"学生？怎么会住在这里？"警官环顾四周，摆头示意手下翻箱倒柜地搜查。

"这是我家亲属的房子，刚刚答应借给我们住的。"按照事先准备的理由，陈之枢说。

房间被翻了个底朝天，警察纷纷过来向长官摇了摇头，连邻近的几家一起搜了个遍，却什么也没搜到。

要抓的人不在，要找的证据没有，他们无计可施，便把叶飞、陈之枢、陈举三人作为"嫌疑犯"抓去交差。

此后，先是在厦门警备司令部军法处，而后又到当地法院，进行了长达半年的审讯，反动法庭却找不到三人任何犯罪证据，最后只得按"危害民国罪"中最轻的一条，即"共产党嫌疑犯"的罪名，判处他们三人有期徒刑一年。

由于劫狱事件的发生，国民党厦门当局对"共产党嫌疑犯"特别戒备。叶飞他们虽是被判有期徒刑，但被关押在死囚牢中。只有16岁的叶飞在感到压抑、苦恼的同时，不敢忘记自己代理团省委书记的职责，一边鼓励陈之枢和陈举，一边向狱友们打探小道消息。

阴湿的石板地铺，霉烂的一日三餐，令陈举患上了肺结核，病情一日比一日重。

那天，陈举又是整夜未眠。第二天他眼窝凹陷，气若游丝，绝望地跟叶飞说："看样子，恐怕，我，我是等不到，出狱了……"

叶飞抱着他，心里无比难过，鼓励他说：“陈举，你别这样说，要坚持住，肯定会有办法的，只要能联系上组织，他们就会营救我们！”

“可是，我们是被秘密逮捕的，就连反动法庭的审讯也是秘密进行的，怎样才能联系上组织呢？”陈之枢愁眉不展。

“我来想办法，我想想办法……”叶飞不知是安慰他俩还是安慰自己。

当晚，叶飞坐在陈举身边，看着他艰难地入睡，心潮澎湃。

他从贴身的口袋里掏出一枚钻石戒指，借着牢房天窗透进来的一丝微弱的月光仔细端详。这是母亲戴过的，也是他跟父亲叶荪卫回国时唯一带在身上的物件。戒指上仿佛还有母亲的气息。他反复摩挲着，思考着，直到天明。

长期同处于一间牢房，善做思想工作的叶飞陆续交了几个朋友。得知有个狱友的亲属会来探视，他一早就把一封信和这枚钻石戒指给了狱友，拜托他的亲属帮忙寄出。

信上，他只写了寥寥数字：“留学归国，被误作政治犯，现关押在厦门监狱，亨儿求救！”

求助于远在海外的父母，叶飞是经过深思熟虑的：一来，正值特殊时期，他不能冒着巨大的风险直接联系地下组织，万一暴露，连累组织被当局顺藤摸瓜，一网打尽；二来，他知道哥哥叶启存已经回到菲律宾，得知他出事，父母一定会想办法筹钱让哥哥来营救。

收到叶飞来信，叶启存火速归国，抵达厦门当天就赶往监狱探视叶飞。见到关押了半年的弟弟衣衫褴褛，头发脏乱，面黄肌瘦，叶启存不禁心疼得流下眼泪。

“弟弟，哥哥这就想办法救你出去！”叶启存恨不得马上救出弟弟，他隔着铁门跟叶飞说，“我收到信就往回赶。爹爹说，我们两兄弟是在菲律宾出生的，就是菲律宾国籍，按照菲律宾的法律，可以通过领事馆把你引渡回去。所以，我临走时把你的出生证明都带来了。”

听说自己可以引渡出狱，叶飞当然很高兴，但他沉思了一下，又摇了摇

头，说：“不行，不能引渡。如果我真的回到菲律宾，再想回来就难了。”

“哎呀，都什么时候了，你还想着回来！还是先想想怎么出来吧！”叶启存急了。

“哥，你是知道我身份的。这个时候，我不能走。再说，我出去了，陈之枢、陈举怎么办？我不能把他们扔在这儿自己出去。”叶飞小声说。

叶启存一听，也没了主意。

“这样，哥，你想法子给我们弄些吃的。陈举病得很重，需要补充营养。如果能弄点药品就更好了。”叶飞思路明晰，一件件交代着，“最重要的是，你要帮我找到组织，我需要知道外面的形势，不然我出去了也没办法开展工作。”

就这样，叶启存留在厦门，做叶飞和地下组织的联络员。

叶苏卫会定期寄一些钱给叶飞作生活费，这让叶飞在狱中的生活有了明显改善，还可以偶尔打点一下狱警和狱友。叶启存也会定期探视叶飞。每次探视，他都会用近期的报纸重重包裹食品和生活用品，为的是让叶飞多了解国内外的政治形势。有时候，他还会在面包中间挖个小洞，塞进去一个小纸包，里面是从黑市换来的极其珍贵的消炎药粉。

可是，这一切都没能够改变陈举的病情。刑满前几天，16 岁的陈举病死狱中。那几天厦门一直在下雨，仿佛在无声哀悼。这个忠诚的热血青年，最终还是没能看到新中国的太阳。

第十一章 战斗

1932年2月，东北全境沦陷。此后，日本在中国东北建立了伪满洲国傀儡政权，开始了对东北人民长达14年之久的奴役和殖民统治，东北3000多万同胞从此饱受亡国奴之苦。

覆巢之下，焉有完卵？李秀若想起了那段异国他乡的日子，环顾四周，整个校园笼罩在亡国的阴影下，心中充满恐惧和愤怒。

无独有偶。同样巾帼不让须眉、饱含家国情怀的女孩，不止李秀若一个，还有陈铮之女陈淑媛，也就是后来的莫耶。

陈淑媛算得上是出身豪门——在旅缅华侨祖父陈纲尚建造的著名的“逸楼”降生；在给了她缅甸血统的祖母马尔树的呵护下成长。因为她是家中第一个女孩，所以备受父亲陈铮和几个哥哥的宠爱。

陈淑媛沐浴着“五四运动”的新风长大，投身行伍的父亲陈铮影响她很多。从小，她就养成了特立独行、天不怕地不怕的性情。保姆常常要进山到处找她，而她多半是在山溪里洗澡。她跟男孩子一起进父亲办的

私塾学习，并且强烈抗议缠足。

这些叛逆的行为在当时充满封建习俗的山乡里，是要被人诟病的。但陈淑媛就是要按自己的想法行事，她有祖母撑腰，有哥哥们宠溺，怕什么！

何况，她也不是单靠着大小姐的脾气才有恃无恐的。书香之家的耳濡目染、言传身教，塑造了陈淑媛活泼开朗的性格，也造就了她满腹的诗书才华。她八岁便能默写《道德经》全文，十岁便可吟诗作对、出口成章，是十里八乡公认的才女。

李秀若从集美学校毕业、到杭州女中读书的时候，陈淑媛随父亲陈铮移居鼓浪屿，就读于慈勤女中。

那时，曾任驻闽海军陆战队团长的陈铮已经离开军旅。他带着自己的两房姨太太和全家老老少少搬到鼓浪屿，开了个茶庄，却唯独遗弃了自己的原配妻子，也就是陈淑媛的生母黄全，在老家安溪，这让陈淑媛尤为不满。随着年龄的增长，混乱的时局与父亲所代表的封建伦理核心之一——“父权”，成为陈淑媛思考和反抗的对象。

14 岁的陈淑媛无法把胸中积怨直接抒发出来，于是她就学着写章回体小说，把父亲和姨太太们当成反面人物写进文章，一吐为快。

谁想到，这件事情被二姨太发现了。

那天，陈铮刚回到家，二姨太就偷偷摸摸把陈铮拉进房中，拿出一沓厚厚的稿子给他看。看完之后，陈铮暴跳如雷，冲进客厅扇了陈淑媛两个耳光，在场所有人都惊呆了。

“你疯啦？干吗打孩子！从小到大都没人敢动囡囡一个手指头，你再敢打她，我就打你！”祖母马尔树赶紧跑来，一把将陈淑媛拉到身后。

“娘，你不知道她做了什么！她，她，她写文章骂我！”

“写文章骂你？怎么可能？她写什么骂你了？”

陈铮把一沓手稿甩在陈淑媛脸上，余怒未消：“是我把你惯坏了，惯成了一个白眼狼，没良心的东西！马上收拾东西，滚回老家，陪你母亲去吧！”

陈淑媛捂着脸，一滴眼泪也没掉，倔强地瞪着陈铮。

马尔树赶紧把她拉走，等回到房间细细看完手稿，咯咯笑道：“囡囡，真有你的！把你阿爹写成这个样子，难怪他会这么生气！”

陈淑媛知道祖母一定会站在她这一边，见祖母笑了，她也忘了满腹委屈，祖孙俩笑成一团。

马尔树象征性地数落陈淑媛两句，再骂陈铮两句，这事儿也就过去了。

慈勤女中的前身是厦门女子师范学校，林巧稚、周淑安等名人就是从这所学校走出来的。1929年，学校因经费拮据面临停办，爱国华侨企业家黄奕住先生接办此校，为纪念其母，将学校改名为“慈勤女子中学”。

慈勤女中是一所新式的进步学校。在这里，陈淑媛阅读了国文老师陈海天推荐的大量文学作品，如苏联小说《铁流》、丁玲的《在黑暗中》、冰心的《寄小读者》、谢冰莹的《从军日记》，等等。

大量阅读国内外进步著作，在尚且年幼的陈淑媛心里种下了向往革命与光明的种子。很快，陈淑媛已不满足于如饥似渴地阅读，开始将自己的所思所想诉诸笔端。

一日在国文课上，陈海天正在讲解文天祥的诗作《过零丁洋》。

同学们踊跃发言，讨论着何为人生，人生的意义又是什么。

陈淑媛静静坐着，一言不发，和平时判若两人。陈海天颇感奇怪，但也没点破，任她在角落里发呆。第二天，他收到了一篇散文，题为《人生》，作者正是陈淑媛。

我想：人们为什么要活在世上呢？当然不是为着穿衣而活的，也不是静悄悄地生出来，然后静悄悄地死回去，无声无闻地过了一世，这样未免太无聊了。俗语云：“人死留名，虎死留皮。”这句话或者可当作金科玉律看待。我们既然活在中国，就是中国国民的一分子，当然要尽国

民的天职。现在国家正在衰弱的时候，我们更须尽我们的责任，为国家效力。那，我们当在求学的时代，切不可用父兄的金钱，来学校里花花玩玩过日子；必定要求有高深的学问，将来贡献给国家，轰轰烈烈地来干一场伟大的事业，把名留在世上，才不算空活一世。

陈海天看后很是感动，也很惊诧，一位十四五岁的女生竟然对人生会有如此深刻的思考。文章语言朴素而真实，浅淡中透出浓烈，没有“为赋新词强说愁”的无病呻吟。当陈海天拿出来与同学们分享时，同学们都若有所思，继而拍手称好。

陈海天开始关注这个思想进步、文笔流畅的女生，并推荐陈淑媛的习作《我的故乡》发表在《厦门日报》上。

此后，陈淑媛的写作热情大增。她接连写了多篇文章，并投稿给各进步刊物，如《女子月刊》等，作品也多被采用。

厦门车站人来人往，叶飞穿着一身破烂的衣裳，头戴一顶破毡帽，斜挎一只破布袋，活脱脱一个报童的形象。

他走到车站挂钟正下方一个衣着考究的中年男人面前，扬了扬手里的报纸，说：“先生，买一份 1921 年的报纸吗？”

男人摘下墨镜，问：“几月几日的？有红色印章吗？”

“7 月 23 日的，整版红色！”接头暗号对上了，叶飞接着说，“我是叶飞。”

男人压低帽檐，说了句：“此去闽东，可能一去不返。”

叶飞洒脱一笑：“那便一去不返！醉卧沙场君莫笑，古来征战几人回？”

“请随我来。”

短短一分钟后，叶飞与神秘革命党人离开。

出狱后的叶飞正式加入共产党，但他已不便在厦门开展工作，组织决定让他以特派员的身份到闽东地区开展农民运动，尽快组织游击队。

此后，叶飞便走上了崭新的革命道路……

1933年10月14日，《蓝天》杂志上发表了一首诗歌，引起了进步青年们热烈的讨论——

无声的期望

风！疯在地，吹得人睁不开眼；
天！苦着脸，蕴藏着无声的期望；
宇宙凄惨地在冷颤！
在吼的雷声，是壮烈的号音；
闪烁的电光，是紧张的火讯，
报道大难将要到临。
这许是宇宙悲惨的命运，
也许是大自然所造成。
这灰色的宇宙呀，
将要经过一番洗刷，一番重整。
雾般的雨丝，飞飘得满天。
顷刻间，石子般的雨点，把整个宇宙打遍。
宇宙的哀呼，振动了人们的心弦；
粗大的雨点，仍任情地肆虐凶暴的威权。
路！咽吞着泪水，
树！哭得眼泪淋漓，
屋！干抽着气，
万物在呜咽，宇宙在啜泣。

这是15岁的陈淑媛所作。

诗中以“灰色的宇宙”隐喻当时的祖国“将要经过一番洗礼，一番整

顿”；以“粗大的雨点”比喻各种反动势力“肆虐凶暴”；“万物”为祖国河山与人民。

这首诗发表之后，陈淑媛去图书馆时，遇到了陈海天老师。

陈海天将陈淑媛叫到僻静的读书角，压低声音但难掩兴奋地对她说：“陈淑媛同学，加入我们吧！”

陈淑媛有点莫名其妙：“陈老师，加入什么啊？”

“你很有写作天赋，思想也十分进步，共产党需要你这样的人才！”

“陈老师，您是共产党员？”陈淑媛虽然很激动，但是并不感到意外。

陈海天没有隐瞒，点点头说：“是的！我是一名中共地下党员。我跟上级组织推荐过你，组织也看过你发表在《女子月刊》的很多文章，觉得你是我党可以重点培养的对象。如今，军阀混战，社会不公，我们正需要你这样的有志青年，像鲁迅先生一样，以文学的力量来唤醒民众，唤醒全国人民爱国的自信心！”

陈淑媛听完陈海天的话，胸膛里像是有一团火焰在燃烧。这正是她想要达到的人生理想啊！以笔为利器，为枪炮，向一切反动分子和列强宣战！

陈淑媛没有回答陈海天，但是她眼中燃烧的火苗，已经给了他肯定的答案。

那天放学回家的路上，陈淑媛的脚步变得从未有过的轻快，仿佛自己已经奔走在光明的康庄大道上，鼓浪屿的石板路与深巷都变得宽阔起来。

刚进家门，陈淑媛就听到客厅里传来父亲朗朗的笑声。正想回房，便听陈铮喊她：“淑媛，快过来，见过陈爷爷。”

陈淑媛一脸不情愿地蹭到父亲面前，心里想：“哪个陈爷爷？莫不是又来了哪个军阀官员？”

但陈淑媛的不快随即被父亲接下来的介绍一扫而光。陈铮说：“淑媛，这是大名鼎鼎的陈嘉庚先生。按辈分算，你应该称他‘陈爷爷’。”

陈嘉庚？！陈淑媛惊呆了。这就是厦门大学的校主、集美学村的创始人、著名的爱国侨领陈嘉庚?!

见陈淑媛呆愣在那里不说话，陈铮嗔怒道："淑媛，怎么如此不懂礼数!"

陈淑媛还没说话，陈嘉庚倒先笑了："唉，这一晃十几年，当年的小囡囡已经长成大姑娘，我这个爷爷也老咯!"

半晌，陈淑媛才回过神来，她有太多的话想跟这个陈爷爷说，却一时不知从哪里说起，只冒出了一句："陈爷爷，您以前……见过我?"

"呵呵，是啊。集美大学奠基前，你父亲可是抱着你来见过我的!只是，那时候你才两三岁，不记事咧。"

眼前的陈嘉庚和蔼可亲，没半点架子，像从小就生活在一起的祖父一样，甚至，陈淑媛觉得他比自己的祖父陈纲尚还要亲切些。

当年，陈嘉庚为了平抑集美学村内部纷扰，应校长之请求回国。回国后，经陈伯介绍，陈嘉庚与陈铮结识。两人的情谊一直维持。此次回厦拜访慈勤女中校长黄奕住，陈嘉庚便顺道来看望老友陈铮。

那晚，陈淑媛也不急着回房，坐在一旁听陈嘉庚与父亲谈办学建校，谈华侨呼声，谈经济危机，谈民族文化……但是，他们一个字都没有谈政治，谈党派，谈革命。

不知什么时候，陈淑媛沉沉地睡了过去，第二天清早醒来，已在自己的闺房睡榻上。

她赶紧奔跑到正房，可陈嘉庚已经走了。她恍惚觉得，前夜陈嘉庚的来访，像是一场梦……

从集美中学毕业后，为了追寻在杭州西子湖畔长眠的岳飞和秋瑾，李秀若说服她最要好的朋友刘銮英一起就读杭州女中。

可是，天不遂人愿。"九一八"事变发生后，风起云涌，时局愈发动荡不安。而此时的杭州，这个静若处子的城市，真的平静得无声无息，就像一切风云都与它无关。这与李秀若幻想中的大相径庭。没有人去修补岳

王庙，更没有人去祭奠秋瑾。两位豪杰的豪气，在这座城市里找不到任何一点儿痕迹。

钱王登假仍如在，伍相随波不可寻。
平楚日和憎健翮，小山香满蔽高岑。
坟坛冷落将军岳，梅鹤凄凉处士林。
何似举家游旷远，风波浩荡足行吟。

一日，直率的李秀若把这首诗拿给国文老师看，因为里面那句“坟坛冷落将军岳”让她心生凄凉。她想向老师求得一个答案。

没想到，老师叹了口气对她说：“这是鲁迅先生写给郁达夫的诗，意思就是，你们不必迁移到杭州这地方来了……”

老师的话，鲁迅的诗，让李秀若想到了《题临安邸》。

是啊，她因杭州城里的两个爱国英雄而来，却忘了这也是个“暖风熏得游人醉，只把杭州作汴州”的城市。她更害怕有一天，这里成了那个“商女不知亡国恨，隔江犹唱后庭花”的地方！

杭州城里有岳飞和秋瑾，但他们早已长眠地下，不会再回来指引她、领导她一起战斗。而地面上正在活着的人，却少了他们身上的气节和风骨。

李秀若决定离开。

从小到大，她都是一个拥有自由思想和行动力的女孩子。

“我们转学吧！转到上海。放假就走。”李秀若把一张过期的《申报》递到挚友刘鎏英手里，强烈提议道。

“刚来杭州才半年，又要转学？”刘鎏英觉得李秀若的意见太意外了。她接过《申报》一看，报上刊有广告：上海爱国女子中学不日开学。此校系蔡元培先生创办，诚招各地爱国青年入此就读。

刘鎏英还是觉得李秀若有些草率，劝道：“我们好不容易说服家里来杭州，这刚安定下来又要转学，会不会影响学业啊？”

李秀若激动地说：“你知道吗？秋瑾也曾在爱国女中与革命者蔡元培先

生共谋革命大事，那里必有我们施展之处。国势如此，我们还有什么理由只埋头于个人的学业？没有国，哪里会有家？”

李秀若是个有主见的人，平日里，刘銮英一直追随着她。这次虽有些犹豫，但最终，刘銮英还是同意了李秀若的提议。

离杭转沪之前，她们对秋瑾仍是不舍，特地各定制了一套“秋瑾装”：灰麻卡其布的料子，齐到底的长袖长袍，鞋子为男式方头皮鞋。穿着这样的服装，她们大摇大摆地走进上海小姐们的视野。

在别人眼里，上海是远东第一城，充满了时尚气息——留声机里的老唱片，飘着《夜上海》悠扬的曲调；弄堂雨巷、石库门，十里洋场，车水马龙……

而在李秀若的眼中，它却是这样的：租界里十六铺码头、苏州河沿岸的劳工聚集地里都是那些穿着破衣烂衫、扛着沉重的大木箱直不起腰来的、面黄肌瘦的码头工人；贫民住在简陋、拥挤的棚屋里；那些黄包车脚夫穿梭在灯红酒绿的富豪区……

人们只看到上海的浮华，却视而不见阴影中无尽的血腥。那些受了日本兵欺侮和奴役的同胞们呆滞的脸上没有愤怒、没有忧伤、没有痛苦。

李秀若心中有太多的愤慨：为什么他们总是为偶然间到手的微小利益而欢欣，而无视底线？生存无底线，懦弱人格也无底线。贫穷夺去了同胞们的文化权，也就夺走了他们的思考权……这，不正是我们被人说成“劣等民族”而遭受外国人欺侮的根源吗？

她的所见所闻让她想起校主陈嘉庚的思想：“国家之富强，全在于国民；国民之发展，全在于教育”“夫教育为立国之本，兴学乃国民天职”。

1933 年底，被蒋介石调离抗日前线、主持闽政的十九路军发动了“福建事变”。陈铮东山再起，再度从戎。在南京的蒋介石亲自任命他为福建讨逆民军第三路副司令。因有救命之恩在前，陈铮成了蒋介石的死从。

“福建事变”之后不久，陈海天组织陈淑媛和几位同学创办《火星》杂志，创刊号的社论题目是《打倒南京政府，工农团结起来》。杂志还刊登了陈淑媛以车夫苦难生活为题材的小说《黄包车夫》。小说一经推出，便引起了巨大的反响。

正当《火星》出版并在厦门鼓浪屿的书店公开发行时，“福建事变”被蒋介石政府扑灭了。国民党特务四处抓人，没收并烧毁《火星》杂志。为了保护学生，陈海天临时解散了这个出版小组，再三叮嘱大家注意安全。

但是，因为不舍，陈淑媛偷偷在自己的闺房藏了一部分《火星》杂志。

也正是这些杂志，成了日后她与这个豪门彻底断绝往来的导火索。

鼓浪屿陈铮府后院，一堆书卷和稿件正在燃烧，火苗吞噬着稿纸上的每一个字，直至整页纸化为灰烬。其中，有陈淑媛的《黄包车夫》手稿，也有她的日记，当然最重要的是那些她藏在衣柜里的《火星》杂志。

陈铮沉着的脸比乌云还黑。陈淑媛站在火堆旁，看着那些灰飞烟灭的纸张不断流泪。马尔树想护着孙女，但此时看到陈铮的脸色，也心存顾忌。

陈铮指着火堆里的杂志，大为发火：“我是要你去读书，不是要你闹革命！现在外面有多少人在抓作者，你知不知道？”

陈淑媛倔强地不说话。

她越不言语，陈铮越来气：“你天天不务正业、不学无术，跟着共产党人屁颠屁颠儿地搞宣传、办杂志，你以为我不知道啊？现在都什么时候了？你一个黄毛丫头懂什么革命？革命是要死人的，你知不知道？！”

眼见陈铮的手指都要戳到她的鼻子上来了，陈淑媛猛地抬头看向父亲，义正词严地反驳道：“陈嘉庚兴建校舍，追求教育兴国，不就是希望我们这些学子爱国、救国吗？庄希泉被捕入狱，不也是要我们为民族大义做出牺牲吗？我所读的学校，是爱国华侨黄奕住建的。我沐浴着‘五四’的新风成长，我写诗、写文挑战旧观念，我向往革命与光明的种子，我向欺压穷苦人民的旧社会提出控诉……我没有错！错的是那些胆小怕事、欺软怕硬的人！”

听了这话，陈铮暴跳如雷：“你少在这里指桑骂槐！谁胆小怕事？谁又欺软怕硬了？那你跟我说，是谁把你养大的？是谁供你读书的？”

一旁的马尔树着急得不得了，害怕陈铮又要上巴掌，急忙劝说：“好啦好啦！她还是个孩子，不至于像你说的那么严重！”

“娘啊，你是不知道这事儿的轻重啊！如果让当局知道咱家出了这些反动刊物，到时候死的就是我们全家啊！你想让我们全家陪着她去死吗？”

陈淑媛的倔强是打小就养成的，听陈铮这样说，干脆豁出去了！她向前一步，冷冷地对陈铮说：“爹，以前的您不是这样的。您成立民团讨伐逆贼，为官一方开办学堂，广交仁人志士，帮助穷苦百姓。曾经的您是爱国的。但现在您变了，变得不再是我小时候认识的爹爹。我不会连累你们，我走！”

马尔树惊慌失措，赶紧过来捂陈淑媛的嘴：“哎呀，囡囡使不得！不许说这大逆不道的话！”

陈铮听她说完，心里一阵难过，嘴上却强硬地说道：“我看你是好日子过腻歪了！你要离开这个家，可以！就当我陈铮没生过你这个女儿！但是，我不想让你出去惹事端，让全家跟着你陪葬！现在你哪儿都别想去！等风头过了，我不留你！”

说完，他吩咐下人把陈淑媛紧锁房中，没有他的指令，谁也不许靠近房门半步。

陈淑媛在房中度日如年地过了好些天，终于趁陈铮外出之机，被马尔树悄悄放了出来，藏在亲友家。

陈淑媛托人给安溪的母亲黄全捎了信，请母亲来厦门见上一面。

黄全急忙赶来，急切地问：“你要去哪里？”

陈淑媛一边整理衣物一边说：“我要去上海，追寻革命与光明的种子！我的文章常在《女子月刊》发表，我在那里有革命友人。”

“我不懂什么是革命，但希望像你爹爹之前说的，国家能太平，老百姓能过上好日子，那样就好了！”黄全说。

“会的！娘，只要我们坚持寻找光明，太平的日子就不会太远。”父亲的专制和《火星》遭受的厄运激起了她反抗黑暗现实的激愤之情，她要坚持做自己，做正确的选择。

黄全见她去意已决，深明大义地说：“国破家亡，这道理我还是懂的。国不在了，要家何用？你要去，便去吧。”说完，她拿出了自己积攒已久的18个银圆——这是她全部的积蓄，交到了陈淑媛的手中。

大哥陈文章为陈淑媛联系好了商船，连夜护送她到码头，前往上海避难。

从此，陈淑媛走上了独立自主的道路。

来到上海后，陈淑媛化名“白冰”，在《女子月刊》杂志社当校对和编辑。起初，她主要协助黄心勉工作，而后黄心勉因“身体不健”，遂将杂志交由她来任主编。

一日，编辑部收到一篇小说，故事情节曲折，但缺少文采，在遣词造句方面有所不足。编辑拿不定主意，便来问她：“主编，您看这篇稿子写得怎么样？”

白冰回答道：“只要是传递革命、爱国思想的稿子，就是好稿子。若是金玉其外，败絮其中，要它何用？”

编辑点点头，继续校对。

“我觉得这篇稿子是写爱国华侨庄希泉的。听说，庄希泉在日本人的监视下跳船逃跑，回到了祖国。”

“是啊，还有人说，他妻子得了怪病，生命垂危，现在就在上海治病呢。”

白冰没说话，拿起稿子，细细读来——

他又被关进了那间曾经拘禁他的地下室。九年前，他被拘押于此，没想到今天又来了，真是“故地重游”。

中国的出路在哪里？他曾经把希望寄托在国民党身上，但蒋公一叛变，

全国一片白色恐怖。表面上，蒋姓政府好像一个主权独立国家，却连本国的公民也保护不了。对外丧权辱国、卖国求荣，对内打击异己、恐怖专制，这是怎样的一个政府和国家？

他苦苦思索，一宿未眠。次日，几个日本人前来提审，要给他治罪。但他们绞尽脑汁，终究找不出拘捕的理由来。他的朋友们设法在外积极营救，地方各界的呼吁日甚一日。为免滋生事端，十七天后，日本领事馆只好释放他，但威胁他，要他尽早离开此地……

通篇用了“他”，连一个替代的名字都不愿意用，是尊重，更是敬佩。“他”，应该就是庄希泉先生。

夜色已晚，白冰锁上杂志社的门，楼道一片漆黑。她抱着《女子月刊》杂志，走在上海街头，经过上海红十字医院。

庄希泉从车上下来，匆匆走向医院，与白冰擦肩而过。

第十二章　爱情

“庄先生，很遗憾，经过专家会诊，我们已经确定，庄夫人患的是急性上升性脊髓炎。目前，在国内还没有任何治疗方法……”当这些话从上海红十字医院主任医师吴旭丹的嘴里艰难地说出来时，庄希泉的心情瞬间跌到谷底。

上个月的一个深夜，刚从菲律宾回国的余佩皋突然病倒在苏州。起先，她感觉双腿发麻，以为是路途疲劳所致。谁想过了几天，两条腿竟然完全失去了知觉！

她在苏州医院住了十几天，却没检查出任何病因，也没办法进行治疗。而这种麻痹扩散的速度特别快，不到半个月的工夫，已经蔓延至腹部、胸部，最后全身都没有知觉。庄希泉赶紧与余佩皋的胞弟余寿浩连夜将她送来上海诊治。一路上，余佩皋基本处于昏迷状态。

吴旭丹主任为余佩皋做了初步检查，认为事态严重，马上找来奥地利神经疾病专家共同会诊。但是，余佩皋的病情已无可逆转。余寿浩带着哭腔问医生：“为什么？我姐姐为什么会得这种怪病？”

吴旭丹紧锁眉头，说：“实在抱歉，以目前国内的医疗水平，我们连病因都无法查明。而且，这种病在国内还属首例，所以……”

当年，庄希泉摆脱日本人监视跳船登陆上海，并以“庄一中”之名登报声明对日本帝国主义的反抗。不久，他便取道长江，经武汉辗转至福州，与已是共产党员的妻子余佩皋会合重逢。

其时，正值第一次大革命末期，蒋介石开始举起屠刀挥向共产党和民主进步人士，福建的白色恐怖气氛更是浓厚。

庄希泉夫妇刚久别重逢，厦南女中的教师林云影就连夜到访。那时他才知道，林云影早已加入了共产党。

林云影带来一封信，确切地说，是一张字条。字条上写着“防蒋叛变”，落款是“周恩来”。

从加入同盟会到兴办女校，从逃回祖国再到“庄一中”痛骂日本人，庄希泉一路都高举爱国大旗奋勇向前。因此，他早就受到周恩来等共产党高层的关注。

果然，不久后福州爆发了国民党右派反革命事件，大举清杀共产党人。作为民主进步人士的庄希泉与大搞妇女运动的共产党员余佩皋，早就成了国民党右派的重点清理目标之一。因为周恩来的字条送得非常及时，庄希泉夫妇才有幸脱险。但是，余佩皋却成了反动派的通缉犯。

医院的走廊里，庄希泉隔着病房门上的玻璃窗，久久注视着余佩皋，这个与他相依相伴、出生入死的女人。

16 年前两人相见的情景恍如昨日，那个飒爽而不失娇柔的女子，像阳光一样照亮了他的生命。如今，她却躺在病床上奄奄一息。

大革命失败之后，两人流亡菲律宾，和爱国华侨王雨亭在马尼拉创办了《前驱日报》。余佩皋继续奔走于马尼拉、厦门、上海等地，在中国共产党领导下坚持秘密革命活动，兴办教育。在所有人眼里，余佩皋都是女性运动和革命的先驱，但只有庄希泉知道，在她坚强的外表之下藏

着一颗柔软的心。午夜梦回，她叫着儿子的名字哭醒，然后在庄希泉的安抚下啜泣着再入睡。

如果不是有超乎寻常的坚定的信念，有哪个女人能够舍弃孩子，跟随着丈夫坚持革命？

庄希泉控制不住自己，眼泪一串一串地往下掉，像新加坡夏季的滂沱大雨……

不知哭了多久，他看到病房里的余寿浩突然站起身来按铃。庄希泉赶紧抹去满脸的泪水，开门奔向病床。

余佩皋醒了！

她艰难地睁开眼，转动着眼睛，四下寻找。庄希泉赶紧握紧她的手，虽然她并不能感受到。

“佩皋，我在这里，我在这里。”说着，庄希泉用手抚摸着她的脸颊。可能，这是她全身唯一能够感知的部位了。

余佩皋呼吸沉重，声音微弱，说：“希泉，我，我要走了……不能陪你……闹革命，也……不能陪……儿子……”

“佩皋，别，你别说这样的话！”庄希泉刚擦干的脸上又瞬间涌满了泪水。

余佩皋微微转头，用眼神看向余寿浩。

“等我走了，你，你们……把我的遗体献给医院……做研究，造福祖国……和人民。你自己也要继续爱国、救国，不，不要放弃！”

说完这些话，余佩皋仿佛耗尽了全身的力气。她用无尽留恋的眼神看着庄希泉，这个在自己短暂的一生里，给了自己无尽动力和精神支柱的男人。

1934年9月12日，余佩皋溘然长逝。

上海、厦门、新加坡等地都举行了隆重的追悼大会，厦南女中降半旗以示哀悼。

追悼会结束后，庄希泉、余寿浩等遵照余佩皋遗愿，将其遗体捐献给上海红十字医院。这在当时，实为惊人之举。

为排遣中年丧妻之痛，庄希泉接受了王雨亭的邀请，赴菲律宾继续办《前驱日报》。此外，他还兼营进步电影，宣传民主抗战，反对卖国投降。当时，菲律宾虽然成立了共和政府，但事实上仍处于美国统治之下，是个有名无实的“独立”国家。与此同时，占领中国东三省的日本正以狼子野心不断扩大对华侵略，而蒋介石坚持不抵抗政策，继续“剿共”。

余佩皋的好友周芜君迁至上海，一边继续办学，一边抚养庄希泉夫妇的孩子庄炎林。周芜君将庄炎林视如己出，终身未嫁。

樱花盛开的上海爱国女中，春色烂漫。

校园中，几个女生昂首阔步地走来。

走在前头的正是李秀若：中分的男士短发，配上一张黝黑的麻子脸，汗衫长裤，方头皮鞋。随着她震天的一声“哼呀嗨嗬嗨”，后面几个女生立刻相和“嗨嗬哼”—— 一首聂耳创作的激昂雄壮的《大路歌》，就被她们这么旁若无人地吼了出来。

李秀若出现在上海爱国女中，就像樱花林里突然横空长出了一棵无人修剪的大树，枝干旁逸斜出，恣意生长。

篮球场上，她是三步上篮的队长；图书馆里，她手捧鲁迅、屠格涅夫的图书；国文课上，她的作文常得满分；在激进青年中，她身上自带光环，散发着“进步”的光芒。

李秀若并非以特立独行来标榜自我，而是独特的出身和经历造就了她真诚、无忌的个性。

开学不久，这个与众不同的女生，就以一次学生会干事竞选演讲征服了全校师生。

大部分人的演讲都是老生常谈，跳不开“谨懔师道，尊师守序”和“恪

尽友道，关怀学友”的主题，正当众人听得耳朵生茧、意欲离开的时候，李秀若的演讲如同在平静的大山里扔了一颗炸弹，石破天惊。

李秀若如平日般昂首阔步地走上讲台，一开口便似古钟，振聋发聩：“我提议，我们学生会要把目光放到校园以外，放到上海，放到所有中国人身上！要让我们的每个同胞都不做‘东亚病夫’！如今国难当头，同胞既有参加抗日救亡的义务，也有学习文化和掌握文化的权利。不觉醒的民众，怎么能培养出爱国情怀呢？觉醒了的民众才知道什么是民族气节，才能够成为抗日的力量，才配做国家的主人！”

掌声响起一大片，竞选获得成功，李秀若与贾唯英、方铭均当选为学生会干事。

第二天的作文课上，李秀若由花木兰联想到自己，由古代联想到当前，心之所至，她充满激情地写下《读木兰辞有感》：

木兰替父赴战场，红妆挥戈胜儿郎。

卫国何须分男女，誓以我血荐炎黄。

国文老师李天行阅卷后深受震撼，破例给她打出了105分的高分！

见了批回的作文，李秀若仍觉意犹未尽。激动之余，她又补了两句：

甘愿征战血染衣，不平倭寇誓不休！

已是学生会干事和宣传委员的李秀若自成气场。她坦荡大气，行侠仗义，以她为中心的友党圈子逐渐形成。这个圈子不分地域，不论身份，不计贫富，一派海纳百川、大江大河的气象。

这时，李秀若的养母陈茶在家乡漳州去世了。

李秀若此生无论有何种际遇、成就，皆因当年塔口庵前养母陈茶弯腰拾起装着她的小竹篮。养育之恩还未报，恩人却不待时日。李秀若请假返乡安葬养母。回校时，带着陈茶留给她的一大笔遗产——1200银圆和一包首饰。

李秀若成了一个有钱的侨女。

就在19岁的李秀若在上海爱国女中渐成气候的时候，16岁化名“白冰”的陈淑媛，却在上海邂逅了让她刻骨铭心的初恋——化名“陈仓”的沈醉。

一日，《女子月刊》总编室的门被敲响了，随着白冰一声“请进”，门开处，一个帅气逼人的小伙子站在她面前，手里拿着一本笔记本，颈上挂着一部相机。

白冰的心像被四月的清风抚摸了上千遍，瞬间柔软起来。

“请问，您是白冰主编吗？”来人彬彬有礼。

“你是……”白冰问他的同时，特别想用手按住自己的心跳。

“我叫陈仓，是湖南湘光通讯社驻上海的记者。”

“陈仓。”白冰在心里重复了一遍这个名字。

“抱歉叨扰，我想，能不能让您帮我联系一个作者，叫白冰。我看了她发表在贵刊上的独幕剧集《晚饭之前》，想对她做一个专访。因为没有联系方式，所以……”这个“陈仓”说明了来意。

“呃……我就是白冰。”白冰说。

陈仓的脸上写满了惊讶：“您就是白冰？”

“是的，千真万确。《晚饭之前》的作者白冰就是我。”白冰感觉自己快乐得要笑出声来了。

出众的才华加上四分之一缅甸血统的俊俏容貌，在少女花骨朵儿一般的年龄，16岁的“白冰”与20岁的“陈仓”一见钟情，双双坠入了爱河。

命运，总是那么神奇，让人在感慨的同时又不得不折服，甚至屈服。两颗年轻的心来自殊途，遇见了，停下来，彼此欣赏、欢喜，最终却还是因为各自的选择而不能同归。

这个“陈仓”原名沈醉。虽然隐瞒了自己的真实姓名和身份，但是有一件事他没有说谎：他生于湖南湘潭，因“九一八”事变带头组织上街游行而被学校开除。

复兴社特务处（军统的前身）上海特区区长余乐醒是沈醉的姐夫。为了

谋求出路，沈醉独往上海投奔姐夫。余乐醒利用职务之便，安排沈醉担任交通联络员。

仪表堂堂、机敏过人且身手不凡的沈醉，被复兴社特务处处长戴笠所赏识。很快，沈醉就被提拔，任上海法租界情报组组长。为了掩护自己干特务的秘密身份，沈醉化名“陈仓”，并假借湖南湘光通讯社驻沪办事处的记者身份出现在公众场合。

那天沈醉对白冰的专访比平日里要长出好几倍，更多的话题都在采访之外。他们两人从《晚饭之前》聊到《村落中的铁匠》，从苏联作品《毁灭》聊到丁玲的《在黑暗中》，从剧本聊到诗歌，从李白聊到莫扎特……

也许，人生最大的幸事便是在茫茫人海中遇见如此契合的灵魂。但是，对于同时被丘比特箭射中的两人来说，他们的真实身份并不对等。

《女子月刊》从创刊以来，一直就是进步刊物，上面刊发的文章也以传播进步思想为主，主张妇女解放的倾向愈发明显。所以，这个刊物早就成了沈醉的盯防目标。也就是说，沈醉对白冰是知根知底的，而白冰却根本不知道沈醉的特务身份。

很快地，他们成了上海大剧院的常客。每有新话剧上演，沈醉总能变戏法似的拿出两张贵宾票。南京路上、黄浦江畔常常留下他们相互依偎的身影。

爱情来时，总是不由分说。

只是沈醉，常常在对白冰温存一笑之后，眉宇间露出一丝不易察觉的惆怅。

沉浸在浪漫初恋中的沈醉被召到军统局局长戴笠在上海的府邸。

一进门，沈醉便感到气氛有些压抑。戴笠脸色阴郁，眉头紧锁，想必又有棘手的事情。

桌上放着一个牛皮纸文件袋，戴笠示意沈醉打开，里面是一张白冰的照片，还有一份书面报告。

“我派人调查了这个叫白冰的女孩子。”戴笠开门见山，“你想谈恋爱，可以，但是她不行！”

对于军统的手段和做法，沈醉是再清楚不过的。但是，他还是要为自己的爱情争取：“局长，白冰的家世很清白：华侨世家，地方望族。她出身豪门，母亲本分，父亲还是国民党上将。”

戴笠看了他一眼：“可这女孩子思想激进，与她往来频繁的同事、朋友多为进步分子。她主编的刊物，难道你还不了解吗？”

听戴笠这么说，沈醉内心有点底气不足：“可是，白冰就是一个小女子，而且与我真心相爱，我……我想娶她。”

戴笠一听，态度更加坚决：“不行！和她这种人交交朋友，利用利用她还可以。干我们这行的人，要找上这样的老婆，那以后的麻烦可多了！”

在戴笠眼中，军统成员的家属必须是清白可靠的，否则容易策反军统成员成为对方的卧底。对于沈醉这样的骨干他更应注意。

见沈醉不说话，戴笠舒缓了语气：“沈醉，你知道我一直欣赏你的才干，军统有意培养你并委与重任，你不能陷进儿女情长之中而误了前程！”

此时，不明就里的白冰如常接触左翼作家。除了日常工作之外，她还深入工厂了解女工生活，与导演讨论剧本，积极参加上海进步活动，丝毫没有发现沈醉的心理变化。

一日，她刚看完《狼山喋血记》，兴奋地跑来想跟沈醉讨论剧情，却发现沈醉的母亲从湘潭来了上海。

白冰本就是个拥有自由灵魂和思想的人，她丝毫没有慌乱失措，而是大大方方地上前与“准婆婆”打招呼，随后便开始与沈醉谈起《狼山喋血记》。

那天白冰走后，沈醉的母亲便严厉地对沈醉发出了警告：“女孩子家，就应该恪守妇道，三从四德。可是，你看看她那身打扮，洋里洋气的，大热天还戴双白手套，笑起来也没遮没拦的，哪像个姑娘家？”觉得不解恨，她又加了一句：“你要是娶了她，我就永不进你的家门！”

工作和家庭对恋情的极力反对，让沈醉心力交瘁。他找了个借口说要去外省执行任务，单纯的白冰并没有怀疑。暂时的分开让彼此的感情有了一个缓冲期。

沈醉不在的日子，白冰开始更多地往上海四马路的杂志社跑。那里有许多市面上很少见到的国外名著，也有很多藏在“地下”的进步期刊。

那天下午，白冰全神贯注地在整齐的书架上找书，终于找到了她想要的原著小说《夏伯阳》。她的手刚探过去，书却在瞬间被另一只手抽走。

诧异之余，白冰转头一看，一个留着中分短发的女子便是这只手的主人。

此人正是李秀若。

“你也想要这本书？”不同于外表的男性形象，李秀若的声音很轻柔，“那我让给你吧！”

“哦，不，不。嗯……我是找了很久。”被她这么一让，白冰有点不好意思了。

“没关系，我已经在学校图书馆看过好几遍了，今天来是想买一本。不过不着急，我可以再等等。”

“那……多不好意思啊。”白冰实在是太想要这本书了，所以也没有太过拒绝，“你读过那么多遍，为什么还要买？”

李秀若大大咧咧地笑道：“因为我喜欢夏伯阳和那个女机枪手啊！”

于是，因为对同一本书的喜爱，白冰和李秀若相识了。

互相得知对方的姓名之后，两个人都吓了一跳。惊诧之余是难以言说的兴奋——

真名陈淑媛的白冰在14岁时就是集美的名人，是集美中学文艺女生的偶像，后来她果敢刚毅地抛下豪门富贵生活，转至上海自食其力，这本身就是一个活脱脱的自由标杆；而李秀若则因上海爱国女中竞选学生会干事的一番激进演讲被广泛传播，让推崇妇女解放的白冰也不禁心生惺惺相惜之情。

两个人同为华侨后代，都在闽南学习、生活过，都热爱文学，而且都崇尚革命。两人相见恨晚，迅速成为志同道合的好姐妹，并相约每周末都来四马路交流读书心得与革命思想。

“一二·九”运动在北平爆发了！

李秀若在领导爱国女中学生游行声援的同时，带着自己的理想和信念，在洪流般的大上海努力辨识前路的风云。

白冰在《女子月刊》接连策划了几场以“辅佐女子教育、促进女子运动”为主题的演讲。

沈醉却在一次秘密抓捕进步人士的行动中，从楼顶意外跌落，身受重伤。

虽然两人已有两三个月未见，但白冰知道沈醉受伤之后，毫不犹豫地选择回到他的身边，无微不至地照料他的生活起居。

看着白冰丝毫没有大小姐的娇气，陀螺一样忙碌地穿梭于杂志社和自己身旁，沈醉下定决心，不再理会母亲和戴笠的反对，和白冰开始了同居生活。

风云动荡的年月，大到一个国家、一个时代，小到一个团体、一个人，命运往往因某件事情而出现转折。这样的转折带有很大的偶然性，但如果把它放到历史纵向深度来看，又带着一定的必然性。

比如李秀若。

她从出生被弃，被领养，出洋他国，再辗转回国，去集美，到杭州，再至上海，人生中的每一步，似乎都充满了传奇色彩。

加入上海抗日救国青年团之后，李秀若作为宣传骨干，参加了一场轰动上海的浩大活动——上海学联组织的全市大中学生暑期环县区抗日宣传团宣传活动。

到了松江县，当局认为抗日演出“有碍邦交”，下令禁止演出。县长甚至下令，将宣传团人员全部押送回上海。争执不下之际，警察朝天开了一枪，群众的呼声停止了，宣传团陷入劣势。

这时，李秀若挣脱警察，冲向舞台，对着麦克风大声开始了即兴演说——

“老乡们！同胞们！政府对外因放任迁就，对内打压说谎，他们的本质是反动的！他们的行动告诉我们，他们不是我们信赖的政府，他们是一种权贵统治者！统治者的利益与人民的利益是相反的，人民群众不能相信统治者那一套！人民群众只有团结起来，走抗日的道路，才是自己的出路！”

群众产生了强烈共鸣，呼声再次高起来，当局陷入被动。最后，李秀若被多名警察押回学校。

因为这件事，李秀若和她的同学贾唯英收到学校的开除警告。

恰在此时，李秀若的小金库被盗了！

养母陈茶留给她的大笔遗产，平日里她用来办平民夜校、接济贫困同学，本已所剩无几。现在，她干脆变得一无所有，重新做回了穷学生。

那晚，同学们相聚校园溪水旁，既是欢迎李秀若归来，也是对她失窃表示安慰。月光皎洁，树影摇曳，一缕伤感袭来，李秀若轻声唱起了集美学校校歌——

闽海之滨，有我集美乡，
山明兮水秀，胜地冠南疆。
天然位置，惟序与黉，
英才乐育，蔚为国光。
全国士聚一堂，师中实小共提倡。
春风吹和煦，桃李尽成行。
树人需百年，美哉教泽长。
“诚毅”二字中心藏，大家勿忘，大家勿忘！

怀旧的伤感，壮志未酬的不甘，一层离别愁绪笼罩过来。

李秀若打破了这种气氛，一跃而起，拍拍裤子上的灰，跟没事儿一样，说：“我想改个名字，不叫‘李秀若’了。‘桃李尽成行’，我不仅要成行，还要成林！以后，我就改叫李林了！”

21岁的李林，从改名开始，仿佛获得了新生。

她找来贾唯英，神秘地说："唯英，跟我一起走！咱们去北平！"

贾唯英已经对李林的任何想法都见怪不怪了："好啊！但是，为什么是北平？"

"你想啊，北平才是'五四运动'和'一二·九运动'的发源地，我们到了那里，才能进行最深刻、最彻底的革命！"

说走就走！

两个来自海滨的女孩，乘船到天津再乘火车，一路北上。她们一路欣赏祖国的大好风光，来到了北平。

金子即便被深埋土里，它的光芒也是遮掩不住的。进入民国学院之后，李林又一次成了万人瞩目的焦点。

一天晚上，校领导吕光找到李林，跟她说了北平学联将于两日后举行万人大游行的消息。

"我们的游行队伍很浩大，所以，需要一面红旗做指引，更需要一名同学做旗手。同学们一致推荐了你。你觉得，你能肩负这项庄严而危险的任务吗？"说这话时的吕光，既像一个慈祥的大姐，又像一位严肃的长辈。

"请组织放心！我保证完成任务！人在旗在！"李林兴奋得两眼放光。

无论是从政治大局，还是从体力、意志等诸多方面考虑，总旗手都应该是一位久经考验的男生。李林能被选中，全凭她骨子里的勇武和忠诚，以及钢铁般的意志。

那一夜，李林与两位游行总指挥伏在一幅北平地图上，研究制定出一整套万人大队的旗语方案。

两日后的早上8时，西四牌楼前。

李林将怀中的红旗迎风展开，插在旗杆上，振臂一挥，隐藏在四面八方的学生分成六路纵队，挽臂前行，势如排山倒海。

震天撼地的口号声响彻古城——

“立即释放上海爱国七领袖！”

“援助上海、青岛的爱国罢工！”

“拥护绥远将士抗击日寇！”

“要求政府出兵收复失地！”

“要求政府与日本绝交！

阻止游行的警察队伍一出现，李林立即摇摆出“化整为零”的旗语，队伍从马路两旁消失了。不一会儿，他们又绕到警察身后继续前行。

几次下来，警长终于发现了这面无标志红旗是号令大旗，奥秘全在这面红旗上。他立刻扑向李林，拼命抢夺红旗。李林舍命护旗，拼死抵抗。警棍猛击在李林头上，鲜血淋漓，洒在她怀中的红旗上。

同学们英勇搏斗，抢回被夺走的旗杆。李林再次把红旗高高举起，示威游行按照原计划进行到底。

血洒红旗的李林因其英勇表现，经受住了党和人民的考验。几日后，光荣加入中国共产党的李林离开了古都北平，进入国民师范军政干部训练委员会受训，同时加入了牺牲救国同盟会。

南行列车在前门火车站拉响汽笛，喷出浓浓的黑烟，“哐当哐当”地带走了李林的学生生涯，将她送向一个更大的政治与军事复合型的舞台。

第十三章　延安颂

一寸河山一寸血。

历史将永远铭记 1937 年 7 月 7 日的那个夜晚——日军炮轰宛平城和卢沟桥，发动了全面侵华战争。

这一天，记录着中国人难以忘却的仇恨和耻辱。

枪声唤醒了沉睡百年的中华民族，揭开了中国人民全民抗战的序幕。

雁北抗日前线，李林的血管里有一种不可名状的血液在奔突。她沉浸在“七七事变”带来的激愤和亢奋中，那些自己曾经幻想过的小说里的久经沙场的宿将、陷阵杀敌攻取敌军堡垒的神枪手……一个个英雄人物形象在她脑海里像电影一样重复播放，当年的梦想又被激情点燃。

李林走到指挥官面前，立正敬礼，大声说道：“日本帝国主义狼心可诛，我要到前方杀敌！”

指挥官一愣：“李林同志，这里就是前线！你只需负责组织开办训练班，编写军事、政治教材，亲自授课，教育和武装青年即可。”

李林心有不甘，不为所动，继续说：“我更想手刃敌人、守卫国土，为壮烈牺牲的同志们报仇！”

指挥官点点头，竖起大拇指说道：“你一个女子，竟有如此志向！可敬！”

李林神色凝重地说：“您言重了，我们所做的一切都是为了祖国、为了人民！那我能去吗？”

在组织看来，李林归侨与大学生的双重出身，在山西实属罕见；而且她有见识，有学问，是难得的文化人才。此时她已经成为中共山西工委注目的一名重要干部，上级哪里肯放她上阵杀敌！

于是，指挥官说：“让我再想想，这需要跟上级汇报的。”

所谓成功，需要天时、地利、人和，就在指挥官不肯放人之时，中国政局发生了重大变化，影响了李林的去留。

1937 年 7 月 8 日，中共中央通电：“平津危急！华北危急！中华民族危急！只有全民族实行抗战，才是我们的出路。”

1937 年 8 月，日军重点进攻山西，阎锡山意识到只有借助八路军的力量，一同“守土抗战”，才可挽救山西危局。于是，山西抗日前线，一度出现双方互相尊重、携手战斗的局面。

山西大同作为北方军事要塞以及山西抵抗侵华日军的前沿，一夫当关，万夫莫开，是御敌前线。

于是，李林被批准赴大同。

李林以牺盟会大同中心区领导成员和中共雁北工委领导成员的双重身份出太原、过雁门，直接奔向她心中的前线——山西大同。

“七七事变”后，一个个英雄纷纷亮相历史舞台。他们不分巾帼须眉，前仆后继：有的人在前线杀敌，抛头颅洒热血；有的人愤而从文，以手中纸笔为武器；也有的人心系家国存亡，做好大后方保障。内陆同胞和海外侨胞，上下齐心，同赴国难，谱写了一首首英勇激昂的救亡之歌。

刚刚从家乡福建回到上海的白冰立即加入“上海抗日救亡演剧第五队”，担任编剧和文字宣传。

此刻，沈醉也接到戴笠的命令，将率领一潜伏组秘密进入日本人聚居的虹口区，收集日军情报。

临行前，沈醉想对白冰的生活做些安排，便打电话约白冰去黄浦江边，一个他们时常去的地方。

两人刚见面，白冰的一句话就让沈醉大吃一惊：“陈仓，我们一起去延安吧！”

随着淞沪会战爆发和国民政府对进步人士爱国活动的刁难，陕甘宁边区以光明和民主的形象成为众多热血青年向往之地，白冰所在的“第五队”想转至西北大后方进行抗日宣传。当时听说八路军千里跋涉挺进华北抗击日寇，而国民党军队却从抗日前线节节败退，白冰更加敬仰八路军，向往革命圣地延安了。

她心中默默地想：到大西北去，离延安就近了。

白冰自然想让沈醉随她一同离开，却不知此举让沈醉陷入窘境。因为沈醉真正的职业是捕杀危及蒋氏政权的共产党人及反蒋人士，眼下让他前往延安，岂非自寻死路？

“我不去，你也不要去！我们在上海生活不好吗？为什么非要去那个黄土高原，去住窑洞、吃咸菜？”沈醉态度很强硬，“冰，现在时局很乱，你就在家里待着，不要到处跑，也不要去上班了。”

白冰很干脆地拒绝了。她直率地说道：“那不行，想把我关在家里，做个贤妻良母靠男人生活？我办不到。我宁愿一辈子不结婚，也不能不工作。”

见白冰去意已决，万般无奈的沈醉道出了他真实的身份，阐明了不能前往的苦衷，希望得到白冰的理解并打消去延安的念头。

白冰与沈醉虽然平时在一些观点认识上有着很大分歧，但令白冰万万想不到的是，这个与自己共同生活了近三年的亲密恋人竟然是个特务，一个迫害共产党人的刽子手！

白冰的心碎了。她知道，她和沈醉的路已经走到尽头。白冰脸色惨白，深深地叹了口气，喃喃地说："想不到，竟是这样！"

说完，她扭头就走，消失在黄浦江畔的茫茫夜色之中。

白冰与沈醉，并不是感情隔阂，而是信仰立场的根本分歧，"道不同，不相为谋"。如果说追求个性自由、追求妇女解放是白冰原来的人生目标，那么，现在取而代之的是改变社会弊病、追求民族解放。因此，她毅然选择了放手，选择了独自追寻理想的道路。

"七七事变"爆发的消息传到菲律宾，庄希泉忧心如焚，再也坐不住了，他要回上海，参加抗日！

为了活动方便，庄希泉在上海的身份是影片营销商。也就在这个时候，庄希泉读了《西行漫记》和有关红军的书籍，对红军及中国共产党的抗日主张有了一定的了解。

整个会战期间，上海各界同心同德，捐钱输物。尽管父亲的商号和钱庄已于三年前关门停业，但庄希泉利用早年在上海的商业关系，积极组织募捐了大批食品、衣物和医药，及时送到抗日将士手中，为他们免去了很多后顾之忧。

庄希泉做了大量宣传抗日和安置难民的工作，并与陈嘉庚保持密切联系，积极响应他反对国民党福建省政府主席陈仪的号召。

远在新加坡的陈嘉庚，也从儿子陈国庆处知道了日本进攻卢沟桥的消息，继而从报纸上得知华北战事迅速扩大，这是他万万没想到的。

全民抗日的消息一出，新加坡、马来亚的华人群情激愤，抗日情绪高涨，纷纷致电南京政府，敦促蒋介石抗战。有国才有家，南洋的华侨自发建立抗日救亡团体，筹款救助伤兵。

一些华侨主动来找陈嘉庚。

“陈先生，如今国家有难，我们当八方支援。您看，我们华侨远在海外，该怎样出手相助才好？”

“陈先生，只要您振臂一挥，应者云集。能否请您出面领导筹款事宜，以尽我们华人的绵薄之力？”

众华侨急迫的心情，陈嘉庚能理解。但是，他做事稳妥，思考了一阵，冷静地说：“战事尚未显明，若可息事，则无须筹款；如或开战，关系国家民族存亡，事件极为重大，开会筹款当有相当计划，不宜急切轻举。”

众人听完他的分析，觉得言之有理，纷纷表示等需要时必然第一时间捐款。

来访者都散尽之后，陈嘉庚显得有些疲惫。

此时的陈嘉庚已经 63 岁了。他身边的朋友有的回国，有的搬迁，有的已天人永隔，再也不能相见，比如林义顺。

当年，林义顺回国后，遍历西北各省考察，看到民生凋敝、哀鸿遍野。他怀着热诚的赤子之心，回南京后便详细拟订了一个开发西北的计划，呈献于南京政府，想为祖国的富强竭尽绵力。没过多久，“九一八”事变爆发。国难当头，国民政府却高谈阔论，毫无抗日杀敌之意愿。

无奈，林义顺怏怏回了南洋。

正赶上全世界橡胶业大萧条，林义顺与陈嘉庚的企业差点血本无归。忧心国事家难，林义顺久病不愈，最终还是带着未竟壮志撒手人寰。

每每想到这些，陈嘉庚的内心就会掠过无尽的悲凉。大半生过去了，他与南洋的一众华侨好友们，拼尽心力报效祖国，可有的时候，真是感觉力不从心。

战事还在继续扩大。

1937 年 8 月 13 日，日军对上海发动大举进攻，中国守军奋起抵抗。

陈嘉庚敏锐地意识到此时已是关系国家存亡的时刻。

女婿李光前和好友陈六使等再次来访，请陈嘉庚出面主持新马等地筹款事宜。

陈嘉庚仍心存顾虑：“现在，我已经退出了商界，出面主持筹款，还会有当年的号召力吗？”

李光前说：“爹，您放心，南洋华侨的凝聚力，已经被您打牢了基础！”

“那……新加坡当局会同意吗？会不会像以前一样再横加阻挠我们这种爱国行为？”陈嘉庚提出疑虑。

“放心吧！陈先生，日本的侵华战争直接影响了英国的在华利益，当局只会考虑他们的钱包，绝对不会阻拦！”陈六使肯定的话语完全打消了他的顾虑。

“好！那我就再做一次表率！”

果然如陈六使所说，因为有利益牵系，由陈嘉庚主持“新加坡华侨赈灾祖国难民会”这件事，很快就得到了新加坡华民事务司和英国驻新加坡总督的同意和支持。

成为筹赈会主席的陈嘉庚，同时被选为马来亚各区华侨筹赈会通讯处主任。他召集在新华侨，没有过多动员，只是痛心疾首地讲了一番话：“此次抗战救亡，是有史以来最严重的国难，国民须尽量出钱出力。海外华侨只需出钱而已。若不做义捐而贪取公债，何以面对祖国同胞？嘉庚本人不才，愿为众人做个表率。今日起，我将每月捐款 2000 元，直到战争结束！”

华侨们见陈嘉庚两鬓已白，仍饱含满腔爱国热情，谈及国事，神情饱满、目光如炬，无一不被感染，纷纷慷慨认捐。

筹赈会仅用了两个多月的时间便完成了南京政府发行的 5 亿元救国公债任务。其中，陈嘉庚首先认购 10 万元。

陈嘉庚如此高风亮节、无私无畏，却鲜有人知他背后的艰难。

厦门大学林文庆校长收到了来自陈嘉庚的一封长信：

金门失陷，厦集已成为最前线。此后厦大、集美两校，将损失至如何程度，殊难逆料。然欲求最后之胜利，实现中华民族之自由平等，唯有全国人民抱定牺牲到底之决心以赴之。现在全面抗战业已展开，国人牺牲生命财产于敌人炮火之下者，不知凡几，厦集二校纵惨遭损失，余亦不遑计及矣！

余受侨胞推举及居留政府之指定，不得不稍尽国民之天职，出面主持募捐救国。

然若仅空口劝募，自不捐输，虽人能谅我，我亦有愧于心。故先自长期认捐，每月二千元，以倡侨胞，并先交一年，计二万四千元。兹又开始劝募救国公债，我政府甚望侨胞能踊跃认购，余又不得不同样有相当之表示，以为倡率，故亦认购十万元。即此区区之款，尚须告贷半数，始能足额。值兹国族生命，已届危急关头，余唯恨现无百万资金，否则亦必以全数购买救国公债，绝不犹豫也。

国难日亟，希激励员生，抱定牺牲苦干之精神，努力抗敌救国工作，是所致望！

从这封信可知，陈嘉庚在经济万分困难之时，不惜向人借贷，购买救国公债，为侨胞倡率，此种祖国第一的热诚，令人钦佩不已！

这些别人看不到的艰难，李光前最为知晓。他从 10 岁受恩于陈嘉庚，又因他帮助扩张产业，成了他的女婿，20 多年过去了，老丈人在他心里的高大形象，从来都没有变过。

只是，对这位爱国老人，他比其他敬慕者，又多了一份心疼。

除了办学、捐款，陈嘉庚还想方设法多方支持香港的进步报刊和抗战人

士。

宣传抗战的中文晚报《华商报》在香港创刊后，经营中出现亏空，陈嘉庚一下就汇出数万元港币投资购买机器和厂地。此外，他还每月汇四五千元港币支援香港的抗战文化宣传工作。

这些款项均汇交福建同乡会主席庄成宗的店铺，然后由庄成宗和庄希泉两人转交。

在中共指导下工作了一段时间后，庄希泉总感觉名不正言不顺，无法更好地开展工作。

自从宣布脱离国民党后，虽然时刻不忘革命，但没有组织领导，单枪匹马的庄希泉感到目标不强。他渴望加入中国共产党，以便更明确目标，更有针对性地工作。

当庄希泉将自己的想法传达给连贯时，连贯有些犹豫。最后，基于各种考虑，连贯诚恳地对庄希泉说："以你的能力以及为国家、为人民做的事，你完全够条件入党。只是我们考虑到你现在是社会知名人士，擅长经商，留在党外对我们更有好处。一来你可继续扩大社会影响，在外围建立全民抗日统一战线；二来还可在经济上支持革命。"

听完连贯的分析后，庄希泉没再坚持，转身又投入主持闽台抗日救亡同志会、福建救亡同志会和组织海外华侨统战活动之中去了。

他想：爱国是不分党派的。陈嘉庚先生没有加入任何一个党派，不也一样秉持爱国的信念、投入爱国的洪流吗？

随着宋庆龄、何香凝、柳亚子、茅盾、邹韬奋、司徒美堂、胡愈之等众多社会名流的陆续到达，香港一时成为广大华侨和国内各民主力量抗战的重要基地，成为中国抗战事业与海外联系的主要通道。

庄希泉也是这些抗日力量中的一分子。

庄希泉交友甚广，与社会各界人士都有联系，并以党外人士的身份帮助共产党从事统战工作。

虎父无犬子。

南京大屠杀的消息传出后，庄炎林义愤填膺，得知父亲正在香港开展抗日救亡活动，决计假道香港，北上延安，奔向抗日第一线。

庄希泉已许久不见儿子，异地乍见，欣喜非凡。庄希泉紧紧拥抱住庄炎林：“好好让阿爸看看。小子，长高了，快追上我了。听你君姨妈说，书也读得不错！嗯，好样的，要继续努力噢！”

庄炎林摇摇头，郑重其事地对庄希泉说：“阿爸，我不想读书了。我要北上抗日去！”

“你才16岁，还小哩！”望着庄炎林略带稚气的脸，庄希泉心里一沉，“我就你这么一个儿子，你妈妈去世又早，我如何舍得让你上战场！枪炮无眼，万一有个三长两短，我怎么向你妈妈交代！”

看父亲的眼圈泛红，庄炎林拉过庄希泉的手，说：“阿爸，我在南洋生活了一段时间，最深的感触就是只有祖国强大，我们华侨的地位才能提高。国家兴亡，匹夫有责。您一直教导我，也以身作则，虽然未在前线，但也都是有钱出钱，有力出力。我是您的儿子，当然也要为国家出些力！”

“臭小子，多大的年纪，竟也敢说自己是‘匹夫’了！”庄炎林故作成熟的一番话，把庄希泉逗乐了。

禁不住庄炎林的软磨硬泡，庄希泉终于同意了。他想，让儿子早挑重担，早受磨难，对他的成长有好处。好男儿志在四方，也许只有战场上的磨砺，才是他此生最受用无穷的经历。

“北上，你要上哪里？”庄希泉问。

“延安！我要去延安！那里才是革命圣地！”庄炎林像一只小鹿一样兴奋跳跃。

去延安须经过驻港的中共党组织调查，而庄希泉的好朋友连贯就是经办人之一。

连贯听闻庄炎林要去抗日，大喜，拍手道：“少年好志气！相信今后我们的革命队伍里会多出一员虎将！”

“那是自然，虎父无犬子嘛！”庄希泉拍了一下老友的肩膀，难得幽默了一回。

庄炎林如愿以偿，通过驻港中共地下组织的安排，随即前往广西桂林，待时机成熟再转往延安。

民国初年，庄炎林的母亲余佩皋从北京女子师范大学毕业后，曾经在桂林受聘担任广西省立女子师范学校校长。如今，他来到母亲生活和工作过的地方。桂林聚集了大批避难的进步人士，桂林中学也迎来一批教学水平高、思想进步的教师，抗日救亡气氛因此更为浓烈。

循着母亲的脚步，庄炎林踏上了抗日救国的征途。

有人拿起武器奋勇杀敌，有人拿起笔记录人间百态与世间万象，还有人用歌声来振奋人心。

1937 年 9 月，白冰与“救亡演剧第五队”到达古城西安，用歌声和戏剧唤起民众全力救亡。在西安的日子里，大家都向往着革命圣地延安。在陕甘宁边区革命同志的帮助下，她给党中央写了一封信，表达了他们想去延安的愿望。

然后，众人就在苦盼回音的日子里煎熬着。每逢有邮差来，大家都要一窝蜂围上去，看看有没有来自延安的信件。

不久后，有消息说延安会派抗战剧社的同志到西安来接他们。

听了这个大好消息，他们是多么高兴啊！

但这时，令人厌烦与恼怒的是西安国民党反动当局派一些文化特务到演剧队的驻地——西安抗敌后援会“转悠”，造谣诬蔑延安，又以金钱、地位引诱，要留他们在西安国民党的剧团工作，还威胁他们，不准他们去延安。

这些鬼把戏，都被大家一一识破了。他们决定，偷偷潜入延安，摆脱这些国民党！

一天深夜，“第五队”轻车简行，在西安八路军办事处同志的帮助下，悄悄奔向西安七贤庄八路军办事处驻地。

走了两天之后，“第五队”终于摆脱了国民党特务的盯梢和纠缠，顺利到达延安，成为从沦陷区及大后方到延安的第一个文艺团体。

那日到延安时，白冰穿着一身灰色的棉军装，加上一顶带耳朵的棉帽，一双大棉鞋，一副手套，把自己装扮得圆鼓鼓的。她是个南方姑娘，有着文静的性格和甜美的笑容，周围的同学都很喜欢她。

看着延安的自然风景和军民共处的和谐景象，她大声喊道：“这里就是延安啊，是抗日中心、民族希望啊！这里可真美！”

当时投奔延安的爱国青年多以改名来表明革命志向，她也在延安这个革命的大熔炉里，将自己的名字改为“莫耶”，立志像鲁迅的《铸剑》中那把名叫“莫邪”的锋利宝剑一样，经过磨砺，所向披靡。

从此，莫耶翻开了她人生新的一页。

几天后，中央领导同志在延安机关合作社接见演剧队全体队员，并招待大家吃饭。

莫耶和“第五队”的队员们集体进入抗日军政大学学习。延安平等的人际关系，自由开放的社会环境，积极进取的学习风尚，深深地吸引了年仅20岁的莫耶，她走路想跳，开口想唱。

她心里常想：我什么时候能唱出自己心灵的歌，唱出自己写的热爱延安、歌颂延安的歌？歌曲和文章毕竟不同，虽然莫耶写过诗，也发表过习作，但那些忧郁的呻吟、苦闷的呐喊、愤怒的嚎叫和如今想要歌颂的完全不同。

正当莫耶苦恼于不知如何下手时，机会来了！

一天下午，延安城里开大会。散会后，莫耶和几个同学爬上半山坡，站在土坪上，望着延安城里出来的一队队“抗大”同志和战友，听着延安城里的歌声和口号声响成一片。

莫耶心潮澎湃，有一种急于抒发的力量。

这时，身旁音乐系的郑律成同学对她说：“莫耶同学，你写首歌词吧，我来谱曲。”

莫耶点点头，回想那时在“抗大”演唱《肉弹勇士》时，就是自己写的歌词、郑律成谱的曲，之后还有多次合作。此情此景引发了她孕育已久的激情。创作的欲望在她心中跃动，革命圣地的诗情画意在她脑海中奔腾。

远处庄严雄伟的延安古城正巍然屹立于延河边，清清的延河水潺潺流淌着，夕阳照耀着宝塔山上的宝塔，夕照中群山连绵起伏……

面对这种雄浑又清新的美景，莫耶抽出笔，一口气在随身的小本子上写出了歌词：

夕阳辉耀着山头的塔影，
月色映照着河边的流萤。
春风吹遍了坦平的原野，
群山结成了坚固的围屏。
啊！延安！
你这庄严雄伟的古城，
到处传遍了抗战的歌声。
啊！延安！
你这庄严雄伟的古城，
热血在你胸中奔腾。
千万颗青年的心，
埋藏着对敌人的仇恨。
在山野田间长长的行列，
结成了坚固的阵线。
看！群众已抬起了头，
看！群众已扬起了手，

无数的人和无数的心，
发出了对敌人的怒吼。
士兵瞄准了枪口，
准备和敌人搏斗。
啊！延安！
你这庄严雄伟的城墙，
筑成坚固抗日的阵线。
你的名字将万古流芳，
在历史上灿烂辉煌。

“太好了！等着，我一定用最合适的曲调和最动听的旋律来诠释它！”看着歌词，郑律成禁不住赞叹。

接下来的几天，总会看到郑律成时而放声高歌，时而浅吟低唱。终于，他谱好了曲，兴奋地跟莫耶一起找来剧团的歌唱演员反复排练。他们抑制不住自己的激情，迫不及待地想为大家演出。

演出地点定在延安礼堂。当晚，许多中央领导同志都带了小马扎坐在前排。莫耶躲在他们背后，紧张得直搓衣摆。

晚会开始，报幕员走上前来：“请大家欣赏第一个节目：歌曲《歌颂延安》，作词莫耶，作曲郑律成，由郑律成和唐荣枚男女声合唱。”

奔腾雄壮的旋律，振奋人心的歌词，激昂饱满的演唱，听得众人热血沸腾。

莫耶的衣摆都快被她紧张地搓破了。她涨红着脸，脑子里一阵空白，没注意听演唱是否完美，只是盯着现场观众的反应。

歌声停止了。只见首长们安静地站起身来，带头鼓起了掌，听众们也热烈地鼓起了掌。掌声经久不息，像鼓浪屿的海浪，一阵一阵冲刷着莫耶的心。

第二天，中央宣传部来人要走《歌颂延安》这首歌。

不久，鲁迅艺术学院的秘书长拿来一份铅印的歌页来，歌名“歌颂延安”

被改为“延安颂”。

莫耶高兴地叫起来：“延安颂，这个歌名改得好！”

从此，《延安颂》的歌声传遍了延安和各抗日根据地。

1937 年 11 月 12 日，上海沦陷。

庄希泉前往香港，与庄成宗、黄长水等人主持闽台抗日救亡同志会和香港福建救亡同志会工作：一方面筹集款项救济难民；一方面从事抗日文化宣传工作，介绍海外进步青年到延安参加抗日战争。

一日，香港闽台抗日救亡同志会门前，庄希泉正带领同胞救济难民。门前的桌子上摆满了救济食物。难民排成长队，庄希泉为他们发放食物，一边发放一边鼓励大家：“国家不会放弃你们，共产党一定会救国的，大家要对我们的祖国和未来有信心！”

这时，一个衣着体面的年轻人冲到庄希泉面前，操着闽南口音说：“庄先生，爱国英雄，久仰大名！”

庄希泉一问才得知，年轻人是闽南留洋学生。

年轻人激动地说：“早就耳闻过您的事。您三次入狱的英雄事迹震动四方，我也是追随您才决定回国抗日的！您是我的偶像啊！”

庄希泉紧紧握着年轻人的手说：“你们是祖国的未来和希望。如有可能，就到延安参加抗日战争吧。”

“是《延安颂》里的延安吗？”《延安颂》的歌声已回荡在祖国大地每位爱国者的心中。

“是的！”庄希泉的眼神变得缥缈。那也是他内心无限向往的所在。

人群中有人开始唱起了这首歌——无数的人和无数的心，发出了对敌人的怒吼。

20 岁的陈淑媛把自己的名字改为“莫耶”，同学们不明就里，她解释说：

“我要将自己化为一把利剑，与侵华的残暴日寇决一死战。”

1938 年冬，莫耶响应“拿起文艺武器为革命战争服务”的号召，加入了“鲁艺”组织的实习队，与作家沙汀、何其芳等奔赴华北抗日前线。她先任一二〇师政治部战斗剧社教员，后任剧社创作组组长。她不仅从事创作，还参与编印前线刊物《战斗文艺》。

第十四章　延安

“敌未出国土前，言和即汉奸！”

这是陈嘉庚以参政员的身份向国民参政会提出的议案。

此言一出，全社会哗然！

广州、武汉相继沦陷之后，国民党副总裁汪精卫公然发表对日“和平谈话”，向日本求和乞降。

陈嘉庚从路透社电讯中得知此事，勃然大怒！

“抗战救亡，胜负未决之时，汪精卫竟然叛国求和，罪恶重大！虽逆贼此举不致动摇军心，但其叛国之意实属当诛！前有《马关条约》之耻未雪，三万万台湾同胞至今隔海相望无家可归！求和即是卖国！”

虽然怒气冲天，但陈嘉庚依然以南侨总会主席的名义，对汪精卫进行苦口婆心的规劝。然而，汪精卫另有打算，复电之中百般狡辩。没有办法，陈嘉庚大义凛然地将他与汪精卫来往的五封电报全部交给报社公开发表。

电文一经发表，全国上下无不痛恨！

之后，陈嘉庚便提出“敌未出国土前，言和即汉奸”的议案。

寥寥11字，言简意赅，胜过千言万语！

此议案既表达了陈嘉庚与南侨总会全体侨胞的政治立场，也表明了他们对抗战必胜的信念，更是提醒所有国人曾经的屈辱。若敌军未退而主动言和，如何面对数千万无家可归的同胞和数百万浴血抗战的将士？

出席议会的参议院议员大为感动，几经复议，全体通过！

不久后，汪精卫果然叛国离都，发表艳电蛊惑人心。中央当机立断，开除了他的党籍。

陈嘉庚获悉，在南洋立即致电中央：

汪精卫叛国求和，罪情重大，实古来奸贼所未有。丁兹抗战救亡，胜负未决，暴敌狡计，利在以华制华。汪与党羽，暗中通敌，因中央宽假，得脱身离境，乃复发出艳电，冀摇人心。成谓中央必能严令通缉，以正典刑，不意仅革党籍，未及国法。而汪又无悔意，非但不肯出洋敛迹思过，尚广布爪牙，巧肆簧舌，外则加紧勾结敌人，内则阴图颠覆政府，此而不诛，何以劝众？若曰汪有前功，卖国便可无罪，汪为党之副总裁，应特别包涵；抑中央宽大为怀，预留余地；然此于法于理，皆属失当。盖汪已不忠于总理，出卖民族，则为党之罪人，国之奸贼，过去任何高功，亦不容诛。现汪虽退外境以避国法，而中央为正内外视听，国法仍不可不行。至所谓宽大为怀，亦须待抗战胜利以后。今我前方将士浴血挥戈，后方民众卧薪尝胆，战区受难同胞无虑数千万……而独容汪贼与其党羽逍遥法外，实南洋八百万侨众所莫解。

此电文得到中央正面复电后，陈嘉庚即晓喻众侨胞，使整个南洋侨团士气大涨，极大坚定了华侨抗日之决心！

侨胞们一致抗日的决心日盛之时，国内的抗日战事正如火如荼。

在太原受训时，李林就以苏联小说《第四十一》里的马柳特卡和《夏伯阳》里的阿娜为标杆。她经常会把这两个神枪手搬出来跟姐妹们说教，末了，总不忘加上一句：“你们可别忘了，她们可都是女的噢！她们的经验说明，将来抗日上前线，谁的军事技能好，谁才能消灭敌人，才会有自己的安全保障！”

如今，李林终于如愿以偿，练成了神枪手，踏上了抗日的战场。

一年来，李林一出大同，二过雁门关，又历经九个月艰难南行，一路风尘，终于出了朔县，北上平鲁。

牺盟会特派员屈健已经在这里播撒了抗日的火种，李林的到来，恰好把火种点燃。

因为敌人进攻太猖獗，武装汉奸与清乡队十分活跃，加上各县政权已经空虚，所以李林决定：“要在这片地区开展工作，甚至生存，就必须要有自己的武装力量！我们要先创建武装，建立自己的游击队！”

经历重重困难，两个月之后，李林的队伍迅速发展到200多人，成为雁北游击司令部偏关抗日游击支队，被组织上编列为晋绥第八抗日游击支队。

接下来，天成村夺马，李林一战成名；常流水拔据点，李林一战立威。从此以后，绥蒙高原上，影响力最大的抗战人物，第一是百灵庙大战日军的傅作义将军，第二就是威震晋绥的女英雄李林！

在绥南日伪军受到李林连续的沉重打击之后，蒙疆联合委员会发布悬赏令：拿获李林者，赏5000元蒙疆币。

李林听后大笑：“才这么点儿！我李林的命这么不值钱啊！等着，小日本儿，我让你们省下这笔钱，有命趁早给自己修个坟！不然，我保证让你们魂无归属！”

晋绥敌后抗日根据地处在日军心腹地带，对整个华北日军构成威胁。这样一片复杂凶险的土地上，出现了一个李林，风格是那么独特，手段是那么灵活，是日伪心目中的噩梦。

才过了半个月，日军大同分部也发出了捉拿李林的悬赏令，赏金比先前

的5000蒙疆币多，高达5000大洋。

即便这样，李林凭着对士兵和群众的爱，获得了民众的拥戴，在敌方高额悬赏之下，竟然万无一失。

新加坡，陈嘉庚家。佣人在为陈嘉庚收拾行李。

李光前，赶来与他道别。

“爹，为什么突然要回国？”

陈嘉庚答道：“南洋上千万华侨信任我，令我组织建立‘南洋华侨筹赈祖国难民会’。难民会积极以财力、物力、人力支援祖国抗战，付出甚大。目前只有国民党与我接触最为频繁，其他军民组织的抗日单位，我却没有顾及。你说我该不该回国查个清楚，为上千万华侨点滴汇集的款项负责？”

李光前点点头：“爹说得没错，您打算什么时候动身？”

“就快了，刚刚组织好成员。这次，我要亲率‘南洋华侨回国慰劳考察团’返回祖国。”

“此番回国，定会舟车劳顿。爹，您要注意身体。”见陈嘉庚似未听见他的话，只把眼睛望向窗外，李光前又说，“这次回国，除了重庆，还要走几个省？”

陈嘉庚这才回过神来，突然说：“如有可能，我要去一趟延安！”

李光前甚是不解，问道：“延安？那不是八路军的地盘吗？”

“眼见为实。”陈嘉庚只说了这几个字。

两人正说着，佣人走到陈嘉庚跟前：“东家，厨房备了老参汤，这就端过来？最近您太忙了，保重身体要紧。”陈嘉庚摆摆手说道：“如今抗日经费紧张，华侨们哪怕有多余的一枚铜板都要汇给难民总会。我与祖国人民共进退，吃穿用度一切从简。以后莫再炖参汤。”

以陈嘉庚为首的慰劳团抵达重庆。国民政府动员了党、政、军200多个单位几千人，在蒋介石的带领下到机场欢迎陈嘉庚等人。机场旗帜飘扬，人头攒动。陈嘉庚看到如此场面，有点惊讶。一大群要员来和陈嘉庚握手，其中有国民党中央救济会会长许世英。

许世英小跑着过来，大声说道：“欢迎，欢迎，我们的大财神爷驾到！”后面跟着许多举着话筒的记者，架着相机要采访陈嘉庚。陈嘉庚接过塞到怀里的话筒，用闽南话说：“多谢！多谢各位首长和同胞！我们慰劳团代表1000多万华侨，带来海外侨胞赤诚的爱国之心，在国家民族遭受严重灾难的时候，我们和祖国在一起！”

南侨总会秘书李铁民将他的话翻译成普通话。人群中爆发出一阵阵掌声。

记者发问：“请问陈会长，南侨总会为祖国做了哪些贡献？”

陈嘉庚回答道：“南侨总会成立17个月以来，建立了西南运输公司、派遣汽车司机队、创办制药厂为抗战服务。”

记者紧接着问：“此外，总会还有什么捐助？已给祖国汇来多少捐款？”

陈嘉庚面带笑容地说：“总会较大的贡献是组织侨众尽量多汇家费。仅去年，总会汇给祖国的家费有九万万八千万元，合计捐款达十一万万元。按世界银行条例，存基金一元可发行纸币四元。如将这笔外汇用作基金，即可发行纸币四十四万万元。”

人们惊呼：“四十四万万元！”

此时，一名按捺不住的外国记者挤到陈嘉庚面前，用中英夹杂的语言发问：“根据贵国国防部部长何应钦先生发布，去年贵国战费总支出十八万万元。您捐的巨款，大多数投入财政建设吗？关于抗日前景，先生作何预见？”

陈嘉庚想了想，答道：“关于敝国的财政收支，原谅敝人不拟评论。至于日本的野蛮侵略，中国民众将和政府在领袖的领导下精诚团结，坚持抗战，直到最后的胜利！”

记者团问题迭出，各种声音嗡嗡响成一团。

孔祥熙越过人群，将陈嘉庚带走，撂下一句话："陈会长海外飞来，风尘仆仆，恕不答问了。"

陈嘉庚坐在孔祥熙准备的轿车上，回头看，只见后面跟着长长一排车队，气派十足。

陈嘉庚诧异地问："这些车，都是来欢迎我的？"

孔祥熙颇有炫耀之意地点点头，说道："只是一列小车队而已。"

陈嘉庚顿了顿，严肃地说："我这次来，一是向抗战军民致敬慰之意；二是考察战时国内状况，以便回南洋向华侨报告，使千万侨胞增加爱国热心，以外汇财力资助祖国抗战。万万担不起如此阵势！"

孔祥熙佯装客气地回答："是的，是的。您组织的侨联捐的款，对我们帮助甚大。"

陈嘉庚并不想与其兜圈子，直言道："您客气。这次我来，第八路军所在地延安，如能到达，余亦拟亲往视察，以明真相，庶不负侨胞之委托。"

孔祥熙面呈惊讶之色："您要去延安？"

继而，他身边的代表们开始嘀嘀咕咕说话了。有人说共产党杀人放火、状如土匪，过去不安全；还有人说中共破坏团结、不服从中央，八路军和新四军面对日军时，游而不击，专门与国民党挑事。

陈嘉庚皱眉，陷入思索，他不相信共产党是他们所说的这般。

孔祥熙指着车前一座富丽堂皇的建筑说道："前面便是您暂住的嘉陵新村。"

车子驶入嘉陵新村，建筑非常豪华，陈嘉庚意味深长地说："不承想非常时期的中国竟也有此豪华享受之处。"

孔祥熙指着豪华的嘉陵宾馆说："这幢嘉陵宾馆是我私人所开，今晚我们就在这摆宴。政府已拨款 8 万元，由组织部、政治部、海外部派员接待，市内有名旅馆中一、二等房位均被保留，供慰劳团住宿。"

陈嘉庚看着那宾馆，心想：这座宾馆雄伟新颖，孔祥熙哪来的钱款？难道真像传言所说的——孔祥熙长期担任行政院副院长、院长兼财政部部长、中央银行总裁，公然私营企业，搜刮民脂，监察院却不管不问……

嘉陵宾馆金碧辉煌、张灯结彩，留声机播着音乐，酒席上摆满了山珍海味、琼浆玉酿。座上的官员个个衣着华丽，陪坐的太太也珠光宝气。陈嘉庚看着满桌的饭菜，食不下咽。

孔祥熙首先致辞："华侨领袖陈嘉庚先生，领导南洋千万侨胞，抗战以来源源捐汇巨款，加强我军战力。其热诚爱国之情，享誉海内外。让我们向他致以衷心的感谢！"

宴会上掌声不断，陈嘉庚站起来讲话。

"各位长官、各位太太，今晚承蒙各界欢迎我，我谨代表南洋华侨慰劳考察团深表谢意。众所周知，国家有难，时局艰难，前方志士流血抗敌，各方百姓艰苦支援，我辈宜竭力节省经济开支。像这样的大型盛宴，一次已经足够，我是来慰劳抗战伤兵、难民的，不是来观光游历的，祈请各位原谅，谢谢。"

孔祥熙脸色稍变，但立刻恢复正常，说道："好！陈嘉庚先生处处为国家、民族着想，精神可嘉，令人敬佩不已！现在，我们为陈先生及慰劳团诸君敬酒洗尘！"

众人起立，敬酒。陈嘉庚举杯做饮酒状，却滴酒未沾。敬完酒，众人坐下，孔祥熙频频替陈嘉庚夹菜，但是陈嘉庚举筷难咽。

宴会很快热闹起来，觥筹交错之间，也有男男女女搂着跳起了舞，一派歌舞升平的样子。陈嘉庚面露忧色。

陈嘉庚与慰劳团成员李铁民在住所内谈话。

李铁民扔了一大沓请柬在桌子上，然后一屁股坐下，拍了拍鼓鼓的肚子："近来我们参加的大小宴会实在太多，欢迎会、茶会、座谈会、报告会……一天三两场，我是怎么也吃不过来了。"

陈嘉庚生气地说："国民党作风奢靡，可见国民党大官贪污腐化确非虚传！铁民，安排下去，我要登一则启事。"

说完，他立即拿起纸笔，写了一份启事，在第二天各日报上刊登——"闻政府筹备巨费，招待慰劳团，余深表谢意。然慰劳团一切费用已充分带来，不欲消耗政府或民众招待之费，愿实践新生活节约条件，且在此抗战中艰难困苦时期，尤当极力节省无谓应酬，免致多延日子阻碍工作，希望政府及社会原谅。"

陈嘉庚托人借用嘉陵新村空屋两间，作为慰劳团住所，又向某社团借来桌椅、盘碗，准备自办伙食。

蒋介石坐在办公桌边，手里拿着一张报纸，大标题《南洋华侨回国慰劳考察团陈嘉庚启事》映入眼帘。

蒋介石仔细看过，转头问："雨农，你和陈先生有所接触，他人如何？"

戴笠撇撇嘴："我看这老头儿奇怪得很，豪华的嘉陵宾馆，他住了一夜就不住了，向嘉陵新村借了两间空屋，住了进去。他们的行李也多得出奇，大大小小总共三四百件，里面装的却是行军帆布床、被毯蚊帐、手电筒电池。"

蒋介石转了转眼睛，心下一沉，说："哦？你去通报陈嘉庚，说我要见他。"

三天后，蒋介石和宋美龄在黄山官邸的客厅招待陈嘉庚一行，双方见面后握手寒暄。

"嘉庚兄，久仰久仰。"

"委员长，幸会幸会。"

双方落座。

蒋介石让人奉上好茶，说："嘉庚兄，本人非常欢迎您和慰劳团回国，这是一件非常有意义的事。来到抗战首都，您有何感想？"

陈嘉庚直言道："委员长，我刚到这里，还没什么观感。"

蒋介石问："那慰劳团行程怎么安排呢？"

陈嘉庚抓紧机会说："这个问题，我正要向您请示。"他拿出一份报告书说："这是我们的慰问路线。我们全团50人，分三路出发：一团往四川走，去安徽等省；二团往湖南走，去福建、广东等省；三团往甘肃走，去河南等省。委员长，这份公文呈您审批，请有关部门签盖，发给证件。"

蒋介石点点头："这个没问题。那不知您是哪一团的，要往哪里去呢？"

陈嘉庚也不避讳，直截了当："我欲往延安看看。"

陈嘉庚要访问延安，让蒋介石大为震惊："您竟想去延安？您可知共产党都是一些无民族思想、口是心非、背信弃义之徒？而且，您又是一名资本家，共产党与资本家是势不两立的死对头，要进行阶级斗争的。您要是去了，只怕有去无回啊！"

陈嘉庚笑着说："我的职责是代表华侨回国慰劳考察，凡是交通没有阻碍的重要地方，我都要亲自去看看，以尽我的责任，回海外也好据实向华侨报告。"

蒋介石有些尴尬，赶忙说："要去也可以，但切不可受共产党的欺骗。"

陈嘉庚客气而疏离地笑了笑，说道："谢委员长关心。委员长放心，我自有定夺。"

陈嘉庚从兰州抵达西安当晚，第一慰劳团团长潘国渠便迫不及待前来报告该团到西安后的遭遇。

慰劳团比陈嘉庚早到4天。在抵西安的次日，朱德亲自来访，约请慰劳团到七贤庄办事处吃午饭，却被陕西省府第一科科长寿家骏以慰劳团另有约会阻止。不想朱德将军赶紧改约下午3时，并告知周恩来从延安经此去重庆，特多留一天，希望和慰劳团见面叙谈一番。慰劳团自是欣然答应，谁知寿家骏故意将汽车开往别处，使慰劳团失约。这还不算，最后省府索性派人改变慰劳团住所，杜绝慰劳团与中共办事处来往，并派"招待员"随团员出入，

加以监视。如此一来，司马昭之心，路人皆知。

陈嘉庚为失约深感抱歉，便亲自前往七贤庄办事处致歉。不巧的是周恩来去重庆，朱德返延安，接待他的是蒋处长。陈嘉庚请他代为致电延安，表示道歉，并约好去延安的具体事宜。

次日清晨，陈嘉庚和李铁民提着行李等在路边。不一会儿，来了两辆小车。走下几名穿着军服的八路军战士，对着陈嘉庚敬礼："陈嘉庚先生，我们奉命接您去延安。"

陈嘉庚一行乘七贤庄办事处提供的两辆汽车去延安。临出发前，寿家骏驾一车赶来陪同，实为监视。陈嘉庚坐在行驶的车上，看路边开满金灿灿的油菜花。

这时，嘹亮的歌声传来——

夕阳辉耀着山头的塔影，月色映照着河边的流萤。春风吹遍了坦平的原野，群山结成了坚固的围屏。啊，延安！……

"旋律好听，歌词也不错。"陈嘉庚闭上眼睛细听，问道，"这是什么歌？"

开车的八路军战士说："这是莫耶创作的《延安颂》。"

"莫耶？"

"莫耶之前叫白冰，现在叫莫耶。"

陈嘉庚微笑地点点头，说："真是首好歌。"

三车同行至洛川县时，一幕闹剧上演了：欢迎陈嘉庚的"农民"中突然有人递上几份文书，内容大同小异，都是攻击共产党的种种"不法"行为。陈嘉庚心知肚明，暂且收下。

随后，寿家骏又特意送来一份，陈嘉庚更知其意了。

陈嘉庚一行终于到达延安。车子来到延安南广场，已有多人等着欢迎陈嘉庚，莫耶也在其中。陈嘉庚一下车，众人敲锣打鼓，献花跳舞。然而最令陈嘉庚惊讶的是，人群中有人在唱集美学校的校歌。

闽海之滨，有我集美乡，山明兮水秀，胜地冠南疆……树人需百年，美哉教泽长。“诚毅”二字中心藏，大家勿忘，大家勿忘！

陈嘉庚又惊又喜：“这……这不是我集美学校的校歌吗？是特地为我准备的吗？”还没等回复，又有人唱起了厦门大学的校歌。

自强！自强！学海何洋洋！谁欤操钥发其藏？鹭江深且长，致吾知于无央……鹭江深且长，充吾爱于无疆。吁嗟乎！南方之强！吁嗟乎！南方之强……

陈嘉庚感动不已：“这是我厦门大学的校歌啊！未承想竟会在这里听到。”说完，陈嘉庚也微笑着跟唱了起来。

两个学生跑出人群来到陈嘉庚身边。

“陈老先生，我是集美学校毕业的。”

“我是厦门大学毕业的。我们都是您教育出来的学生啊！”

当众人把莫耶推到陈嘉庚面前时，莫耶开心地叫着：“陈爷爷，您还认识我吗？”

陈嘉庚愣住了，眼前这个活泼的女孩，一身八路军军装，扎着两根麻花辫，眉眼俊俏，似曾相识，但他一时却想不起来。他指着莫耶：“呃……”

“我是陈铮的女儿啊！您去过我家，在鼓浪屿！”莫耶快人快语，直接告诉了他。

“啊，原来是陈铮之女！可是，你不是，你不是叫……淑媛吗？”陈嘉庚疑惑地问。

“是啊是啊，我是淑媛。到上海改名白冰，到了延安，又叫莫耶了！”莫耶高兴地拉着陈嘉庚，“陈爷爷，听说您要来，我天天都盼着呢！”

能在延安见到老友之女，陈嘉庚在惊喜之余，免不了聊些家常，问陈铮和莫耶兄长的情况。莫耶一一作答：“陈爷爷，我也是厦门的学校出来的，慈勤女中。听爹爹说，黄奕住校长也是您的好友呢！这里不仅有很多您捐助的学校毕业的学生，还有许多侨生。”

见到自己学校的学生到了延安，陈嘉庚心中有一种异样的安慰和感动，他想，这就是教育的力量。

他问莫耶："你们怎么会来延安？"

莫耶回答道："我们来延安学习，来抗战，来生活！这里是抗战圣地，是革命的摇篮！我们要在这里为祖国学习和工作，为母校争光！"

厦大学生补充道："这里有延安女子大学、男子大学，鲁迅艺术学院，军校……有许多学校咧。"

陈嘉庚露出欣慰的笑容说："好，好！延安如此重视教育，实在是太好了！你们都是时代的好青年，胸有壮志。我感到很荣幸，很自豪！"

第二天一早，陈嘉庚一行参观延安女子大学，朱德偕夫人康克清赶来迎候，陈嘉庚代表慰劳团再次就西安失约一事表示歉意。他们一起参观女子大学学生居住的窑洞和附设的缝纫、制鞋车间，观看学生露天上课，并会见在此学习的南洋华侨学生。

他们一边走着，朱德一边为陈嘉庚介绍："嘉庚先生，您看，我们就是在实行三民主义。"

大家露天席地而坐，陈嘉庚被侨生和福建的青年包围，莫耶也在其中。厦大和集美的校友都称他为"校主"，用闽南话和他交流，熟悉的乡音让他们倍感亲切。

陈嘉庚好奇地问："听说延安边区实行民主政治，老百姓自己选举村长、乡长和县长。老百姓不识字的多，不会写自己想选的人的名字，怎么选举呢？"

莫耶说："这真是个好问题呢。开选举大会时，候选人都背对群众坐在一张长桌子后面，每个人身后放一个碗，候选人看不见老百姓选了谁。"莫耶模仿着选举动作，顺势在两名学生的背后放两个碗。"监选人按应选出的名额给每个选民发几粒豆子，选民把豆子放到自己想选的人的碗里。最后，谁碗里的豆子多，谁就当选了。这就是无记名投票！"

"原来是豆子选举啊！"

众人哄笑起来，陈嘉庚也不禁哈哈大笑。

“对！我认为它体现了共产党办事公道、真正民主的良好作风！”莫耶说道，头一偏，指着三米开外的地方说，“嘻嘻，总司令来了！”

朱德穿过人群走了过来，远远就喊：“嘉庚先生！”

走到陈嘉庚面前，朱德与他握手，说：“请随我来，毛泽东同志等着见您呢。”

不巧的是，上汽车时，李铁民头部不慎碰到汽车门顶上，出血不止，被紧急送去延安中央医院住院治疗。

杨家岭，毛泽东已在门前等候。

毛泽东穿着一身有些褪色的旧军装，披着一件棉衣，见陈嘉庚下车，老远就伸出手来迎向他，眯着眼睛笑着说：“陈先生，欢迎光临。”

陈嘉庚用力回握道：“久等了。”

他们弯腰走进简朴的窑洞，只见屋内摆设只有一张陈旧的写字木桌，另有十余张大小、高低不一的木椅，都是些乡村农民用的旧式家具。这就是毛泽东同志工作、生活的地方？陈嘉庚觉得非常不可思议，在内心感叹道：共产党领袖的住处如此简单朴素，和嘉陵宾馆简直是天壤之别。

窑洞里，毛泽东亲切地与陈嘉庚攀谈。陈嘉庚向毛泽东表示了海外侨胞的慰劳，询问了毛泽东的工作、生活情况，知道他习惯在夜间工作，鸡鸣后才睡，便劝其改在白昼工作，或更利于健康，并建议另建房工作，等敌机来了再进窑洞。

这时，勤务兵进来报告：“晚饭时间到了！”

毛泽东起身相请：“嘉庚先生，我们边吃边聊。”

走出窑洞，陈嘉庚看到院子里多了一张桌子。说是桌子，其实就是一块圆形的桌面，下面没有桌腿，只用一堆码得整齐的砖头代替。陈旧的木头桌面上铺就了几张报纸当作桌巾。摆好的凳子也是七拼八凑成的：有的是树桩，有的是在垒好的砖头上铺上纸。毛泽东热情地把树桩让给陈嘉庚，自己坐到

砖头上。

筵席内容是白菜、咸饭、萝卜干、蒸豆腐、鸡汤。这已经是他们能拿得出来的最好的食物了。白菜是自己菜地里种的；豆腐是用自己的磨盘磨的；萝卜干用水泡发，再拌上些许调料，就登上了“大雅之堂”。

这顿饭，陈嘉庚吃得轻松且难忘，他从没想过此等重要人物吃的竟然如此简朴。

晚餐后，毛泽东、朱德陪同陈嘉庚到中央党校大礼堂，出席“延安各界欢迎陈嘉庚先生晚会”。礼堂里的所有座位都是钉在木头上的长木板。陈嘉庚紧挨着毛泽东坐下。晚会期间，陈嘉庚和侯西反都发表了讲话。这一天，陈嘉庚终生难忘，这里的一切都那么出乎意料。

晚上，简陋的招待所里，没有灯火通明，只有一盏微弱的油灯。屋外，大风卷起的沙尘打在窗棂上，清脆地响。

从医院包扎好伤口回来的李铁民躺在土炕上，抓挠着背，唉声叹气道：“这地方真不好睡觉。风沙大，蚊虫也多，我觉得浑身痒。”见陈嘉庚的脸上洋溢着笑容，李铁民诧异地问：“住这么破的地方，您怎么还能如此高兴啊？”

“铁民，这里是一个充满生机的地方啊！”陈嘉庚激动地说，“实为别有天地，大大超出我的意料。我现在的心情真是‘喜慰莫可言喻，如拨云雾见青天’。”

说完，陈嘉庚激动地掏出笔记本，写下：“余观感之余，衷心无限兴奋，梦寐神驰，为我大中华民族庆祝也。”

听陈嘉庚这么一说，李铁民也来了精神，不顾头上缠着纱布，坐起身来，神神秘秘地从外套口袋里掏出一张字条，说：“给您看个东西。”

展开字条，上面写着：“李先生在睡觉。”

陈嘉庚不解其意。于是，李铁民跟他讲述了字条的故事。

当天下午，李铁民碰伤了头赶到医院之后，可能是流血太多，他感觉昏昏沉沉、困倦无力。处理好伤口后，他便躺在病床上睡着了。护士一直在他身边观察伤势，看他睡了，就用白纸写了这几个字贴在病房门上，提醒大家放轻脚步，别打扰他休息。

李铁民睡醒之后看到这张字条，心里大为感动。他把字条叠平整，放回口袋里，低头说："我这辈子，还没有一次这么被重视的睡眠……"

此时，窑洞外面呼号的风已经变成了一种温情和暖意……

为了让陈嘉庚全面了解情况，陕甘宁边区派负责人同陈嘉庚晤谈，边区财政厅、公安厅、法院的负责人，有的是福建人，有的是厦门大学毕业的学生。他们用着闽南话交流，多了几分亲切感。陈嘉庚直截了当地问，负责人也是知无不言，言无不尽。他们聊起了毛泽东领导的八路军、新四军，聊起了老百姓对共产党和毛泽东的看法等。

陈嘉庚一行离开延安后，去山西与阎锡山等会面。

阎锡山一针见血地提出，调停根本解决不了国共摩擦问题，归根到底国民党须实行改善，否则虽无共产党反对，他党亦可能起而反对。难得有如此通透的见解，陈嘉庚视之为"至情至理"的"金石良言"。

陈嘉庚从汉中乘飞机抵成都，回国慰劳的任务至此完全结束了。

陈嘉庚不胜感慨地对团员们说："我未往延安时，对中国前途甚为悲观，以为中国的救星尚未出世，或还在学校读书。但我从延安的种种新气象中看到了中华民族的希望和光明，共产党必胜……中国有了救星，胜利有了保证，大家要更加努力！"

陈嘉庚一路参观访问了云南、贵州、广西、湖南、广东、江西，到达浙江后，他接到重庆友人来信，得知国民党中央对他的行动十分关注，并采取三项措施。他深信友人所说都是事实。但他神态自若，泰然处之，按照既定计划向福建进发。陈嘉庚在福建的 50 多天里，先后考察了南平、福州、泉州、厦门、漳州等十余县市，亲眼看到福建当局假借战时统制经济之名垄断粮食、交通等，弄得米珠薪桂、民不聊生。

正当陈嘉庚风尘仆仆地奔走在祖国南方诸省、为民请命时，国民党中央策划在华侨中攻击陷害陈嘉庚。驻新加坡总领事高凌百正式向新加坡殖民政府提出禁止陈嘉庚入境的要求。遭到拒绝后，国民党海外部部长吴铁城便亲自出马，以“蒋委员长代表”的名义，前往香港、菲律宾、印尼、马来亚等地进行“倒陈”活动。但群众的眼睛是雪亮的，对于这种极尽构陷的伎俩，陈嘉庚历来行得正、坐得端，不予理睬，谣言便不攻自破。

陈嘉庚在首都演讲时曾说：“这次带回祖国来的不是钱，而是海外一千一百万侨胞爱国的心。”

他从来不夸耀说侨胞出钱很多，他只说了一句衷心话：“说实在，侨胞出的钱，要是和前线同胞所出的汗和所流的血比较起来，还是很少很少。”

可是他针对节约又说：“国内同胞应当记着这些捐款的数目，虽然不多，但并不完全是有钱人出的，因为海外侨胞并不是个个都有钱。这些捐款多数还是从劳苦大众捐出来的血汗钱，所以，钱来得并不容易……”

陈嘉庚还对祖国人民说明了海外华侨的立场和态度。他说：“侨胞是无党无派的，是超然的，是第三者。无论哪一党，哪一派，只要是能替民族谋解放的，替国家争生存的，侨胞都会一致拥护他！”

在重庆欢迎会中，他的演说词更加强硬了。他说：“这一次抗战，就要这样打下去。只有打下去才能打出办法，才能得到胜利，绝无中途妥协之理。谁中途妥协的，谁就是民族的罪人！”

配合着台上他那激昂高亢的声音，台下响起了雷鸣一般的掌声。他的演讲结束后，听众还不肯走，大家都不约而同地站起来，对他表示敬意。直到他穿过人群离开，人群才散去。

1940 年 12 月 31 日，陈嘉庚回到新加坡，刚下飞机便被记者包围。这一次，陈嘉庚红光满面，对着记者递来的话筒说了一句话：“中国的希望，在延安！”

1941 年 1 月 5 日，新加坡华侨在快乐世界运动场举行盛大的欢迎集会。

吴铁城立即以“陈嘉庚将宣传共产党，对中英均不利”为由，唆使英籍随员出面要求新加坡殖民政府禁止集会，但新加坡政府置之不理。

广大侨胞涌向会场，容纳万余人的运动场座无虚席。陈嘉庚慷慨激昂地报告了回国访问的经过及观感，强调抗战必胜，勉励华侨努力支援抗战。底下的人群心潮澎湃，纷纷响应。

这次延安之行，彻底打消了陈嘉庚对共产党领导的部队的后顾之忧。眼见为实是他最质朴的方式。对于坚持去延安的目的，他与厦门华侨的随团记者高云览聊天时说过：“我为什么去延安？这一点，我当时没有对蒋委员长说明，但我觉得有对大家说明的必要。我觉得这一次回国，无论国民党、共产党各方面的领袖，都要见一见，听听他们对我说什么话，他们对抗战、对团结的看法。说了真心实意的话，我要听，即使是假话，我也要听听。因为将来有一天，如果有谁不实践他们说过的话，有谁违背他们的诺言，谁就不守信义。那么，我就可以对侨胞说：‘他亲口对我说过的，他对我说的话都是假的！’因为无论人、政党，还是国家、民族，都应当是守信义的……”

第十五章　曙光

1938 年 5 月，日军占领厦门。厦门沦陷后，除了国共两军与日军展开浴血奋战外，民间组织也开展了各种斗争，其中就存在着一个由一群热血男儿组成的秘密团体——血魂团。

秘密成立的血魂团，成员多为船工、建筑工人、印刷工人、摊贩等，文化水平较低，只有少量的知识青年，领导人之一的张弩在抗战前是厦大印刷所的排字工人。他们自筹经费，打击日伪军。

日本人的罪行激起了鹭岛民众的愤怒。这愤怒是有利息的，而且利滚利，终于愤怒爆发了。1938 年 9 月 28 日傍晚，血魂团成员趁只有少数伪警站岗之机，召集数十人，在中山路一带张贴抗日标语，散发传单，高呼“打倒日本帝国主义”“收复失地”等口号，许多市民自愿加入了行动队伍。这其实是障眼之举，血魂团的目的是奇袭日军。

此时，日寇、汉奸正在中山公园兴冲冲地搞庆祝活动，观看南乐等游艺节目。血魂团成员乔装成小贩混进公园里，往演出台上投掷了两枚手榴弹。只听两声“轰隆”巨响，日寇还未反应过来就被炸得血肉模糊，现场乱作一团。

这一奇袭，让日本人死伤十余人，重创了日本人的嚣张气焰。

晋西北与晋绥边区的上空，风云翻滚。

1940 年初，中共领导的晋西北行政机构成立，李林被选为晋西北行署委员，兼管地方军事。战场上所向披靡的军事奇才李教导员变为出入农家窑洞的李委员，李林没有觉得委屈，她对屈健说："只要还管着军事，就还有真刀真枪战日本的机会！组织委员一样能带兵打仗！"

此时的李林已经与屈健成婚两年。

他们相识于太原军事训练班，同是牺盟会成员，后又辗转一大圈，前后脚到了太原，在洪涛山下的山阴县，命运安排了他们的第四次相遇。

李林的容貌不能算是美丽的。但是，在屈健的眼里，她是独一无二的。早在太原军政训练班第一次遇见李林，他就为她的女将风采所折服；牺盟会大同会议上，他又了解了她拿得起放得下的直爽性格；李林重出雁门关来到平鲁之后，让他更有机会全面了解她在战场上、生活中的优秀品格。尤其是在洪涛山，两人每天在一起办公，晚上休息前，一盏煤油灯照亮了两人悄然滋长的情意。

塞外边疆的洪涛山，见证了厚道内向的屈健与热情刚强的李林的情深意笃，也见证了他们在战场上不畏牺牲、奋勇杀敌的飒爽英姿。

1939 年秋天的一个早晨，一封"双鸡毛信"送到了李林、屈健和柏玉生三位晋绥边区领导人手中。插一支鸡毛表示紧急，插两支鸡毛的信件，则表示特别紧急！

信上说：日军第七次大"围剿"共调集洪涛山周边多于我军力量 6 倍的 2000 余众，兵分七路，来势凶猛地向我根据地扑来。我晋绥各级党政机关、部分部队、政卫连、训练班与卫生队，分布在洪涛山西麓不到 60 平方千米的 20 多个村庄，陷入敌人的重重包围之中。进则硬拼必败，退

则被动挨打，进退两难，情势危急。

收到鸡毛信的三人是晋绥边区此时在场的全部领导。屈健为晋绥边区秘书，是边区行政方面的头儿；柏玉生负责公安司法；组织委员李林，既是行政上的内务主管，又是地方军事的领导人。更重要的是，谁都知道，晋绥机关下面的政卫连是李林一手带出来的，那些战士见到李林就满脸笑容，只要李林一声招呼，打仗也好，牺牲也罢，都不在话下！

而他们唯一可用的军事力量就只有这支政卫连，而且只有李林才能调动。

鸡毛信传阅后，三人你看看我、我看看你，两个男人都把目光集中到李林的脸上。李林黑着一张脸，一言不发地望着窗外。

之后，李林回过头来，一字一顿、字字如钢地说出 12 个字：“主动出击！围魏救赵！奔袭岱岳！”

李林率部主攻的敌方据点是一个 300 平方米的四方院子。李林神枪快马，随手击毙哨兵，顺手把队伍正面摆开。她操起一挺机枪，一阵风般跃上据点对面的屋顶，将机枪架在屋顶烟囱上向对面炮楼猛射。片刻之间，全排机枪分别对着炮楼的四个角激烈吼叫。

听到李林这边打响，屈健的队伍在火车站也开了火，柏玉生部以伪镇政府为主要目标，在北部大街上开路出击。

当日军的坦克、火车滚滚而去的时候，李林与政卫连战士吹响了昂扬的冲锋号。

小部队打出了大手笔的胜仗。李林不仅成功地粉碎了敌军对我军的第七次“大围剿”，还浓墨重彩地书写了“围魏救赵”的军事典范。

枪声不断，树木在寒风中瑟瑟作响。日伪军集中上万兵力对晋绥边区进行“扫荡”。

晋绥边区特委、第 11 行政专员公署机关和群众团体等 500 余人被包围，李林也在其中。为了掩护机关和群众突围，李林弓身穿过战壕，请示指挥官：“长官，李林愿率领骑兵将日伪军引开。”

指挥官大声呵斥道：“你疯啦！你已有三个月身孕，你是想一尸两命吗？”

李林目光坚定地说：“如若我不去，就不是一尸两命，而是这里的500多人了！”

指挥官咬牙犹豫，艰难地点了点头。李林转身就要走，指挥官喊住她：“李林……如果你死了……”

李林笑了：“如果我死了，我身上怀的希望会随着我的身死而消逝。但胜利的希望，永不会湮灭！”

说完，她头也不回，翻身上马，带了一队骑兵冲出战线。敌军果然被吸引，分拨一大部分主力去追李林等人。

敌人以小钢炮、机枪为固定封锁火力，以步枪为移动穿插火力，强大火网笼罩住了三山两河，震天动地的枪炮声似乎要摧毁巍巍群山。

但李林眼都不眨，猛烈还击。左右两支枪的子弹打光了，就朝火力中心投掷一颗手榴弹，换个梭子继续打。

李林就是这样，在万分凶险的火线上给自己的队伍开路。她身后的战士们知道，这扛着天、扎着地的打法，其实是在用老母鸡护雏鸡的方式保护他们。

又近了一程，敌人密集分布于大沟两侧的坡地，机枪封锁了李林等人的前路。七八位骑兵兄弟倒下了，李林策马于沟边小径，隐身于马肚子底下。观摩好地形后，她单马独骑飞跃而出，猛然出现在敌背后，从马腹之下出枪，一手打哑两挺敌机枪。紧接着，李林顺势纵身于马背，挥枪高喊：“骑兵们，跟我来！”

片刻之余，骑兵便全力冲杀出了敌人第二层包围圈。

又是一场激烈的战斗，李林的警卫员王海林腿上中弹倒地，李林随即下马将他藏在一棵树下，解开随身的文件包，一边刨土把文件埋好，一

边对他说：“记住这个地方，队伍回来后，把文件交给专署。”

王海林哭了。

李林却笑了。

她从贴身口袋里掏出自己从集美带出来的钢笔，递给王海林：“做个纪念吧！”

然后，她指着山坡说：“你才14岁，是个小孩，敌人不会注意你。一会儿，你就顺着这个山坡跑出去，找老乡，他们会帮助你……”

这是李林跟战士的诀别。

随后，她伸手抚摸了一下自己的肚子。那里，还有一个小小的生命在孕育，在成长。而她，可能没有办法将它带到这个世上了。

一转身，她跨上战马，绝尘而去。

在冲到小郭家窑村后的羚羊山时，李林的战马不幸中弹。李林摔下马来，被围困在小郭家窑村荫凉山顶。

此时的李林腿部和胸部都负了伤，没了战马的她只能匍匐着艰难爬上山顶。突然，她听到一声嘶鸣，原来是她的战马在向她奔来。一串密集的枪弹扫射，战马像一座小山一样轰然倒在她的面前。李林潸然泪下，伏在地上，向战马行了一个军礼，小声说：“等着我，我马上就来陪你！”

先后毙伤6个日伪军之后，李林被包围，毅然将仅存的一颗子弹射进了自己的喉部，壮烈牺牲！

一个年仅25岁的南洋侨女，一位辗转祖国南北寻求救国救民出路的民族知识分子，一位能文能武的中共党员和牺盟会员，用鲜血浸润了塞外洪涛山下的荫凉山。

从此，一个女英雄的传奇留在了这片她誓死保卫的土地！

在集美学校女生李林自饮了最后一粒子弹的一年多后，她的校主陈嘉庚也为自己随身预备了“最后一粒子弹”。

1941 年 12 月 8 日太平洋战争爆发，日军占领新加坡，为了抓捕陈嘉庚而悬赏百万。陈嘉庚说："敌人扣捕我，想让我做傀儡，代他说好话，我坚决不从……"在黄丹季等印尼华侨和集美学校、厦大校友的掩护下，陈嘉庚以年近七秩之身辗转避难于印尼泗水玛琅三年。在他的学生李林少年侨居之地，陈嘉庚常备一粒氰化钾随身携带，并以诗明志——

领导南侨捐抗敌，会场鼓励必骂贼。
报章频传海内外，敌人恨我最努力。
和平傀儡甫萌芽，首予劝诫勿惑昧。
卖国求荣甘遗臭，电提参政攻叛逆。
强敌南侵星岛陷，一家四散畏虏逼。
爪哇避匿已两年，港踪难保长秘密。
何时不幸被俘虏，抵死无颜谄事敌。
回检平生公与私，尚无罪迹污清白。
冥冥吉凶如有定，付之天命惧奚益。

一个个战士倒下了，千千万万个战士又站起来了……

1940 年 12 月，庄炎林在庄希泉的见证下宣读入党宣言："我志愿加入中国共产党，坚持执行党的纪律，不怕困难，不怕牺牲，为共产主义事业奋斗到底。"

同时入党的还有像庄炎林一样的进步青年。他们树立了为实现共产主义理想奋斗终生的目标。庄炎林尽职尽责完成中共广西省工委领导交办的各项任务，与家人冒着生命危险潜入日占区，回到香港，变卖家产，将所得钱款全部交给中共广西省委，作为党组织的活动经费。

闽台两岸一家亲，血浓于水。无论相隔多远，该回来的总会回来的。这是血缘地缘，更是感召力。

1948 年，台湾码头，张克辉提着行李匆匆跑向轮船，母亲在背后追着他唠叨：“哎哟，不是阿母说你啊，突然要去厦门求学，也不同阿母事先讲一下。”

“阿母，我们的根就在大陆，只有回到大陆学文化，才能不忘根本。”张克辉说，“阿母，你放心，我是去学做好人，不是去学变坏。”他毅然爬上轮船的梯子。

母亲擦拭着眼泪，不舍地说：“知道你懂事，你要照顾好自己，早去早回啊。”

张克辉从轮船甲板上探出半个身子，朝母亲挥手：“台湾迟早要回归的，我很快就回来！”

在张克辉的喊声中，巨轮鸣着笛，缓缓开动。

1949 年 8 月，中国人民解放军挥师南下，肃清闽南之敌。9 月，集美、嵩屿等厦门外围阵地陆续解放。在集美海域的士兵们进行着渡海作战大演习。文工团的同志唱起了《夜练船歌》：

明月高照影儿长，大家上船练划桨。水声响，船儿荡，同志们，齐用力，划呀划呀划呀划，练好本领，厦门得解放，得解放……

战斗发起前，指战员们一起对国民党驻岛部队进行了周密的侦查分析：厦门、鼓浪屿是两个岛屿，易守难攻。要攻克，就要渡海作战，那首先必须拿下嵩屿。嵩屿是解放厦门、鼓浪屿的跳板。嵩屿在海沧的东南，与厦门、鼓浪屿仅一水之隔。国民党的残余部队依托京口岩第一线高地的有利地形，在山坡上深挖战壕，堆土积石，筑成了高和宽 4 ~ 5 米的围寨，切断了半岛入口的通道。寨外还筑了战壕，战壕又架设了铁丝网，构成了交叉火网。如果强攻厦门岛，难度比较大。但若来个声东击西，出其不意，即可制胜。

1949 年 10 月 15 日，渡海作战的号角吹响了，解放军万炮齐发，开始对敌人进行猛烈的炮击，先将防御工事摧毁。

随后，271 团、277 团从海沧上船，逆风渡海，按时到达了鼓浪屿。

紧接着，第一中队运送一营三连战士抵达登陆点，在敌人密集的炮火下强行登陆。一时间炮火连天，杀声震地。船工们奋不顾身、前赴后继，拼命地把战士用船一趟一趟地向鼓浪屿输送。

有的船工中弹倒下了，就有战士顶上去；有的战士溺水了，船工就冒着生命危险去抢救。由于伤亡较重，271 团、277 团不得不暂时退出战斗。

10 月 17 日，273 团再次发起攻击，终于攻下鼓浪屿，把准备登舰逃跑的敌人尽数歼灭。

至此，厦门全部解放！

人们打扫完战场，将兵团指挥所设在鼓浪屿。

泉州安溪，时任八支四团独立第十四连连长的张克辉正在屋内写入党申请书，下属进屋，大喊：“张连长，好消息！厦门解放啦！国民党败个彻底，他们撤军台湾了！”

张克辉开怀大笑：“哈哈，汤恩伯不是说可以坚守厦门三年吗？怎么这么快就屁滚尿流退回台湾了？”

下属面露难色：“张连长，这下台湾变成了国民党的地盘，您会不会再也没办法去台湾了？”

张克辉啐了口唾沫，告诫下属：“你这话……国土就一片，只有‘回’，没有‘去’之说，记住了吗？”

下属连忙点头，再不敢随便开口。

张克辉埋头，继续写他的入党申请书……

漳州，滔滔九龙江畔，塔口庵前。

屈健孤独的身影静坐在那丛紫苑花前。他心爱的李林曾经对他说过只喜欢紫苑，大概是因为像极了她自己吧。

李林牺牲前夜，屈健在窝棚沟村整夜不安。后半夜，他被噩梦惊醒。他梦见波浪翻滚的大海突然掀起几层楼高的巨浪，而他，站在岸边，眼看着爱人李林被浪涛卷走，瞬间没了踪迹。

他拼命呼喊着爱人的名字，却被自己的呼喊惊醒。

窝棚沟村距离李林牺牲的地方只有 16 公里。也许是有爱的感应吧，屈健披衣下床，在院子里心急如焚，等到了天光大亮。

这个令人不安的梦啊！一个上午过去了，一个下午过去了，傍晚，王海林踉跄着哭喊而来："李委员失去联络了！"

屈健的心，跌入谷底。

失去联络，也许是躲起来了吧？！

也许，她只是受伤了，不能冲破敌人封锁；也许，她昏迷了，听到我的声音会睁开眼睛的；也许，她只是太累了，躲在哪棵树下睡着了……

无尽的猜测和焦虑交织着，他无法再等，深一脚浅一脚地走向了荫凉山。

等着他的，是那具已经被枪弹打穿、被刺刀捅破的尸体。还有，他未能有幸抱一抱的孩子。

柏玉生将一封被鲜血浸透的信交给屈健。这是从李林的血衣中费劲取出来的。那是她留给屈健最后的惦念——

你去后那天刮了大风，不知道你受凉了没有？我很担心！在一起时，有时候还会吵吵嘴，分开了却非常想念你。敌人又要发动围剿，但我们已经做好准备，一定可以粉碎敌人的进攻……

屈健不忍再读，眼泪已经让他看不清信上的字迹。

他开始用手抚摸着爱人的脸庞，就像平日里一样，温柔地抚摸着。当他摸到李林颌下的小小枪眼时，他再也无法保持镇定，他的心已经被撕扯成万千碎片，一声凄怆的悲鸣自胸腔轰然而出，摇荡在洪涛山上——

"我的林啊……"

如今，屈健只身一人来到塔口庵，他想看看他挚爱的妻子被遗弃的地方，

这里，也是她的新生。

他要来告诉她，祖国解放了，新中国成立了，她流过的鲜血都将被镌刻在新中国的土地上！

而他，会把她镌刻在心上。

在陈嘉庚抵达延安的那天，是中共中央妇女委员会为李林举办追悼会的第五天。又过了五天，莫耶的父亲陈铮被保安团枪杀于自家土楼。

人生总是如此无常，但总有那么多人的牺牲换来更大的胜利。在爱国道路上，闪着光辉的人总会找到发光的人，他们即便隔着千山万水，一样会照亮彼此。

图书在版编目（CIP）数据

时代荣光：闽南红色风华录 / 王永盛著. — 厦门：鹭江出版社，2021.7

ISBN 978-7-5459-1911-0

Ⅰ. ①时… Ⅱ. ①王… Ⅲ. ①长篇小说—中国—当代 Ⅳ. ①I247.5

中国版本图书馆CIP数据核字(2021)第134375号

SHIDAI RONGGUANG

时代荣光

——闽南红色风华录

王永盛 著

出版发行： 鹭江出版社

地　　址： 厦门市湖明路 22 号　　**邮政编码：** 361004

印　　刷： 恒美印务（广州）有限公司

地　　址： 广州南沙开发区环市大道南334号　　**联系电话：** 020-84981812

开　　本： 700㎜×1000㎜　1/16

插　　页： 4

印　　张： 15

字　　数： 200 千字

版　　次： 2021 年 7 月第 1 版　　2021 年 7 月第 1 次印刷

书　　号： ISBN 978-7-5459-1911-0

定　　价： 75.00 元